Ulrike Barow

Dornröschen muss sterben

LEDA

Ulrike Barow
Dornröschen muss sterben
Inselkrimi

1. Auflage 2009
2. Auflage 2010
ISBN 13: 978-3-939689-14-0

Leda-Verlag, Kolonistenweg 24, D-26789 Leer
info@leda-verlag.de
www.leda-verlag.de

Lektorat: Maeve Carels
Satz: Heike Gerdes
Titelillustration: Carsten Tiemeßen
Druck und Gesamtherstellung: Bercker Graphischer Betrieb GmbH & Co. KG
Printed in Germany

ULRIKE BAROW

DORNRÖSCHEN MUSS STERBEN

BALTRUMKRIMI

LEDA

»He, du, ›mitmachen‹ heißt die Devise. Hier sind zwei Felder, wie du siehst, und auf dem einen fehlt uns noch genau eine Person für die komplette Mannschaft. Also, auf geht's. Du kannst doch Volleyball spielen, oder?«

Hendrik registrierte erst, dass er gemeint war, als eine große, blonde Frau lachend auf ihn zukam und ihm einen rot-weißen Ball in die Hand drückte. Er hatte sich auf einen ruhigen Strandspaziergang gefreut. Nun sah er, dass die weite Sandfläche zwischen Randdünen und Badestrand mit buntem Flatterband in viele Felder aufgeteilt war. Verunsichert schaute er auf den Ball.

Er wollte sich mit mangelnder Spielpraxis herauswinden, aber die Blonde redete unbekümmert weiter auf ihn ein. »Gehörst du auch zu 'nem Verein? Ach nee, bestimmt nicht, sonst würdest du nicht so verträumt hier rumstehen und den Möwen nachschauen. Ich bin übrigens Britta. Britta Saathoff vom Postsportverein aus Leer. Ich gehöre zu den Leuten, die die *Beachspiele* vorbereiten. Am Himmelfahrtstag fangen sie an. Hast du doch bestimmt schon von gehört? Drei Tage lang Sport, Spaß und gute Laune.«

»Also, ehrlich gesagt war ich bis jetzt fast nur am Hafen.« Hendrik zuckte bedauernd mit den Schultern. »Aber wenn ich gewusst hätte, was hier los ist, wäre ich natürlich schon viel früher mal vorbeigekommen. Ich heiße Hendrik und bin mit der *Antje* hier.« Hendrik glaubte, Bedauern in Brittas Augen zu lesen und beeilte sich richtigzustellen: »Die *Antje* ist mein Segelboot. Eine *Hai 590*. Mit dem liege ich im Bootshafen. Du kannst es dir gerne mal anschauen, wenn du magst.«

»Komme ich drauf zurück, wenn mir meine Truppe mal Ausgang gibt. Aber jetzt wird gespielt. Gehört auch zur Vorbereitung. Man muss schließlich fit sein, wenn die anderen Vereine mit ihren Spielern hier auflaufen.« Britta drehte sich um und sprintete zum Volleyballfeld. Ihm blieb nichts anderes übrig, als ihr nachzulaufen. Schließlich hielt er immer noch den Ball in der Hand.

*

Die Leinen und Taue der Segelboote im Baltrumer Hafen sangen eine immer wiederkehrende monotone Melodie, und das dunkle Hafenwasser brach sich mit leisem Gluckern an den Booten, als Hendrik am Himmelfahrtsmorgen die karierte Gardine vor dem kleinen Bullauge zur Seite schob. Was er sah, rief ein zufriedenes Lächeln auf sein Gesicht. Blauer Himmel. Genau das Richtige, wenn man sich mit einer netten Frau in den Dünen treffen wollte. Drei wunderschöne Tage und Nächte hatte er jetzt schon mit Britta verbracht und hätte auch nichts dagegen einzuwenden, wenn es bis zu seiner Abfahrt so weiterginge.

Er stand auf, verstaute sein Bettzeug und öffnete die Luke. Draußen kassierte Klaas Bengen bei den drei Neuankömmlingen des noch frühen Morgens die Kurtaxe ein.

»Moin, Klaas, was macht dein Boot?«, rief Hendrik. Er wusste, dass er den muffeligen Hafenmeister damit ordentlich ärgern konnte, denn dessen Motorboot lag noch hoch und trocken wegen eines Maschinenschadens auf einem Trailer am Bootshaus. Genau konnte er die Antwort nicht verstehen, es klang aber so ähnlich wie ›Leck mich doch‹. Das hättest du wohl gern, dachte er grinsend.

Mit Kulturbeutel und Handtuch machte sich Hendrik auf den Weg zu den Duschen hinter dem Bootshaus.

Fast alle Stege waren mit Booten belegt, und bei den meisten bestand die Besatzung aus ganzen Familien, sogar mit Bordhund. Vater wollte segeln und alle mussten mit. Ein Boot war nicht billig, also wurde es abgewohnt und abgeurlaubt, ob es der Familie nun passte oder nicht. Gelangweilte Ehefrauen, maulende Kinder, der Hund konnte auch nicht immer, wann er musste, Hauptsache: Papa hatte Spaß. Genau vor Hendrik betrat gerade so ein typischer Fall von Segler die Dusche. Klaus Kuhlmann. Er hatte zwar keine Kinder an Bord, soweit Hendrik es mitbekommen hatte, aber einen Hund. Und eine äußerst attraktiv aussehende Gattin. Klaus Kuhlmann war mit der *Achteran* im Hafen. Blöder Name, fand Hendrik.

»Moin, Hendrik, stell dir vor, meine Fock ist im Eimer, dabei wollten wir noch weiter nach Langeoog. Ich will doch in dieser Woche alle sieben Inseln schaffen. Borkum, Juist und Norderney habe ich schon durch. Leider wartet am Montag aber wieder die Arbeit auf mich. Meine Frau hat sogar schon vorgeschlagen, das Boot bis zum Sommer hier liegen zu lassen und noch zwei Tage lang eine Fahrradtour am Festland zu machen. Habe ich ihr aber gleich gesagt, kommt gar nicht in Frage. Ich fahre nachher nach Norden zum Segelmacher und komme abends wieder. Hoffe mal, dass der Zeit hat. Wird auch wieder teuer, aber was soll's. Meine Schnucki kann solange auf das Boot aufpassen oder mal 'nen Gang zum Strand machen. Morgen geht's dann weiter. Herrlichstes Segelwetter!«

Der Rest der Ansprache ging im Rauschen der Dusche unter. Das ersparte Hendrik netterweise die Antwort. Heute war Himmelfahrt, auch für Segelmacher ein Feiertag. Aber das sollte der Kerl man selber rausfinden. Vielleicht würde er ›Schnucki‹ zum Kaffee einladen. Falls Britta keine Zeit hatte.

Nach dem Duschen holte er sich einen Becher Kakao vom *Verhungernix*, dem Hafenkiosk, und beobachtete die Neuankömmlinge, die gerade von der *Baltrum I* kamen. Es war erstaunlich warm für Anfang Mai. Selbst der Wind, der oftmals die Temperaturen um einige Grade niedriger als am Festland erscheinen ließ, wehte sanft aus Süd und brachte keine Erfrischung mit.

*

Wie aufgereiht an einer Perlenschnur standen Insulaner, die ihre Gäste abholen wollten, am Kai, vor der Brust große Holzschilder mit den Namen der jeweiligen Häuser.

Der Strom der Gäste wollte kein Ende nehmen, während die Besatzung der Fähre die Container mit dem Gepäck entlud. Ein Durcheinander von Menschen, Gepäckkarren und Pferdekutschen wartete darauf, sich zum langen Marsch über die Hafenstraße zu formieren.

Auch Wolf Arnken und sein Sohn Jannis hatten sich eingereiht.

Endlich wieder auf Baltrum! Wolf freute sich. Ein ganzes Jahr war seit dem letzten Aufenthalt vergangen, aber im traditionellen Himmelfahrtsdurcheinander am Hafen war er schnell wieder heimisch.

»Papa, hier steht unsere Wippe. Ich passe drauf auf, und du holst die Koffer, okay?« Jannis Arnken hatte damit schnell eine Aufgabenverteilung vorgenommen, der sich sein Vater kaum entziehen konnte. Immerhin war Wolf einen Kopf größer als sein vierzehnjähriger Sohn. Das war gut für den Überblick.

Er nickte Jannis zu und versuchte, sich zum Container Nummer 13 vorzuarbeiten. Schmerzhaft schloss sein Knie Bekanntschaft mit der Wippe von Haus *Silbermöwe*. Verletzungen beim Kampf um das Gepäck waren nicht ungewöhnlich, wenn der Anleger wieder einmal voll war. Weiter. Nach gut fünf Minuten hatte Wolf es geschafft. Er griff die beiden Koffer, aber noch ehe er die Stätte mit seiner Beute verlassen konnte, stellte er fest, dass er beinahe ein falsches Gepäckstück in seine Karre geladen hätte. Schon stand der rechtmäßige Besitzer neben ihm und nahm ihm mit einem schnellen Griff die Tasche aus der Hand.

»Entschuldigung«, murmelte Wolf, erwischte diesmal die richtige Tasche und kehrte zu seinem Sohn zurück. »Jetzt ist mir klar, warum du nicht gehen wolltest. Jedes Jahr das gleiche Theater. Aber was soll's. Wir haben Ferien!«

Jannis grinste. Er freute sich schon seit Wochen auf die paar Tage mit seinem Vater. Und auf seine Kumpel, die auch jedes Jahr zur gleichen Zeit mit ihren Eltern auf die Insel kamen. Seit einigen Jahren fanden an diesem Wochenende außerdem die *Beachspiele* statt, initiiert vom Niedersächsischen Turnerbund und für jeden offen. Da konnte er sich richtig austoben und viele neue Leute kennenlernen.

Im *Ferienhaus Marianne* wurden sie als gute Freunde empfangen, denn Wolf Arnken war schon als Kind mit seinen

Eltern bei dem alten Ehepaar Kanter häufig zu Gast gewesen. Die beiden lebten nicht mehr, aber ihr Sohn Erwin hatte mit seiner Frau die Pension weitergeführt und Wolf Arnken war nun wiederum mit seiner Familie Stammgast im Hause.

»Haben wir die gleichen Zimmer wie im letzten Jahr?«, fragte Jannis. Henriette Kanter nickte, und Wolfs Sohn setzte sich, beladen mit Gepäck, stöhnend in Bewegung.

»Kannst man von Glück sagen, dass ich meine Magnete alle in der Küchenschublade liegen habe, sonst kämst du gar nicht die Treppe hoch«, rief Erwin Kanter leutselig hinter dem Vierzehnjährigen her, der stolz in beiden Ohrläppchen je zwei silberfarbene Ringe trug, die bei jedem Schritt hell klingelten.

»Cool bleiben, Mann, ist doch nur blanker Neid.« Jannis schüttelte seinen Kopf, dass die Creolen noch lauter klimperten.

»Wie ist es, Wolf, wollen wir zur Feier des Tages einen Lütten zu uns nehmen, wenn ihr die Koffer ausgepackt habt?«, fragte Kanter. »Wir sind mit der Arbeit auch fast durch, und außerdem ist nicht nur Himmelfahrt, sondern auch Vatertag, also Grund genug, eine Rast in unserer Küche einzulegen.«

Wolf Arnken nickte ergeben. Eigentlich reizte das Wetter eher zu einem Strandspaziergang, aber er wusste, dass er nicht darum herumkommen würde, über die neuesten Ereignisse im Leben seiner Familie zu berichten. Und zwar ausführlich. Gleichzeitig würde er alles erfahren, was sich während seiner Abwesenheit auf der Insel zugetragen hatte. Auch ausführlich. »Okay, treffen wir uns um elf. Schönen Gruß von meiner Frau übrigens noch. Anke wäre so gerne mitgekommen. Aber der Dienst im Krankenhaus, ihr kennt das ja. Sie will demnächst alleine mal 'ne Woche kommen. Falls ihr ein Zimmer frei habt.«

Erwin Kanter nickte. »Für euch doch immer.« Und augenzwinkernd fügte er hinzu: »Aber jetzt ein paar Tage ohne Gattin, das ist doch auch ganz schön, oder? Dann bis gleich. Der Genever steht schon kalt.«

Oben an der Treppe wurde Wolf von Jannis empfangen. »Na, wird der erste Urlaubstag wieder wie im Rausch vorbeiziehen, Pappilein?«

»Halt bloß dein vorlautes Mundwerk, sonst schicke ich dich gleich zurück nach Bremen, mein lieber Freund. Mit der Bahnhofsmission! Und wehe, du petzt Mama was, dann gibt's, dann gibt's ...«

»Ein leckeres Abendessen im Hotel *Fresena,* wenn ich bitten darf, dann schweige ich. Und bis dahin hast du frei, weil ich mich um wichtigere Dinge kümmern muss, wie zum Beispiel alte Freunde und junge Damen, die zwar jetzt noch dem Ball, in Kürze aber mir nachlaufen werden. Tschüss!«

Bevor Wolf auch nur die Chance hatte, die Frage loszuwerden, wann der Sohn denn seinen Koffer auszupacken gedächte, war er schon alleine. Er ließ sich lang aufs Bett fallen.

Urlaub.

Seine kleine, aber erlauchte Detektei in der Bremer Innenstadt gleich neben dem Hotel *Schaper-Siedenburg* hatte er für vier Tage geschlossen. Sogar sein Handy lag ausgeschaltet zu Hause. Zu viele Klienten kannten seine Nummer und machten zu jeder Tages- und Nachtzeit Gebrauch davon. Er hatte mit seiner Frau verabredet, über das Handy von Jannis Kontakt mir ihr zu halten. Das musste genügen. Zur Not gab es auch noch hier und da eine Telefonzelle auf der Insel.

Endlich einmal Ruhe. Wie war das noch? ›Keine Staus. Keine Kompromisse‹. Er grinste und ließ seine Gedanken von einem großen Bier zu einem kleinen Genever schweifen, was ihn zwangsläufig wieder an seine Verabredung erinnerte. Um elf in der Küche. Also los.

Schnell verstaute er seine Sachen in dem schönen alten Eichenschrank. Familie Kanter hatte immer darauf Wert gelegt, dass sich ihre Gäste besonders wohl fühlten, und war im Winter, wenn nichts los war, häufig am Festland bei Antiquitätenhändlern auf der Suche nach besonders ausgefallenen Möbelstücken. Die stellten sie dann aufwändig restauriert in ihre Gästezimmer. Wolf mochte diesen Stil, er vermittelte ihm das Gefühl von Beständigkeit und Sicherheit. Auch wenn die Betten manchmal quietschten. Das ist eben der Atem des Alters, dachte er und war stolz auf seine lyrische Ader.

*

Hendrik hatte genug von der Wuselei am Hafen. Er machte sich auf den Weg zum Strand. Mit Britta war er zwar erst für den Nachmittag verabredet, aber er hoffte, sie könnte bereits am Morgen ein wenig Zeit für ihn erübrigen. Allerdings war ihm bewusst, dass jetzt, da alle Teilnehmer der *Beachspiele* angereist waren, in der Mehrzweckhalle wohl ein ähnliches Gedränge herrschte wie am Hafen.

Langsam schlenderte er über die Hafenstraße. Alles genau geregelt, dachte er spöttisch, als ihm wieder einmal die weiß gezogene Linie auf der Straße klarmachte, dass Fahrradfahrer und Fußgänger strikt voneinander getrennt den Weg in den Ort anzutreten hatten.

Rechts von ihm stieg eine einmotorige Cessna gegen den Wind vom Flugplatz auf. D-ECHP stand mit großen blauen Buchstaben auf der Seitenklappe. Delta-Echo-Charly-Hotel-Papa, internationales Alphabet, dachte er. Was der Mensch sich so in seinem Leben an Wissensfetzen aneignet, ist schon erstaunlich.

Die Hellerwiesen, die die Hafenstraße begrenzten, zeigten trotz der frühen Jahreszeit einen leichten Ansatz von Braun. Die Gräben waren trocken gefallen. Es hatte einfach zu wenig geregnet in diesem Frühjahr.

Vor dem Nationalparkhaus wartete eine junge Familie auf Einlass. Eines der beiden kleinen Mädchen, die im Bollerwagen saßen, wagte einen Ausbruchsversuch, wurde aber gleich von der Mutter mit schriller Stimme zurückgerufen. »Chantal, geh nich' aus den Bollerwagen!! Sitzenbleiben, sons' hackt's!!« Chantal war das offensichtlich völlig egal, sie versuchte abermals, aus dem Holzwägelchen zu klettern.

Vielleicht ist auch das Wort ›hackt's‹ in ihrem Sprachschatz noch nicht so ganz angekommen, dachte Hendrik.

Er bog ab, lief an der Post vorbei und sah bald das Baltrumer Wahrzeichen, die Inselglocke, vor sich. Das kantige Holzgestell mit der alten holländischen Schiffsglocke stand auf einem mit Heckenrosen eingefassten Rasenstück neben der alten Kirche. Ein mit Koffern beladener Pferdewagen bahnte sich mühsam einen Weg zwischen Menschen, die sich völlig ungehemmt und achtlos von einer auf die andere Straßenseite bewegten, begeistert von dem Wissen, hier keinem Auto zu begegnen. Vielleicht ist die Idee gar nicht verkehrt, alle Inselstraßen mit weißen Mittelstrichen zu teilen, sinnierte Hendrik. Dann hätten die Urlauber wenigstens eine Richtlinie, im wahrsten Sinne des Wortes. So wie am Festland die Verkehrsschilder für ein weiches Bett von Anweisungen sorgten, in das man sich sorglos hineinplumpsen lassen konnte.

»Mensch, Hendrik, du hier?« In der Eingangstür des Cafés *Störtebeker* hatte sich eine breite Gestalt mit rötlichen Haaren aufgebaut und lachte ihn fröhlich an. »Das ist mal 'ne Überraschung! Die Welt ist doch klein, nicht wahr?« Mit seinem blau geringelten T-Shirt passte der Mann gut zu dem hölzernen Piraten, der den Eingang bewachte.

»Hallo, Rolle, dich habe ich ja eine Ewigkeit nicht mehr gesehen. Wo kommst du her?«

»Ich bin auf Tagestour«, erklärte Roland Lütjens. »Meine Familie ist zur Seehundaufzuchtstation nach Norddeich gefahren. Sind zwar jetzt noch nicht viele Heuler da, aber etwas zu sehen gibt es dort immer. Ich habe mir die Tiere stattdessen in freier Wildbahn auf der Sandbank angeschaut, und nun bin ich hier. Komm, jetzt gehen wir erst einmal einen trinken. Auf das Wiedersehen.«

Hendrik schaute auf seine Armbanduhr. »Sozusagen Elfuhrtje, unser altes ostfriesisches Trinkritual. Na gut, muss aber für mich kein Alkohol sein. Lass uns ins *Strandcafé* gehen.«

Nicht ohne Hintergedanken schlug Hendrik seinem alten Bekannten vor, den Weg über den Strand zu nehmen. Zwei Fliegen mit einer Klappe, wie das Sprichwort sagte.

»Weißt du noch, wie wir die Jungs aus Moordorf mit 7:2 vernichtend geschlagen haben?« Roland Lütjens gab Hendrik einen kräftigen Hieb auf die Schulter. »Auswärts, bei denen auf dem Platz? Wie gut, dass der Bus direkt am Bolzplatz geparkt hatte. So konnten wir schnell die Biege machen. Wer weiß, was sonst hinterher noch passiert wäre.«

»Ich erinnere mich«, sagte Hendrik lachend. »Damals waren wir noch richtig fit.«

Die beiden liefen die Schräge beim *Strandhotel Wietjes* hinunter, zogen ihre Schuhe aus und stapften durch den warmen Sand. Bald hatten sie das Volleyballnetz erreicht. Auf den abgesteckten Spielfeldern wurden Bälle in allen Größen geschlagen, getreten, geworfen und geprellt. Den beiden Männern schlug eine Woge von Gelächter, Spielkommandos und lautstarken Kommentaren zu den Spielzügen entgegen.

Hendrik schaute sich um. Keine Spur von Britta. Vielleicht war sie noch in der Mehrzweckhalle mit der Verteilung der verschiedenen Gruppen auf ihre Nachtquartiere beschäftigt. Einige schliefen in der Schule, einige in der Turnhalle und andere in den Zelten auf dem Gelände des Niedersächsischen Turnerbundes weit hinten in den Dünen.

»Komm, wir gehen weiter.« Hendrik zog seinen Freund aus alten Tagen am T-Shirt aus dem Gedränge.

Kurz vor der großen Halle stoppte Hendrik. »Wart mal eben kurz, muss was nachsehen, bin gleich zurück.« Er bahnte sich einen Weg mitten durch die Sportler, die sich in langen Kolonnen zum Strand bewegten, und warf einen aufmerksamen Blick durch das große Hallentor, aber auch hier keine Britta. Komisch, dachte er. Gerade jetzt, wo die Betreuer am nötigsten gebraucht wurden, war weit und breit nichts von ihr zu sehen.

Nur Marco Schneider, den ihm Britta als Chef und Organisator der *Beachspiele* vorgestellt hatte, kam fröhlich winkend auf ihn zu. »Kann ich dir helfen, du schaust so ratlos?«

»Hast du Britta gesehen? Ich finde sie auch am Strand nirgends.«

»Nee, tut mir leid, sie ist heute Morgen noch nicht hier aufgekreuzt. In ihrem Zimmer im Hotel *Seehof* ist sie auch nicht. Zumindest hat sie nicht auf unser Weckklopfen reagiert.« Marco Schneider grinste. »Böse Zungen munkelten schon, sie hätte bei dir auf dem Boot die Zeit verpennt.«

Hendrik schüttelte den Kopf. »Bei mir ist sie nicht geblieben. Sie sagte, sie wolle noch eine Mütze voll Schlaf haben und ist so gegen zwei Uhr heute Nacht gegangen. Na, sie wird sich wohl wieder einfinden, hier auf der Insel geht so leicht ja nichts verloren.« Die beiden lachten und Hendrik verabschiedete sich mit einem kurzen Nicken.

Er versuchte, Britta über ihr Handy zu erreichen. Fehlanzeige.

*

Roland Lütjens hatte sich am Strandaufgang auf einen der Zaunpfähle gesetzt. Es war zwar unbequem, aber immer noch besser, als zu stehen. Wie der Zufall doch manchmal spielt, dachte er, da macht man einen Inselausflug und trifft unversehens auf einen alten Freund aus Jugendtagen. Sie hatten viel zusammen unternommen damals, gemeinsam Sport getrieben, waren zum Angeln ans Große Meer gefahren und hatten im Motodrom von Halbemond den Motorrädern hinterhergesehen, wie sie Staub aufwirbelnd und mit quietschenden Reifen ihre Runden gedreht hatten.

»Na, was hast du denn hier im Gewimmel gesucht?«, fragte er Hendrik, der mit hängenden Schultern auf ihn zugetrottet kam.

»Nicht was, sondern wen. Britta heißt sie, aber ihre Leute haben sie heute Morgen auch noch nicht gesehen. Komisch ist das. Ich kenne sie zwar erst seit drei Tagen, hätte sie aber als zuverlässig eingeschätzt. Schließlich hat sie ihre Turngruppe vom Postsportverein zu betreuen. Bin gespannt, wie sich das aufklärt. Aber jetzt auf ins *Strandcafé*. Hoffentlich finden wir bei dem schönen Wetter draußen noch ein gemütliches Plätzchen.«

Roland Lütjens folgte seinem alten Freund. Bald hatten sie einen freien Tisch ergattert und jeder einen kräftigen Kaffee vor sich stehen.

Die nächste Stunde verbrachten sie damit, die Vergangenheit Revue passieren zu lassen. So unterschiedlich ihre Lebenswege verlaufen waren, waren sie doch immer ihrer Heimat treu geblieben. »Du hast doch damals eine Lehre in der Verwaltung im Norder Rathaus gemacht, oder?« fragte Hendrik.

Lütjens nickte. »Staubtrockene Angelegenheit, aber ich habe bis zur Prüfung durchgehalten.«

»Ich habe eine Lehrstelle in Delmenhorst gefunden«, erzählte Hendrik, »und bin nach der Ausbildung tatsächlich eingestellt worden. Dann kam das Übliche, Heirat, Hobbys, das alltägliche Leben halt. Bis meine Frau das alltägliche Leben meines Nachbarn immer mehr schätzen lernte. Da war es aus mit Delmenhorst. Die Stelle hab ich auch gekündigt. Hatte keinen Bock mehr auf diese Stadt. Bin dann heim zu Muttern. Wo wohnst du jetzt?«

»In Bad Zwischenahn. Ist auch nett da. Habe zwei Kinder inzwischen und führe ein ganz normales Familienleben. Du musst unbedingt mal kommen und uns besuchen. Und dein Zuhause ist jetzt wo? Bei deiner Mutter?«

Hendrik erzählte ihm, dass die *Antje* zur Zeit sein Zuhause war. »Bei meiner Mutter in Norden habe ich noch ein Zimmer und einen Briefkasten. Für alle Fälle. Wenn das Arbeitsamt sich meldet. Habe schon alles Mögliche versucht, aber als Chemielaborant sind die Möglichkeiten hier im Norden eher begrenzt. Wenn ich bis zum Herbst nichts finde, werde ich wohl nach Süddeutschland gehen. Auch wenn es einem Ostfriesen schwerfällt, die Heimat zu verlassen. Auf Dauer ohne Arbeit ist aber auch kein richtiges Leben und das Arbeitsamt sitzt einem natürlich im Nacken.

Aber bis dahin«, er grinste, »werde ich mir den frischen Nordseewind um die Nase wehen und wie ein richtiger Seemann in jedem Hafen eine Braut weinend zurücklassen. Eine Ehe ist genug. Bringt ja doch nichts. Nur Stress und Ärger. Tja, und dann habe ich vor drei Tagen am Strand die Britta kennengelernt. Sie hat mich erst zum Volleyballspiel und dann noch zu ein paar anderen netten Sachen verführt.« Hendrik machte dazu eine Handbewegung, die nichts an Deutlichkeit zu wünschen übrig ließ.

Roland Lütjens schaute ihn skeptisch an. »So genau wollte ich es eigentlich gar nicht wissen.«

»Du hast recht, war nicht so gemeint«, sagte Hendrik bedauernd. »Wir hatten wirklich bis jetzt eine schöne Zeit. Ich habe gar nicht mehr geglaubt, dass es auch nette Typen unter den Frauen gibt. Als meine Ex damals die Seiten gewechselt hat, da war ich so sauer, ich hätte die glatt um die Ecke bringen können.«

»Na, na, komm, ein bisschen vornehme Zurückhaltung bitte. So schnell bringt es sich nicht um. Du siehst doch, das Leben geht weiter.« Roland Lütjens umfasste mit einer ausholenden Armbewegung die Menschen um sie herum. »Schau sie dir an. Alles gut gelaunte Urlauber. Meinst du nicht, die hätten nicht auch schon dicke Probleme im Leben gehabt?«

Hendrik wunderte sich. »Das klingt ja, als wärst du Pastor und kein Verwaltungshengst. Ich habe es doch nicht so gemeint. Obwohl, wenn ich es recht überlege, mit meinem Chemiewissen könnte ich schon den einen oder anderen … Und ein kräftiger Schlag mit dem Hammer oder ein dickes Tau um den Hals würde im Notfall auch reichen.« Hendrik brach in lautes Lachen aus und konnte sich erst recht kaum beruhigen, als er Roland Lütjens' mühsames Grinsen bemerkte. »Ist dir das Thema zu gruselig?«

Lütjens schüttelte den Kopf. »Nein, zu beständig. Komm, lass uns einen Gang machen. Ich will die Insel noch ein bisschen besser kennenlernen.«

»Okay, aber vorher muss ich noch mal kurz, du weißt schon. Für kleine Flamingos.«

Roland Lütjens nickte. »Alles klar. Bis gleich.« Er trank den letzten Schluck Kaffee aus und dachte darüber nach, was sein alter Freund ihm erzählt hatte. Hendriks Leben schien aus den Fugen geraten zu sein. Ehefrau weg, keine Wohnung, und ein Leben auf der *Antje* konnte Roland sich nur vorübergehend als lohnendes Ziel vorstellen. Vielleicht war er aber auch nur zu bieder geworden mit Familie und Reihenhaus in Bad Zwischenahn. Allerdings war die Ordnung in seinem Privatleben genau das, was er brauchte, wenn er von seinem Dienst nach Hause kam. Ein Dienst, der ihn zeitlich und nervlich so manches Mal auf das Äußerste forderte.

Doch jetzt war Urlaub. Erst nächste Woche würde er wieder arbeiten müssen. Und heute Abend würde seine Familie ihn in Neßmersiel wieder in Empfang nehmen und die beiden Kleinen würden ihm mit leuchtenden Augen von den Seehunden erzählen.

*

Soll ich Ihnen mal sagen, was ich vom Leben halte? Ehrlich gesagt, nicht viel. Wenn Sie nicht ganz oben mitschwimmen bei den Großen und Reichen, haben Sie keine Chance. Man ist der letzte Dreck. Wenn Sie den Mund aufmachen, hört Ihnen kein Mensch zu. Wo finden Sie denn heutzutage noch Halt? Was sind Werte wert? Die hohen Politiker schaufeln in die eigene Tasche. Die Pastoren predigen Wasser und saufen Wein. Freunde verraten dich an den Erstbesten, der vorüberläuft. Ja, Freundschaft, diesen Zustand können Sie komplett vergessen. Kennen Sie das nicht auch, das Gefühl, durch alles alleine durchzumüssen? Kennen Sie nicht? Aber ich. Auf nichts ist Verlass.

*

Wolf hatte es sich in der Küche neben Erwin Kanter gemütlich gemacht. Es war Mittag geworden und der Pegel der Flasche Genever näherte sich stetig dem Flaschenboden. Allerdings hatten die beiden daran nicht allein gearbeitet. Auch andere Pensionsgäste hatten ihre Köpfe durch die Tür gesteckt und sich nicht lange bitten lassen.

»Ist das schön, wieder hier zu sein. Die paar Tage habe ich auch bitter nötig.« Wolf lehnte seinen Kopf an die Rückwand des blauen Ostfriesensofas, das mit seiner elegant-gemütlichen Form der Blickpunkt der Küche war. »Was gibt es denn im Bootsclub Neues?«, fragte er mit halb geschlossenen Augen seinen Wirt, der nebenbei auch 1. Vorsitzender des Vereins war.

»Ach, nichts, eigentlich«, antwortete Kanter. »Der Bootshafen ist im Moment voll mit Gastliegern, vornehmlich aus Niedersachsen und Holland. Die meisten bleiben nur eine Nacht und werden wie in den letzten zwei Jahren von Klaas Bengen versorgt. Es ist uns zwar noch nicht gelungen, ein Mindestmaß an Freundlichkeit aus ihm herauszulocken, aber er versieht seine Arbeit gewissenhaft. Du weißt schon, das Einziehen der Kurtaxe, Säuberung der Duschen und so weiter. Bis wir einen Neuen finden, müssen wir halt mit ihm vorliebnehmen. Zurzeit ist er besonders knurrig. Sein Bootsmotor ist kaputt und er hat wohl kein Geld für die Reparatur. Bleibt ja auch nicht so viel übrig, wenn man nur sieben Monate im Jahr einen Arbeitsplatz hat. Er ist so ein richtiger Einzelgänger, aber harmlos. Wäre doch noch ein Job für dich. Im Sommer hier, im Winter in Bremen.« Erwin Kanter lachte.

»Du, ich könnte mir schon vorstellen, hier ein paar Monate im Jahr zu verbringen, aber sowohl mein Kundenstamm als auch meine Familie würden definitiv Einspruch erheben. So, schenk uns man noch einen ein, und dann geh ich an die frische Luft. Mal sehen, ob sich Jannis irgendwo herumtreibt.« Wolf hielt seinem Gastgeber auffordernd sein leeres Glas entgegen.

Der Wirt nahm die Flasche aus dem Gefrierschrank, und es ertönte ein sattes Gluckern, als er die beiden Gläser füllte. »Auf eine gute Saison!« Die beiden stießen an.

In diesem Moment steckte Henriette Kanter den Kopf zur Tür herein. »Jetzt hat mein Fahrrad doch schon wieder einen Platten. Erwin, los, sei so freundlich. Ich muss gleich ganz schnell in den *Insel-Markt* und auch noch zum Rathaus. Ich brauche dringend neue Veranstaltungskalender, und mit deinem Herrenrad kann ich einfach nicht fahren. Ich hab ja immer gesagt, kauf dir ein Damenrad, aber du ...«

»Ja, Henriette, natürlich, Henriette, wird sofort erledigt, meine Süße.« Mit einer eleganten Schlenkerbewegung stand Erwin Kanter auf. »Lieber Wolf, wie du hörst, die Pflicht ruft. Ich schätze, wir müssen unsere gemütliche Runde auflösen.«

Auch Wolf blieb nichts anderes übrig, als seinen inneren Schweinehund zu ignorieren und sich an der frischen Luft zu regenerieren. So nahm er den direkten Weg zur Haustür, obwohl seine Beine den Weg die Treppe hinauf in sein Zimmer bei Weitem vorgezogen hätten.

Als er die Tür öffnete, blendete ihn die kräftige Sonne. Er legte seine Hände über die Augen und blickte über den Hafen. Dahinter konnte er bei klarster Sicht die Seehunde auf der Sandbank am Norderneyer Ostende als winzige Punkte ausmachen. Müssten bald auch die ersten Jungen dort liegen, dachte er. Spätestens im Juni sollte es so weit sein.

Er beschloss, um die Strandmauer zu laufen. Als er auf die Uferpromenade bog, musste er sich mit einem beherzten Sprung vor zwei Fahrradfahrern retten. In ein fröhlich lautes Gespräch vertieft, hatten sie sämtliche Verbotsschilder und auch ihn völlig ignoriert. Aber er hatte sie erkannt. Der Chef seines Lieblingsrestaurants nebst Gattin! Und das zu dieser Uhrzeit! Mittags! Da sollten die doch wohl besser in der Küche stehen. Mindestens, solange er sich auf dieser Insel befand! Da wollte er gleich mal Tacheles reden. Er machte sich auf den Weg zum Restaurant *Bliev Sitten*, das als letztes Haus im Ostdorf versteckt in den Dünen lag.

Er war schon ein gutes Stück gelaufen, als vor ihm zwei Männer auftauchten. Selbst aus der Ferne bot der eine von ihnen eine imposante Gestalt – groß gewachsen, rötliche Haare – und Wolf irgendwie vertraut. Je näher die beiden kamen, desto sicherer wurde er. Es war tatsächlich Roland Lütjens, 1. Hauptkommissar aus Bad Zwischenahn, der sich dort locker lachend auf ihn zubewegte.

Als Wolf ihn das letzte Mal getroffen hatte, war die Situation völlig anders gewesen. Einer seiner Klienten war während eines Aufenthaltes in Bad Zwischenahn umgebracht worden. Im Zuge der Ermittlungen war Roland Lütjens auf Wolfs Detektei gestoßen, und so hatten sie sich kennengelernt. Die Fotos, die Wolf von der Gattin des Opfers mit ihrem Freund geschossen hatte, hatten dem Kommissar damals sehr geholfen. Ihre Beziehung hatte damals auf gegenseitiger Akzeptanz gefußt, und zuweilen hatte sogar etwas wie Sympathie durchgeblitzt. Aber nachdem der Fall abgeschlossen und die Frau überführt gewesen war, hatten sie sich nicht wieder gesehen.

*

Roland Lütjens stutzte. Den Mann kannte er. Dienstlich, das war ihm klar, und darauf hatte er jetzt und hier keinen Bock. Zumal er seinem alten Freund Hendrik noch nicht von seinem Job erzählt hatte. Nicht, dass er seinen Beruf nicht mochte, das ganz und gar nicht. Er hatte nur einfach keine Lust auf die ständig wiederkehrende Reaktion bei der Nennung seines Berufes. »Mensch, Kommissar, bei der Kripo, erzähl doch mal, muss ja spannend sein. Hast du denn auch schon mal einen richtigen Mord gelöst? Wie sieht so einer denn aus, so 'n richtiger Mörder? Hast du schon mal geschossen?« Immer die gleichen blödsinnigen Fragen und immer die gleichen Antworten. Das hätte er gerne vermieden. Aber jetzt würde ihm wohl nichts anderes übrig bleiben, als Hendrik reinen Wein einzuschenken. Schon sah er den Mann winkend auf sich zukommen.

*

»Roland Lütjens, wenn das mal nicht eine Überraschung ist. Ich grüße Sie.« Lachend begrüßte Wolf seinen Bekannten. »Was führt Sie hierher?«

»Ein Tag Urlaub von der Familie«, erwiderte Roland Lütjens und wandte sich an den Mann, der neben ihm stand. »Hendrik, das ist Wolf Arnken, wir kennen uns beruflich.«

»Auch in der Verwaltung tätig?«, fragte Lütjens' Bekannter neugierig.

Der Detektiv erkannte erstaunt, dass dieser Hendrik nichts von Lütjens' Beruf wusste. Wolf würde ihn darüber nicht aufklären. Der Kommissar hatte Gründe für sein Schweigen, und irgendwann kam vielleicht der Zeitpunkt, an dem sich Lütjens daran erinnerte, dass Wolf in dieser Situation zu schweigen gewusst hatte. »Nee, ich arbeite in der freien Wirtschaft«, antwortete Wolf. »Wir haben uns mal in Bad Zwischenahn getroffen.« Was nicht gelogen war.

Schnell wandte sich das Gespräch dem Inselleben zu. »Kommt, Leute, es gibt nichts, was wir nicht auch im Sitzen erzählen könnten!« Wolf steuerte die nächste Bank an, ohne auf die beiden anderen zu warten. Die vielen kleinen Genever in seinem Körper verlangten dringend nach einem Päuschen.

Er verdrehte genießerisch die Augen, als er erfuhr, dass Hendriks Zuhause im Bootshafen lag. »Auf einem Schiff zu wohnen, stelle ich mir wildromantisch vor. Dazu mit einer schönen Frau, äh, natürlich mit *meiner* schönen Frau, nachts im Mondschein auf einem Boot, das sich im Takt der Wellen bewegt … was kann es Großartigeres geben.«

»Hast recht«, sagte Hendrik. Alle drei waren schnell zum vertrauten ›Du‹ übergegangen. »Ich habe den Wahrheitsgehalt deiner Worte gestern Nacht noch ausprobiert. Leider ist meine Angebetete heute Morgen verschwunden, noch bevor ich sie Rolle vorstellen konnte. Ich verstehe wirklich nicht, dass Britta sich nicht mal bei ihrem Team abgemeldet hat. Ich muss doch gleich noch mal zurück zur Mehrzweckhalle und nachsehen, ob sie eingetroffen ist. Wer soll mir denn sonst die Nacht versüßen?«

»Bei der Lösung dieses Problems kann ich dir leider auch nicht helfen.« Wolf lachte. »Aber vielleicht findet sich im Zweifelsfall noch eine andere nette Dame bereit, die Nacht auf dem Boot mit dir zu teilen.«

»Na ja, eigentlich nicht, aber … ach, vergessen wir's«, druckste Hendrik herum, bevor er sich an Roland Lütjens wandte. »Wann fährt eigentlich deine Fähre zurück, Rolle?«

»Um siebzehn Uhr, ich will aber vorher noch ins Heimatmuseum, mich dort ein bisschen bilden.«

»Und ich werde mich nun auf den Weg ins Ostdorf machen und dem *Bliev Sitten* einen Besuch abstatten.« Wolf erhob sich. »Mach's gut, Rolle, auf irgendwann. Und Hendrik, wir könnten doch mal zusammen ein Bier trinken gehen. Ich wohne im *Haus Marianne* bei Kanters. Mein Sohn hat sowieso Vollbeschäftigung, also, wenn du Lust hast …«

»Gerne, und falls du dir mal das Boot von innen ansehen willst, jederzeit. Komm einfach vorbei.«

»Auch nachts zum romantischen Mondscheinschauen?«

»Untersteh dich, da bist du einer zu viel.«

»Verstehe ich nicht. Du würdest also tatsächlich Britta den Vorzug vor einer nächtlichen gemütlichen Männerrunde geben?« Lachend schüttelte Wolf den Kopf, winkte den beiden zum Abschied und war in Gedanken bereits bei einem leckeren Essen in seinem Lieblingsrestaurant.

*

»Netter Mann, dein Kollege«, sagte Hendrik. »Solche Stammgäste sind Gold wert für diese Insel. Komm, ich bring dich noch zum Heimatverein, Rolle, und dann werde ich mal wieder zum Boot schauen.«

Einträchtig liefen die beiden zum alten Bummert, der die

Ausstellung des Heimatvereins beherbergte. Vor der Tür verabschiedeten sie sich. Sie tauschten ihre Handynummern aus und beschlossen, sich nicht wieder aus den Augen zu verlieren.

Auf dem Weg zum Hafen versuchte Hendrik noch einmal, Britta zu erreichen. Diesmal hatte er Glück.

Sie meldete sich sofort nach dem ersten Klingelton, aber ihre Stimme klang ganz klein und belegt. Hendrik merkte sofort, dass etwas nicht in Ordnung war. Ganz und gar nicht in Ordnung. »Britta, was ist los? Wo warst du die ganze Zeit? Ist was passiert?«

Er hörte Britta leise atmen, dann sagte sie: »Ach, Hendrik, ich musste mal kurz abtauchen. Mein Ex hat angerufen und gedroht, auf die Insel zu kommen. Und das wäre eine mittlere Katastrophe. Er lässt einfach nicht locker und wenn der seine Eifersuchtsanfälle kriegt, dann gnade uns Gott. Ich bin gleich heute Morgen ganz früh aus dem Haus und um die Insel gelaufen. Damit mein Kopf wieder klar wurde. Ich hab nur der Chefin vom Küchenteam Bescheid gesagt, und die hat das leider nicht weitergegeben. Ich bin jetzt wieder in der Halle, da fühle ich mich sicher mit den ganzen Menschen um mich rum.«

Hendrik wusste nicht, wie er mit der Situation umgehen sollte, fragte dann aber: »Soll ich kommen?«

»Nee, lass man, ich habe heute den ganzen Tag so viel zu tun, wir treffen uns um neun bei dir auf dem Boot. Fünf Uhr schaffe ich nicht.«

Hendrik war froh, nicht ihre Probleme teilen zu müssen. Spaß haben war gut, aber Beziehungskisten? Davon hatte er die Nase gestrichen voll.

Am Anleger war Ruhe eingekehrt. Einige Wattwanderer saßen mit bloßen Füßen vor dem *Verhungernix* und warteten auf den Wattführer, der ihnen bei Niedrigwasser die Geheimnisse des trocken gefallenen Landstriches zwischen Insel und Festland näherbringen wollte.

Am Steg sah Hendrik sein Boot träge in der Sonne dümpeln. Gleich daneben lag die *Achteran*.

Aus der Ferne konnte er keine Bewegung auf dem Boot ausmachen. Aber je näher er kam, desto deutlicher schälte sich ein Paar endlos langer Beine heraus, die sich in ihrer Bräune deutlich vom Weiß des Vordecks abhoben. Hendrik dachte an Wolfs Frage nach ›einer anderen netten Dame‹, mit der er eine Nacht auf der *Antje* hätte teilen mögen. Ob da wohl so eine Art Vorsehung drin gelegen hatte? Tatsächlich war in dem Moment vor seinem geistigen Auge das verheißungsvolle Lächeln von Hedda Kuhlmann erschienen. Genannt Schnucki. Vorsichtig näherte er sich, bemüht, die Planken des schmalen Steges nur ein klein wenig ins Wanken zu bringen. Sozusagen gerade genug, dass Schnucki die Augen aufschlug, jedoch ihre laszive Körperhaltung ansonsten nicht veränderte. Er hatte Glück. Schnucki hatte keinerlei Hemmungen, sich von ihrem Bootsnachbarn ausgiebig betrachten zu lassen.

»Ist es nicht herrlich ruhig hier?«, seufzte sie nach einer Weile. »Klaus ist an Land und hat Wuffel mitgenommen. Welch ein erholsamer Nachmittag. Jetzt noch eine Tasse Kaffee und mein Glück wäre perfekt.«

Eines begriff Hendrik sofort: Dies war eine Aufforderung zum Tanz, wie sie deutlicher nicht sein konnte. »Kein Problem, in zehn Minuten bei mir auf dem Boot, einverstanden?«

»Bring den Kaffee doch lieber hier rüber. Ist gemütlicher.«

In diesem Moment kam Klaas Bengen angeschlürt. »Ist Ihr Mann da? Wollte die Kurtaxe kassieren! Komme schon zum zweiten Mal!«

Hedda Kuhlmann schüttelte den Kopf. »Nein, der ist erst heute Abend wieder auf der Insel. Kommst am besten morgen noch mal vorbei.«

Klaas Bengen nickte, drehte sich um und verschwand wieder.

»Komischer Kerl«, sagte sie. »Hätte ich ihm ja auch geben können, aber wenn er sich so stur anstellt, bitteschön. Gott sei Dank sind nicht alle Männer so, der eine oder andere würde sich schon von mir was geben lassen, oder? Na, was ist, wo bleibt der Kaffee?«

Hendrik legte einen Zahn zu und verschwand unter Deck.

Oh Mann, oh Mann, dachte er, das ist ja vielleicht 'ne Granate. Ich will doch nur einen Kaffee mit ihr trinken und nicht auch noch die Koje auf der *Achteran* ausprobieren. Nachts Britta und tags Hedda, das schafft auch der stärkste Schipper nicht. Ich bin gespannt, wie ich aus der Nummer wieder rauskomme. Aber andererseits, wo liegt das Problem? Ich werde ganz cool das Getränk zu mir nehmen und dann abhauen. Termine, und so ... kennt man ja. Auf der anderen Seite, wenn sich die Gelegenheit bietet, solch ein Superweib mal aus der Nähe, ganz aus der Nähe, und ohne lästigen Ehemann kennen zu lernen, wie blöd müsste ich dann wohl sein, diese Gelegenheit nicht zu ergreifen, dachte er, während das Wasser langsam durch den Filter sickerte.

Er hatte sich so auf Britta gefreut heute. Dann war sie einfach abgetaucht, hatte sich nicht gemeldet, und nun das: ein aggressiver Ex. Hendrik wollte eine richtig nette Beziehung ohne Verpflichtung, Altlasten und dem ganzen Kram.

Nach dem Kaffeestündchen mit Schnucki würde er aber vielleicht doch noch mal in die Halle schauen. Und Kaffeestündchen war auch so gemeint. So und nicht anders. Das war ihm in diesem Moment völlig klar geworden.

Vorsichtig stellte er die Kanne, Milch, Zucker und zwei Becher auf ein Plastiktablett und jonglierte es auf das Nachbarschiff.

»Komm rein, es muss nicht jeder seine neugierigen Blicke auf uns werfen.« Hedda hatte sich während seiner Abwesenheit ein Nichts von einem Top übergeworfen und winkte ihn in die Kajüte.

Also blieb ihm nichts anderes übrig, als ihr zu folgen. Aus dem Augenwinkel sah er, dass sie hinter ihm die Tür zum Niedergang schloss.

*

Wolf machte sich auf den Weg zum Ostdorf. Links lag schützend der Deich und rechts von ihm auf den Hellerwiesen genossen einige Pferde ihre Ruhepausen, bevor sie vor den Kutschen wieder ihren Dienst versehen mussten. Zwischen ihnen flogen Möwen, laut kreischend auf der Suche nach Futter. Kurz hinter dem Hotel *Dünenschlösschen* erreichte er den Friedhof. Er bog ab und öffnete die schwere schmiedeeiserne Tür. Es war für ihn eine gute Tradition, das Grab der alten Familie Kanter zu besuchen. Es befand sich im hinteren Bereich in der Nähe einiger Soldatengräber. Hier lagen die Männer, deren Minensucher vor der Baltrumer Küste auf eine Mine gelaufen und untergegangen war. Alles junge Leute, so hatte man ihm erzählt. Der Gedanke, dass Jannis auch einmal so etwas passieren könnte, verursachte ihm jedes Mal Übelkeit. Seine Familie war ihm wichtiger als alles auf der Welt. Oft genug bekam er in seinem Beruf als Detektiv Abgründe zwischenmenschlicher Beziehungen mit, die er auch seinem ärgsten Feind nicht wünschte. Und schon gar nicht seiner Frau und Jannis.

Er setzte sich auf die kleine Bank und dachte nach. Viel Zeit hatten Anke und er im Alltag nicht zusammen. Aber wenn sie gemeinsam frei hatten, dann nutzten sie diese Stunden, füllten sie mit Leben. Das war nicht immer so gewesen. Vor einigen Jahren hatten sie sich fast auseinandergelebt, aber dann doch noch rechtzeitig die Notbremse gezogen. Was für ein Glück, dachte er, und lächelte, während er aufstand und weiterging.

Im Restaurant *Bliev Sitten*, oder auch »das letzte Haus vor Langeoog«, wie es der Besitzer Bernhard Ebeling liebevoll nannte, war jeder Platz besetzt. Das war kein Wunder, denn in dem kleinen Gastraum standen nur eine Handvoll Tische. Fröhliches Gemurmel schlug Wolf entgegen, als er eintrat. Das Licht, das durch die breiten Fenster fiel, umflutete die geschmackvolle Tischdekoration.

Eine Speisekarte suchte man hier vergebens. Drei Gerichte gab es täglich, immer wechselnd. Je nachdem, was der Ökohof hinterm Deich in Nesse oder die Netze der Fischerboote in Dornumersiel hergaben.

Dies alles hatte natürlich seinen Preis. Aber für Wolf waren Qualität und Ambiente in diesem Haus unschlagbar. Und das wollte was heißen, war er aus Bremen doch eine ganze Reihe guter Restaurants gewohnt. Dazu kam die Freundlichkeit der Besitzer. Bernhard Ebeling und seine Familie betrieben das Haus in der dritten Generation, und bald würde die vierte das Restaurant übernehmen.

Suchend schaute Wolf sich um. Keine Ebelings weit und breit. Das war noch nie vorgekommen, solange er sich erinnern konnte.

Doch dann konnte er mit einem Blick auf die Schwingtür zur Küche beruhigt aufatmen. Die massige Gestalt des Chefs, angetan mit einer blauen langen Schürze, balancierte drei Teller mit appetitlich angerichteten Seezungen in den Gastraum.

»Ja, ist denn das die Möglichkeit!« Das Gesicht des Mannes verzog sich zu einem breiten Lachen. »Da trudeln alle wieder ein, die mir liebe Gäste sind.«

»Auch wenn du nichts Besseres zu tun hast, als sie auf der Strandmauer über den Haufen zu fahren. Aber das klären wir noch.« Wolf blieb abwartend im Gastraum stehen, während der Wirt mit ein paar freundlichen Worten die Seezungen servierte und dann wieder zu ihm kam.

»Tut mir leid, wir haben dich echt nicht gesehen«, sagte Ebeling. »Das muss ich doch gleich mal Doro erzählen und unser Missgeschick mit einem besonders gelungenen Mittagessen wiedergutmachen. Setz dich eben draußen auf die Holzbank. Gleich wird ein Tisch für dich frei.«

Wolf tat wie ihm geheißen und genoss die Sonne. Sein Alkoholpegel hatte sich inzwischen einigermaßen reduziert, so dass dem Genuss einer exquisiten Mahlzeit nichts im Wege stand.

Zwar hatte er seinem Sprössling ein warmes Abendessen im Hotel *Fresena* versprochen, aber dem schaute er gelassen entgegen. Heute war Urlaub. Nächste Woche konnte das Fitnessstudio wieder an ihm verdienen.

»Möchtest du auch Seezunge?«, fragte Ebeling. Wolf zuckte zusammen. Er war fast eingenickt. »Oder ist dir das ostfriesische Deichlamm lieber? Als dritte Möglichkeit kann ich dir Spargel mit Norderneyer Seeluftschinken anbieten. Außerdem ist drinnen jetzt ein Tisch für dich frei geworden.«

Wolf folgte seinem Gastgeber und setzte sich an einen der massiven hellen Eichentische, jeder für sich ein Unikat in diesem Gastraum. Von seinem Platz aus hatte er einen herrlichen Blick in die Dünen. Fasane mit ihren halbwüchsigen Küken und Horden von Karnickeln zeigten unbekümmerte Futterlaune und ließen sich auch von den Gästen nicht aus der Ruhe bringen, die manchmal unerlaubt vom Wege abwichen und ihre Fährten kreuzten.

Er hatte Spargel gewählt, und es dauerte nicht lange, bis die weißen Stangen, auf den Punkt gegart, zusammen mit hauchdünn geschnittenem Schinken den Weg zu seinem Platz fanden. Kleine, goldgelbe Kartoffeln und Buttersoße rundeten sein Essen ab. Was kann es Schöneres geben, dachte er, als bei solch einem Wetter auf dieser Insel zu sein, fünfe gerade sein zu lassen und ein perfektes Essen vor sich zu haben?

»Schmeckt es denn?«, hörte Wolf eine dunkle Stimme hinter sich aus Richtung der Küche, und seine Rückenmuskeln zogen sich wie unter einem leichten Elektroschock zusammen. Diese Stimme konnte nur Doro Ebeling gehören, dunkel und heiser von unzähligen braunen Stumpen, die sie zu jeder Tageszeit in ihrer Nähe liegen hatte und mit Genuss rauchte. Jetzt erst wurde ihm bewusst, dass er wegen genau dieser Stimme den langen Weg ins Ostdorf auf sich genommen hatte.

Gut, nicht *nur* dieser Stimme wegen. Auch Bernhard war ein Supertyp, das Essen einfach genial und die Einrichtung wunderschön. Ach ja, natürlich auch der Blick in die Dünen. Aber das i-Tüpfelchen war eben diese verqualmte, erotische, Wunder versprechende Stimme von Doro Ebeling.

Wolf versuchte gleichzeitig, die Spargelstange herunterzuwürgen, die sich zur Hälfte in seinem Mund befand, die Freude in seinem Gesicht in einigermaßen neutrale Bahnen zu lenken und das Wasserglas abzustellen. So ziemlich alles ging bei diesem Versuch gründlich in und auf die Hose. Dass Doro Ebelings maßloses, unbändiges Lachen einzig und allein seinem Missgeschick galt, machte die Situation nicht besser.

»Nun pass mal auf, dass du dich nicht auch noch verschluckst, sonst hätten wir dich heute bereits zum zweiten Mal auf dem Gewissen, und das ist nicht gut für's Image.« In ihren grünen, von Lachfalten und von einem dicken schwarzen Kajalstrich eingerahmten Augen blitzte der Schalk. »Wir haben im Rathaus unsere Personalausweise und Pässe verlängern lassen. Warum, erzähle ich dir gleich. Dann dachten wir, wir tun etwas ganz Verruchtes und fahren mit unseren Rädern verbotenerweise über die Strandmauer nach Hause.« Doro Ebeling lachte. »Wir haben die ganze Zeit gehofft, dass der Inselsheriff uns nicht erwischt, und damit waren wir so beschäftigt, dass wir nichts anderes mehr im Blick hatten. Und wenn es dich getroffen hätte, hätte ich mir das natürlich niemals verzeihen können.« Ihre Stimmlage hatte sich um mindestens eine Oktave gesenkt und ihre Augen schienen sich in seinen zu verlieren.

Wolf hatte das Gefühl, vom Kopf an abwärts bis zu den Zehenspitzen gelähmt zu sein. Mit einer Ausnahme vielleicht.

Dies alles dauerte jedoch nur bis zu dem Moment, als Doro Ebeling fragte: »Und, was macht deine Frau? Schnippelt sie immer noch an der Menschheit herum?«

Schlagartig ließ das Lähmungsgefühl nach und er nahm seine Umgebung wieder in ihrer Gesamtheit wahr. »Leider, sie hat Dienst. Sie kommt demnächst aber mal und ich bin sicher, dass ihr erster Weg hierher führen wird.«

»Dann sollte sie sich aber mit dem Kommen beeilen, lieber Wolf. Wir machen es hier nicht mehr lange. Unsere Kinder werden nach der Saison den Laden übernehmen, und wir – ja, wir werden die Welt umsegeln für ein Jahr. Stell dir das mal vor! Daher auch unser Besuch im Rathaus, du verstehst? Das Boot wird gerade bei *Abeking und Rasmussen* gebaut. In Lemwerder. Der Paul, unser Koch, bleibt. Das ist schon mal eine sichere Bank, und so hoffen wir, auch wenn die beiden noch jung sind, dass das alles hier in unserem Sinne weiterläuft.«

Wolf merkte, wie ihn eine Welle der Enttäuschung durchlief. Baltrum ohne Doro und Bernhard. Das war nicht richtig. Er gönnte es ihnen ja, aber das war wie ... ach, er wusste auch nicht wie. Es war einfach nicht fair.

Sie hatte wohl gemerkt, wie schwer es Wolf fiel, diese Neuigkeit zu verdauen. »Wir könnten euch ja in Bremen besuchen, wenn wir unser Schiff abholen. Was hältst du davon?«

»Ist gebongt. Und wenn ihr wiederkommt auch, bitteschön. Wir dürfen uns doch nicht aus den Augen verlieren. Das würde auch Anke nicht gefallen. Aber sag mal, das kostet doch bestimmt eine schöne Stange Geld, wenn ihr bei solch einer renommierten Werft bauen lasst.«

»Das ist richtig. Die *Germania* ist sündhaft teuer, aber genau richtig für unsere Ansprüche und wunderschön. Sie wird exakt nach unseren Vorstellungen gebaut. Wir haben da mein Erbe reingesteckt. Sonst wäre das auch nicht gegangen. Von einem Esslokal auf Baltrum kann man dieses Schiff nämlich nicht bezahlen. So, jetzt muss ich wieder in die Küche. Die nächsten Menüs warten auf mich. Wir sehen uns später. Bis dann.«

Nachdem Doro wieder verschwunden war, gelang es Wolf, sein restliches köstliches Essen mit Anstand zu verzehren. Bernhard blieb kurz an seinem Tisch stehen und sie verabredeten sich für den Abend im *Strandcafé*.

Wolf blieb noch eine Weile sitzen, genoss den Augenblick und beschloss, den Nachmittag faul in der Sonne liegend am Strand zu verbringen.

*

Ein fürchterliches Wochenende. Menschen überall. Aufdringlich und nervtötend. Besonders diese sogenannten Turner. Hinterlassen nichts als Dreck. Machen Krach am Strand. Bewegen ihre ach so drahtigen Körper im Sand. Die reinste Provokation. Knappe Höschen und T-Shirts zeigen bei jeder Bewegung nackte Haut. Ich habe das genau gesehen. Sport ist denen doch völlig egal. Lächerlich, wie die sich in den Sand schmeißen, übertrieben und lächerlich. Die nennen das Volleyball und in Wirklichkeit ist es nur Reiben der Körper aneinander. Verstohlen, heimlich jede Möglichkeit nutzend, nackte Beine an nackten Beinen zu schubbern. Ganz genau habe ich das beobachtet. Und nachts werden die Versprechen eingelöst, die die aufreizenden Körper tags am Strand gegeben haben. Ich weiß, wovon ich spreche.

*

Jannis machte sich keine Gedanken darüber, dass er den Koffer samt Inhalt auf dem Bett hatte liegen lassen, als er loszog. Für solche Kleinigkeiten wie Auspacken war einfach keine Zeit mehr gewesen. Schließlich hatte er eine Verabredung. Er war sich sicher, dass Jens schon auf ihn wartete. Sie hatten bereits Wochen zuvor von zu Hause aus E-Mails ausgetauscht, voller Vorfreude auf ihr Wiedersehen. Punkt elf an der Inselglocke. So hatten sie es verabredet. Sie wollten in aller Ruhe über ihr gemeinsames Hobby quatschen, bevor sie mit den anderen zusammentrafen. Im letzten Jahr hatten sie die Clique ordentlich genervt mit ihrem ständigen Erfahrungsaustausch. Zumindest hatten die so getan. Und zugegebenermaßen war Ahnenforschung kein Thema, mit dem man aktuell punkten konnte. Für die beiden aber gab es kaum etwas Cooleres als die eigene Familiengeschichte, der eine in Bremen, der andere in Wattenscheid.

Eigentlich war Jannis durch ein großes Ärgernis zu diesem Hobby gekommen: Welcher Junge mochte schon gerne Johannes heißen? Verstaubt und antiquiert, so lauteten seine Beschreibungen, wenn jemand auf seinen Namen zu sprechen kam. Er hatte früh darauf bestanden, dass alle ihn Jannis nannten. Das klang wenigstens etwas moderner. Das klappte auch. Seine Freunde, Mitschüler, Lehrer, alle nannten ihn Jannis. Sogar seine Eltern. Nur dann nicht, wenn sie sauer waren. Wenn er den Ruf »Johannes« hörte, wusste er genau, dass der unangenehmere Teil des Tages begann.

Dann hatte er angefangen, sich mit seinem Namen zu beschäftigen, denn sein Großvater hatte Johannes geheißen, und auch sein Vater hieß mit zweitem Namen so. Daraus hatte sich im Laufe der Zeit seine Lieblingsfreizeitbeschäftigung entwickelt. Inzwischen kannte er sich in den Generationen vor ihm und deren Zeit so gut aus, als wären seine Vorfahren nicht schon lange tot, sondern ständig bei ihm. Seine Eltern unterstützten ihn, wo sie nur konnten.

Auch wenn sie ihn manchmal »Johannes« riefen und behaupteten, dass es kaum ein nervtötenderes Hobby gab, als sich ständig mit den Geistern verstorbener Familienmitglieder auseinanderzusetzen.

»Mensch, Jens, super, dich zu sehen.«

Jens war zwar genauso alt wie Jannis, war aber mindestens einen Kopf kleiner und hatte eine blonde, von Gel gehaltene Strubbelmähne. Er schlug seinem Freund fröhlich auf die Schulter und beide setzten sich auf den Rasen, das Gerüst der Inselglocke als Rückenlehne nutzend. »Immer nur durchs Telefon oder Internet wird auch mal langweilig. Schon wieder ein Jahr her, seit dem letzten Mal.«

Fast augenblicklich fielen sie in ein Fachgespräch, das so manchen Wissenschaftler in Erstaunen versetzt hätte. Sie redeten und redeten, bis sie merkten, dass die Sonne immer höher gestiegen war.

»Meinst du, wir sollten jetzt mal wie zwei ganz normale Vierzehnjährige das Strandleben genießen?«, fragte Jens.

»Du meinst, mit ins Wasser und Mädchen und dem ganzen Kram?« Jannis strahlte seinen Freund an.

»Genau. Und Sport, und Eisessen. Das ganze Programm halt. Ich habe den anderen vom letzten Jahr gemailt. Die sind fast alle wieder da. Jasmin und Anna habe ich schon auf dem Schiff getroffen. Sie wollten sich am Kajakverleih treffen. Anna habe ich kaum wiedererkannt. Sie war doch so ein bisschen, na du weißt schon, nicht gerade schlank, und die hat jetzt eine …« Jens wurde rot. »… also die hat jetzt eine super Figur, ehrlich. Und ganz lange schwarze Haare.«

»Gut, dass du mich vorgewarnt hast. Wäre sonst ganz schön peinlich geworden, wenn ich mich ihr in blindem Eifer galant vorgestellt hätte.« Jannis lachte. »Noch irgendetwas, das ich wissen müsste?«

»Nee, eigentlich nicht. Jasmin hat sich kaum verändert. Sogar den grün-weißen Werder-Schal, den du ihr im letzten Jahr geschenkt hattest, trug sie um den Hals. Trotz der Wärme.«

Jannis sprang auf. »Na, dann! Stürzen wir uns ins pralle Leben!«

Sie liefen bis zum ersten Strandaufgang. Hier standen die Container von der Surfschule und dem Kajakverleih, ein beliebter Treffpunkt der Jugendlichen. Wer hierher kam, fand sofort Anschluss.

Die beiden wurden mit großem Hallo empfangen. Alle waren versammelt, Jasmin, Maik, Anna, Heiner, Andreas, der Bäcker aus dem *Insel-Markt* und noch viele, deren Namen Jannis erst wieder ins Gedächtnis zurückholen musste.

»Erzählt, wie habt ihr die unwichtigen Tage zwischen den Baltrum-Urlauben verbracht? Aber bitte, bitte kein Wort über eure Urgroßelterntanten und -onkels. Wir wollen es einfach nicht wissen!« Alle lachten lauthals und eine fröhliche Wiedersehensrangelei begann.

»Los kommt, wir gehen ein Stück weiter zu den emsigen Sportlern«, sagte Heiner schließlich. »Vielleicht lassen die uns mitspielen. Dann können wir denen mal zeigen, wie man das richtig macht.« Er stand auf und klopfte sich den Sand von seinem Bauch, der sich über die knappe Badehose wölbte. Eindeutig ein Zufluchtsort für viele, viele kleine Hamburger mit Pommes, dachte Jannis.

Links und rechts des Bohlenweges, der sie zu den Sportlern führte, saßen Familien in den Strandkörben, beseelt vom Wetter und dem Wissen um ein paar freie, unbeschwerte Tage. In diesem Jahr standen die Körbe besonders eng beieinander, denn die Stürme und Sturmfluten des letzten Winters hatten ein gutes Stück Strand abgenagt. Es würde eine lange Zeit, kräftigen Ostwind und viele heranwandernde Sandbänke brauchen, bis der Strand wieder zu seiner alten Größe herangewachsen wäre.

»He, pass doch auf, wo du hintrittst!« Ein zornrotes Gesicht mit Körper dran hatte sich vor Jasmin aufgebaut, die, einem Schubser von Jens ausweichend, fast in einem Strandkorb gelandet war. »Mir reicht das allmählich. Erst dieser Krach hier am Strand, dann die schreienden Blagen überall und jetzt auch noch du. Kann man hier nirgends seine Ruhe haben? Kann ich ja auch gleich nach Malle fahren und mir den Kopp zudröhnen.«

»Wäre gar nicht schlecht, die Idee«, erwiderte Jasmin, während sie mit zwei langen Sätzen wieder den sicheren Steg erreichte. »Fahrkarten gibt's im Reisebüro. Und denk dran, Opa, demnächst in der Urne ist es schön stille.« Sie reihte sich seelenruhig wieder in die Gruppe ein und zuckte mit den Schultern. »Der alte Bock hat mich gestern auf dem Schiff schon genervt. Da hat er nämlich seiner Tochter eine gelangt. Scheißkerl. Der kann mich mal.«

Sie liefen weiter, und nach kurzer Zeit hatten sie das erste Spielfeld erreicht. Prellball. Damit kannte sich keiner von der Gruppe aus und sie beschlossen, sich ein wenig beim Volleyball umzusehen. Ganz unauffällig. Unverbindlich. Würden sich in den Sand hocken. Könnte ja sein, dass mal einer der anderen Spieler ausfiele. Dann würden sie schon einspringen. Nur nicht aufdrängen. Aber mitmachen, das wäre schon klasse.

Es dauerte etwa zehn Minuten, dann standen sie alle abwechselnd im Feld. Sogar der dicke Heiner war dabei.

Auf den T-Shirts ihrer Gegner stand *Postsportverein Leer*. Und die Truppe war verdammt gut.

Zwei Stunden später und um mehrere Erfahrungen hinsichtlich ihrer sportlichen Laufbahn reicher, lagen Jannis und die anderen fix und fertig im weißen Inselsand. Aber auch die Leeraner bestanden auf einer Pause. Zwei von ihnen liefen zur Mehrzweckhalle und holten eine Runde Mineralwasser für alle. Die nächste halbe Stunde nutzten sie, sich näher miteinander bekannt zu machen. Auch dazu ist so ein Sportfest bestens geeignet, dachte Jannis, bevor er seinem Gegenüber eine höchst komische Geschichte aus dem Leben seines Urgroßvaters mütterlicherseits erzählte.

*

Britta war hin- und hergerissen. Sie fand es total süß, dass Hendrik angeboten hatte, in die Halle zu kommen. Gleichzeitig war ihr aber auch bewusst, dass sie hier einen Job zu erledigen hatte. Sie war als Betreuerin verantwortlich für die Gruppe. Jetzt hatte sie schon den Vormittag verpasst und ihre Arbeit den anderen aufgehalst. Aber sie hatte wirklich nicht damit gerechnet, dass die Vergangenheit in Form ihres Exmannes wieder auftauchen würde.

Er war damals nach Australien gegangen, als sie ihm den Stuhl vor die Tür gesetzt hatte. Schlagen ließ sie sich nur einmal. Danach war Schluss.

Nun war ihm offensichtlich das Geld knapp geworden. Ihre größte Sorge war gewesen, dass er mit der Morgenfähre auf der Insel auftauchen würde. Bis jetzt hatte er sich allerdings nicht blicken lassen. Das änderte aber nichts an der Tatsache, dass sie Angst hatte. Angst vor seiner Aggressivität, Angst vor der Aussicht, dass er sich wieder in ihr Leben einzuschleichen versuchte, und Angst, dass er ihre Beziehung mit Hendrik herausbekäme. Obwohl ihn das überhaupt nichts anging. Sie waren seit Jahren geschieden. Und trotzdem.

Sie wünschte nichts sehnlicher, als dass er wieder aus ihrem Leben verschwinden würde.

»He, Britta, aufwachen, deine Gruppe will was zu trinken haben. Wo steht euer Vorrat?«

Britta schreckte auf. »Da hinten, hinter dem Strandkorb, entschuldige bitte, ich war in Gedanken.«

Marco Schneider schaute sie mitleidig an. »Das habe ich gemerkt. Probleme mit Hendrik?«

»Nee, nee, das ist okay, lass man, wird schon wieder.« Sie band ihre Haare zu einem Pferdeschwanz und begleitete die beiden Spieler zum Strand.

Der Chef der *Beachspiele* schaute nachdenklich hinter ihr her. Von Brittas Lebensfreude war im Moment nicht viel übrig geblieben. Es war ein mühsames Lächeln gewesen, das sich beim Anblick ihrer beiden Schützlinge auf ihrem Gesicht gezeigt hatte.

Er kannte Britta nun schon eine ganze Weile, und es war ihm immer so vorgekommen, als könnte sie so leicht nichts erschüttern.

Als er vor Jahren damit begonnen hatte, die Turnspiele auf Baltrum zu entwickeln und umzusetzen, hatte er in ihr eine begeisterte Mitstreiterin gefunden. Sie brachte Gruppen aus allen Leeraner Vereinen dazu, sich an der Veranstaltung zu beteiligen. Inzwischen kamen Mitspieler aus ganz Niedersachsen, in jeglicher Altersstufe. So war die große Mehrzweckhalle, in der im Winter die Strandkörbe lagerten, jetzt mit lautem, fröhlichem Leben erfüllt.

Sein Küchenteam war perfekt organisiert. Die Zutaten für das Frühstück wurden morgens vom *Insel-Markt* angeliefert und das Abendessen von einem örtlichen Hotel zubereitet. Auch wenn einige Insulaner der Veranstaltung skeptisch gegenüberstanden – fünfhundert spielbegeisterte Menschen brachten eben doch einige Unruhe – im Großen und Ganzen klappte die Zusammenarbeit mit den örtlichen Entscheidungsträgern recht gut.

Seine Gedanken gingen zurück zu Britta. Er machte sich Sorgen um sie. Normalerweise hätte sie nie ihre Aufgaben vernachlässigt. Es musste schon was Ernstes dahinterstecken, wenn sie sich gerade hier und jetzt eine Auszeit nahm. Außerdem war er der Meinung, dass die Sache zwischen ihr und Hendrik Beyer viel zu schnell ging. Es sollte ihn nicht interessieren, sie war eine erwachsene Frau, aber trotzdem: Es gefiel ihm nicht.

Er wischte die letzten Krümel des Frühstücks von den Partytischen. Am liebsten wäre er Britta an den Strand gefolgt, aber er sah aus den Augenwinkeln seine Frau und wusste, dass er diese Idee wohl im Dünensand vergraben konnte. Nadine Schneider sortierte mit saurem Gesicht das Geschirr.

Schon kamen die ersten wieder vom Strand, um eine kleine Zwischenmahlzeit in Form vom Obst, Müsli oder Joghurt zu sich zu nehmen. Sport und Spiel machten hungrig.

Seine Frau nahm ihm den Lappen mit den Krümeln aus der Hand. »Marco, denk dran, der Bürgermeister wird in einer Viertelstunde hier sein. Habe gerade Kaffee angesetzt.« Nadine war die Leiterin seines Küchenteams. »Nicht, dass du noch kurzfristig zu einer Rundfahrt aufbrichst«, maulte sie. »Bist im Kopf wohl nur noch bei Britta. Die wird schon alleine zurechtkommen. Brauchst du dich nicht auch noch drum zu kümmern. Ich muss schließlich auch sehen, wie ich fertig werde.«

Sie verschwand hinter den Gefriertruhen, ohne seine Antwort abzuwarten. Ein paar Spieler, die ihr Gemecker mitbekommen hatten, wandten sich wortlos in die andere Richtung.

Sie versucht doch immer wieder, mich bloßzustellen, dachte er. Soll sie doch mit dem Hintern zu Hause bleiben, wenn ihr alles zu viel wird.

Aber er wusste, das täte sie nie. Hätte ja sein können, dass irgendetwas Interessantes ohne sie passierte. Ständig meinte sie, dass er sofort auf die Piste ginge, wenn sie einmal nicht dabei war.

Und das Schlimme ist, dass ich es auch machen würde, dachte er. So weit hat sie mich inzwischen. Immer nur hetzen und meckern.

Er verließ die Halle und setzte sich mit hochrotem Kopf neben der Bratwurstbude in den Dünensand. Er musste ja in der Nähe bleiben, wollte er den Bürgermeister nicht verpassen. Und Nadines großen Auftritt als Gattin des Veranstaltungsleiters!

*

Es gibt keine schöne heile Inselwelt. Nein, wirklich nicht. Jeder muss für sein Tun bezahlen. Irgendwann muss das jeder. Auch Sie. Haben Sie sich darüber noch nie Gedanken gemacht? Glauben Sie wirklich an Schicksal? Papperlapapp. Sie selbst sind das Schicksal. Da hilft Ihnen keiner.

Habe es oft genug versucht. Mich geduckt und angebiedert, Dinge getan, die ich gehasst habe. Aber damit ist jetzt Schluss. Jetzt wird aufgeräumt. Gründlich. Und übrig bleiben die, die es verdient haben. Die Treuen. Und Redlichen. Auf die man sich verlassen kann.

Ich weiß genau, was zu tun ist. Mein Plan ist fertig. Gleich fange ich damit an. Dann werden sich alle ganz schön umgucken. Und Sie werden mir recht geben, da bin ich mir sicher.

*

Nein, es ging nicht. Er konnte den Kopf nicht bewegen. Mit Mühe hatte er das linke Auge aufbekommen, nun übte er mit dem rechten. Hendrik lag ausgestreckt auf dem Boden seiner Kajüte, den Kopf schmerzhaft zwischen Koje und einem vergessenen Fender eingeklemmt. Durch das Bullauge fielen Sonnenstrahlen, die an der gegenüberliegenden Wand mit dem Wiegen des Schiffes Zacken und Kreise malten. Linker Arm, rechter Arm, linkes Bein, rechtes Bein, Hendrik merkte zu seiner Beruhigung, dass noch alles da war, nur nicht seinen Befehlen gehorchte. Er beschloss, noch eine Weile liegen zu bleiben, denn sein Magen hob und senkte sich mit dem kurzen Wellenschlag im Hafen. Noch wollte seine Erinnerung nicht den Weg ins Licht antreten, so schloss er seine Augen wieder und fiel erneut in einen kurzen, traumlosen Schlaf, bis er von seinem eigenen Schnarchen geweckt wurde.

Und nun kam sie mit Macht. Die Erinnerung.

Sie hatte die Kajüttür geschlossen. Damit hatte alles begonnen. Nein, wenn er ehrlich war, hatte die Geschichte schon vorher begonnen. In seinem Kopf. Und weiter unten.

Sie hatten Kaffee getrunken. Schwarz ohne Milch. Sie waren sich nähergekommen. Zentimeter für Zentimeter. Dann hatte Schnucki eine Flasche Talisker Whisky, Single Malt, auf den Tisch gestellt. Und zwei Nosing-Gläser. So hatte sie die kleinen, bauchigen Gläser genannt, die zur Öffnung hin schmaler werdend zum Verkosten des Whiskys ein Muss waren. Seinen Einwurf, dass zu einem guten Whisky auch immer ein gutes Wasser gehörte und der gute Whisky ja auch eigentlich ihrem Gatten, wischte sie mit einem Lächeln vom Tisch. »Wasser ist für die Fische«, hatte sie gesagt, und »Cheerio«. Ein ums andere Mal. Und jedes Mal war der Abstand zwischen ihnen etwas kleiner geworden.

Er hatte nicht nein gesagt, weder zum einen noch zu dem anderen. Gefangen von der Situation. Der Gedanke an Britta war wie eine flüchtige Wolke vorbeigezogen. Es war warm gewesen in der Kajüte. Da war es nicht ausgeblieben, dass Schnucki ihr Nichts auszog und er sein T-Shirt. Ein Schweißtropfen war genau in der Mitte seiner Brust Richtung Bauchnabel gelaufen. Sie war ihm mit ihrem Zeigefinger gefolgt.

Was passiert, wenn die Geschwindigkeit konstant bleibt und der Abstand sich verringert? Die kleine Segelschule Band 1 Seite 15. Es kommt zu einer Kollision! Das war der letzte Gedanke, zu dem Hendrik fähig gewesen war.

Jetzt lag er in seinem Boot und versuchte das Ende der Geschichte zu rekonstruieren, aber es wollte ihm nicht einfallen. Je länger er nachdachte, desto verschwommener wurden die Bilder des Nachmittages. Ob er sich das Ganze nur eingebildet hatte? Was machte er hier eigentlich auf seinem Boot? Er hob seinen Kopf. Sozusagen als Test. Wie spät war es überhaupt? Sechs Uhr. Da hatte er doch glatt zwei Stunden gepennt. Oder war doch alles nur ein schöner

Traum gewesen? Sein Blick fiel auf seine rechte Hand. Ein Kratzer zog sich quer über deren Rücken. Das Blut darauf war dunkel und geronnen. Verdammt, dachte er, wieder dieser Splitter in der Kajüttür. Ich muss sie unbedingt abschleifen.

Er setzte sich auf. Sein Mageninhalt stieg nach oben, machte jedoch kurz vor dem Austritt halt. Hendrik versuchte langsam auf die Beine zu kommen. Er musste aber sogleich feststellen, dass das schottische Lebenswasser noch wesentliche Bestandteile seines Körpers unter Kontrolle hatte, und legte sich mit einem tiefen Seufzer zurück in seine Ausgangsposition.

*

Britta hatte es nicht mehr ausgehalten und Marco Schneider gebeten, einen Ersatz für sie an den Strand zu schicken.

Er hatte genickt. »Mach dir keine Sorgen, ich sage Peter Bescheid. Schließlich gehört er auch als Betreuer zu deiner Gruppe. Er hatte ja heute Nachmittag ein paar Stunden Ruhe, und gleich ist sowieso Abendessenzeit. Das kriegen wir schon hin. Und, falls du jemanden zum Reden brauchst, jederzeit, weißt du?«

Britta lächelte ihm zu. »Danke für das Angebot. Später vielleicht. Schau mal, deine Frau will, glaube ich, etwas von dir. Sie schaut schon die ganze Zeit rüber.«

»Weißt du was? Das ist mir scheißegal.« Britta sah Marcos Erschrecken über die eigenen Worte, aber auch Wut und Entschlossenheit. Sie wussten beide, dass seine Worte haargenau seine Empfindungen ausgedrückt hatten. »Du kannst das gelbe NTB-Fahrrad nehmen, wenn du willst. Lass dir Zeit. Hier läuft schon alles.«

Britta bekam den letzten Satz gerade noch so mit, als sie schon aus der Halle lief. Sie schnappte sich das Rad und fuhr los. Sie hatte Marco nicht mal gesagt, dass sie zum Hafen wollte, aber er würde es sich denken können.

Es war der reinste Slalom. Kurz vor der evangelischen

Kirche wäre sie beinahe schwer gestürzt. Zwar hatte sie den Dackel auf der rechten Seite der Straße am Fischerhäuschen gesehen, aber nicht, dass dessen Herrchen gegenüber auf dem Fußweg bei der Kirche lief. Die lange Hundeleine überspannte den Fahrweg komplett. Britta bremste scharf und mochte sich nicht ausmalen, was passiert wäre, hätte sich die Leine in ihrem Vorderrad verheddert. Sie sprang vom Rad, doch ehe sie sich zu einer scharfen Zurechtweisung aufraffen konnte, hatte sich der Mann schon bei ihr entschuldigt und seinen Hund kurz genommen. »Es tut mir leid, ich war völlig in Gedanken«, erklärte er.

Sie nickte. Das konnte sie gut nachvollziehen, ging es ihr doch den ganzen Tag nicht anders.

Ihre Beine zitterten noch leicht, als sie wieder aufs Rad stieg.

Je näher sie dem Hafen kam, desto ruhiger wurde es auf den Straßen. Das Abendschiff war schon nach Neßmersiel unterwegs und würde erst in gut anderthalb Stunden mit neuen Gästen wiederkommen. Auch im Bootshafen war nicht viel los, die meisten Schiffseigner waren wohl auch am Strand und genossen das Badeleben. Der leicht modrige Geruch schlickigen Wattbodens stieg ihr in die Nase.

Am Bootshaus sah sie den Mann sitzen, den Hendrik ihr gestern als Hafenaufseher beschrieben hatte. Mit seinem blau-weißen Fischerhemd und der Prinz-Heinrich-Mütze sah er aus wie der Seemann schlechthin, fand sie. Wenn er nur nicht so griesgrämig gucken würde! Sie stellte ihr Fahrrad ab und lief zur *Antje*, die an ihrer Anlegestelle dümpelte. Britta wünschte sich sehr, Hendrik auf dem Schiff zu finden

Es schien, als hätte sie kein Glück. Auch auf den Nachbarliegern rührte sich nichts. Britta war maßlos enttäuscht. Aber klar, warum sollte er auch ausgerechnet jetzt an Bord sein? Sie hatten sich ja erst für abends verabredet. Aber gerade jetzt hätte sie ihn so gebraucht.

Zwar hatte sie nicht die geringste Ahnung, ob es ihn überhaupt interessierte, ihren Problemen zuzuhören. Sie kannten sich erst drei Tage, und dieses Kennen stand unter dem Motto: Strand, Sonne, Urlaub, Unbeschwertheit. Doch irgendwie in ihrem Innern meinte sie zu spüren, dass da unter Umständen ein ganz klein bisschen mehr sein müsste als nur Lust am Urlaubsstrand.

Es nützte nichts. Er war nicht da. Würde sie eben zurückfahren. Oder aufs Boot klettern und warten.

Ein Boot betreten in Abwesenheit des Eigners, das ist wie in eine Wohnung einbrechen, hatte Hendrik ihr erzählt.

Egal, sie würde warten. Wenigstens eine Weile!

Sie zog das Schiff an der Achterleine näher an den schmalen Steg, und mit einem beherzten Sprung über die Reling landete sie in der Plicht.

Gerade wollte sie es sich auf einer der Sitzbänke bequem machen, da meinte sie ein Stöhnen oder Schnarchen zu hören. Sie schaute sich um, konnte aber niemanden entdecken.

Da war es wieder. Das Schnarchen. Und wie es sich anhörte, kam das Geräusch von gar nicht so weit her: direkt aus der Kabine der *Antje*. Britta klopfte vorsichtig an der Kajüttür. Nichts! Sie klopfte wieder und bemerkte, dass die Tür nur angelehnt war. Vorsichtig öffnete sie.

Sie traute ihren Augen kaum. Da lag Hendrik rücklings und nur mit Boxershorts bekleidet auf dem Boden der Kajüte und schlief tief und fest. Seine nackten Füße zuckten leicht und streckten sich ihr wie zur Begrüßung entgegen. Aus dem kleinen Raum stieg Britta mit jedem Einatmen der Duft des schottischen Hochlandes in die Nase. Auch der Eindruck, dass auf dem Hochland ein paar Schafe und Rinder geweidet hatten, wurde mit jedem Atemzug stärker.

Das durfte doch wohl nicht wahr sein. Besoffen am helllichten Tag! Das hatte ihr gerade noch gefehlt. Wie sollte sie mit dem Mann in dem Zustand denn reden können? Sie würde gehen. Ganz einfach wieder gehen. Männer! Sie drehte sich um, dann zögerte sie.

Wenn er doch ein ganz kleines bisschen wach würde … Irgendwie sah er auch süß aus, so unschuldig, wie er da lag. Und sie brauchte ihn. Sie kitzelte ihn an seinem großen Zeh.

Er rührte sich nicht. Sie zwickte ihn leicht. Noch immer nichts. Sie kniff beherzt zu. Das hatte Erfolg. Mit lautem Stöhnen öffnete Hendrik seine Augen – und erstarrte.

»Was um alles in der Welt machst du denn hier?«, krächzte er.

»Danke der Nachfrage. Ich wollte dich sehen. Scheinbar aber keine so gute Idee. Ich geh dann mal.« Britta drehte sich um und stieg entschlossen den Niedergang hinauf.

»Nein, warte, war doch nicht so gemeint. Bin nur gerade aus dem Tiefschlaf gekommen.«

Sie zögerte. Sollte sie gehen oder nicht? Britta entschloss sich zu bleiben. Sie setzte sich auf den kleinen Hocker im Heck des Bootes und gab Hendrik Zeit, sich aus seiner unbequemen Lage zu befreien. Es schien ihr, als brauchte er ungewöhnlich lange, bis er endlich, bekleidet mit T-Shirt und kurzer Hose, in der Hand eine Flasche Mineralwasser, aus der Kajüte auftauchte und sich neben sie setzte. Das Rot seiner Augen sprach immer noch Bände.

»Du musst ja nicht, aber willst du mir die Geschichte deines Zustandes näherbringen?«, fragte Britta.

»Tja, das war so«, begann er, »ich habe heute Morgen einen alten Bekannten getroffen und einen neuen kennengelernt, und das war es doch wohl wert, darauf einen zu nehmen, oder nicht?«

»Komisch, ich hatte bei deinem Anruf überhaupt nicht das Gefühl, du hättest einen im Tee.« Warum konnte Britta sich des Gefühls nicht erwehren, dass sie gerade mit einer Lügengeschichte konfrontiert wurde?

»Soll das hier ein Verhör werden oder was?« Hendrik schüttelte den Kopf. »Kommst hier rein, weckst mich und ich soll dir Rede und Antwort stehen. So nicht, da hab ich keinen Bock drauf.«

»Nun blas dich mal nicht künstlich auf. Mach doch, was du willst, mir doch egal, wie du deine Tage verbringst. Konnte ich doch nicht ahnen, dass du Komasaufen toll findest. Ich geh dann mal. Kannst dich ja melden, wenn du wieder nüchtern bist.«

Wütend stand Britta auf, aber Hendrik zog sie am Arm wieder neben sich.

»Entschuldige. Wir fangen das Gespräch noch einmal neu an. Gib mir ein paar Minuten. Ich schleudere mir einen Eimer Wasser ins Gesicht und wir gehen auf die Terrasse vom Hotel *Witthus,* einen Kaffee trinken.«

*

Leicht schwankend kletterte Hendrik zurück in die Kajüte seines Bootes. Er warf einen vorsichtigen Blick in den kleinen Spiegel, den er neben der Tür des Niederganges angebracht hatte, und zuckte zusammen. Ihm wurde klar, dass nicht einmal drei Eimer Wasser seinen roten Augen und seiner unter der Seemannsbräune fast bleichen Gesichtsfarbe wieder zu einem einigermaßen gesunden Aussehen verhelfen würden. Ihm war schlecht, so schlecht wie es einem nur sein konnte, zwei Stunden nach einem Saufgelage, aber außergewöhnliche Situationen erforderten außergewöhnliche Maßnahmen. Denn eines erschien ihm jetzt am wichtigsten, nämlich Britta aus der direkten Nachbarschaft des Schauplatzes seiner nachmittäglichen Aktivitäten wegzubringen. Nicht vorzustellen, dass Schnucki auch noch zu ihrer fröhlichen Runde stoßen würde. Diese Situation wäre schlichtweg nicht auszudenken. Er nahm jedoch an, dass sie ebenfalls selig in Morpheus' Armen lag. Aber wissen konnte man das natürlich nicht. Sein Kopf dröhnte bei dem Gedanken, die beiden Frauen könnten aufeinandertreffen. Er wusste, Frauen waren entsetzlich nachtragend!

»Wasch dir mal über die Hand. Ich glaube, du hast geblutet«, hörte er Brittas Stimme. Er schaute auf seine Hand, zuckte unwirsch mit den Schultern und murmelte: »Lieber nicht, fängt sonst nur wieder von neuem an.«

*

Klaus Kuhlmann stand in Neßmersiel und wartete auf die Fähre. Er war sauer. Natürlich war logisch, dass der

Segelmacher in Norden heute geschlossen hatte. Tourismus, Service am Gast, Segelsaison, alles Banane. Es war Feiertag und das war's.

Er hätte noch stundenlang weiter vor sich hin schimpfen können, so wie er es getan hatte, seit er die kleine Stadt mit dem großen Marktplatz verlassen hatte. Genauer gesagt, seit er mit dem Bus nach Norden zum Bahnhof gelangt war und von dort mit der Taxe zum Segelmacher ins Gewerbegebiet Leegmoor. Nur um dann vor verschlossener Tür zu stehen. Das Taxi hatte er da natürlich schon wieder weggeschickt. Kostete ja Geld. Nicht, dass er geizig wäre. Aber einem Taxifahrer Geld in den Hintern schieben? Nur im Notfall!

Er hätte vorher bei der Firma anrufen sollen, das wusste er jetzt auch. So war er mit seinem schweren Segelsack und der kaputten Fock über der Schulter und Wuffel an seiner Seite langsam zum Bahnhof zurückgelaufen. Eine Tortur bei der Hitze. Und dann die vergeudete Zeit. Was hätte er schön mit seiner Schnucki segeln können! Wenn nur nicht die Fock so blöde eingerissen wäre.

Nicht mal die Stadt hatte er besichtigen können. Wo hätte er denn mit seinem verdammten Segelsack hin sollen. Die Geschäfte hatten auch alle zu. Die Stunden, bis der Bus der *Baltrum-Linie* wieder Richtung Neßmersiel gefahren war, hatte Kuhlmann im *Burger King* am Bahnhof abgesessen.

Langsam kam das Schiff durch die Fahrrinne dem Anleger näher.

Er freute sich. Auf die Insel, sein Boot und natürlich auf Schnucki. Er hoffte nur, dass sie kein großes Abendessen zubereitet hatte. Die Stunden im Schnellrestaurant hatten seinen Magen gut gefüllt. Er wollte jetzt nur noch die Beine hochlegen und später mit einem guten Gläschen Talisker den Sonnenuntergang genießen. Auch Wuffel merkte man an, dass er sich gerne in seinen Hundekorb in der Kajüte zurückgezogen hätte. Das Abendschiff war recht leer, so hatte Klaus Kuhlmann auf dem Oberdeck freie Platzwahl.

Er ließ sich auf eine der blauen Bänke sinken und genoss die Sonne, die noch hoch über Norderney stand.

»Bitte einzeln die Fahrkarten vorzeigen!«

Klaus Kuhlmann schreckte auf. Da hatte er doch die ganze Überfahrt verschlafen. Egal. Er war da. Kuhlmann schaute vom Deck aus auf den Anleger. Er war enttäuscht. Hatte er doch gehofft, dass Schnucki ihn und Wuffel abholen würde. Aber es war nichts von ihr zu sehen. Erstaunlich, wenn man bedenkt, wie vernarrt sie in den Hund ist, dachte er sarkastisch.

Er wartete, bis er seine Fock aus dem Container holen konnte, lud sie auf eine der Wippen, die offenbar herrenlos herumstanden, und lief zum Bootshafen.

Auf der *Achteran* zeigte sich keine Bewegung. »Na, mein Madamchen hat ihre freie Zeit ja ausgiebig genutzt. Selbst jetzt ist sie noch unterwegs.« Ein kleiner Schwall Magensäure stieg in seiner Speiseröhre hoch. Ob vom Ärger oder den verspeisten Hamburgern mit Pommes, konnte er im Augenblick nicht ermitteln. Er beschloss, sein Unwohlsein auf den Ärger über seine möglicherweise nicht anwesende Gattin zu schieben. Prophylaktisch sozusagen.

Als er auf sein Boot stieg, stellte er fest, dass die Kajütentür von außen verriegelt war. Wenigstens daran hat sie gedacht, dachte er. Er öffnete die Tür, und was er dann sah, veranlasste ihn, drei Doppelwhopper mit Pommes/Majo nebst vier Cola in den Baltrumer Bootshafen zu kotzen.

*

Britta und Hendrik setzten sich an den letzten freien Tisch auf der Terrasse vor dem Restaurant. Von einem großen, grünen Schirm vor der Sonne geschützt, hatten sie einen wunderschönen Blick über die Hellerwiesen bis zum Hafen und über das alte Pfahlschutzwerk bis zur Strandmauer.

Eine ganze Weile saßen sie schweigend und genossen ihren Kaffee mit Aussicht. Das wird mir fehlen, wenn ich wieder in Leer bin, dachte Britta, auch wenn es dort ganz bezaubernde Ecken und Winkel gibt und ich diese Stadt sehr liebe.

Als sich der Kaffee dem Ende zuneigte, versuchte Britta noch einmal, die ganze Geschichte aus Henning herauszuholen. Er aber gab sich wortkarg und blieb bei seiner Version.

»Wolf und Rolle heißen die beiden. Rolle ist ein alter Freund von mir und Wolf ein Gast aus Bremen, der Rolle zufällig kannte und hier wieder getroffen hat. Das haben wir gefeiert. Kannst sie ja fragen, wenn du unbedingt willst.«

Britta empfand bei Hendriks Erklärung einen üblen Nachgeschmack. Eigentlich war es nicht die Geschichte an sich, sondern sein Gesichtsausdruck, die Art und Weise, wie er sie erzählte. Es klang alles so diffus und abweisend. Als hätte er ein ausgeprägt schlechtes Gewissen. Außerdem war klar, dass er seine Worte nicht beweisen musste, denn sie hatte keine Ahnung, wo sie die beiden Männer finden sollte.

»Danke, kein Bedarf, warum solltest du mich anlügen«, antwortete sie gereizt und konzentrierte sich auf ihren Kaffee.

Eigentlich hatte sie gehofft, sie könnte ihm die Story von ihrem Ex erzählen und von den Ängsten, die sie deswegen verfolgten. Aber als Hendrik nach einer Weile tatsächlich fragte, warum sie schon so früh bei ihm aufgetaucht sei, führte sie nur eine Stunde Freizeit als Argument an. Sie hatte das Gefühl, dass Hendrik im Moment nichts weniger interessierte als ihr Exmann.

»Schau mal, der Polizist fährt mit ’nem Affenzahn Richtung Hafen, siehst du das?« Hendrik zeigte, froh über die Ablenkung, mit ausgestrecktem Arm zur Hafenstraße. »Und der Hilfssheriff folgt ihm auf dem Fuße, nein, auf dem Rade.« Er grinste, als hätte er einen besonders guten Witz gemacht.

Britta schaute hinter den beiden her. Was da wohl passiert war?

Einige Zeit später hörten sie aus der Ferne Sirenenalarm. Einige Gäste waren aufgestanden und beugten sich über die Brüstung, um nichts von der sich anbahnenden Aufregung zu verpassen.

Hendrik und Britta sahen den Krankenwagen mit großer Geschwindigkeit hinter den beiden Polizisten her zum Hafen fahren. Die blaue Rundumleuchte und der Signalton sorgten in Sekundenschnelle für Platz auf der Hafenstraße.

»Wollen wir los? Ich muss wieder zu meiner Gruppe und du wirst sicher noch ein Schläfchen machen wollen.« Britta hatte auf einen zumindest klitzekleinen Widerspruch gehofft, aber sie sah sich enttäuscht. Hendrik nickte.

»Das wäre gut, lass uns zum Hafen gehen. Dein Fahrrad steht da noch und meine Koje wartet auch auf mich.« Hendrik legte das Geld auf den Tisch, und sie machten sich wortlos auf den Weg.

Von der unbeschwerten Fröhlichkeit der letzten drei Tage war nichts geblieben, und davon, den Abend zusammen zu verbringen, war keine Rede mehr.

*

Inselpolizist Michael Röder und Thomas Zahn, ein Kollege vom Festland, der im Sommer als Verstärkung aushalf, hatten in dem kleinen Büro der Polizeidienststelle Teepause gemacht, als der Einsatzbefehl von der Leitstelle gekommen war. Verblüfft hatten sie sich angeschaut, denn der Kollege hatte von »literweise Blut« gesprochen, und dass er daraufhin auch die Ärztin alarmiert habe.

»Wenn das man kein Dummejungenstreich ist«, hatte Röder gesagt. »So nach dem Motto: Sollen die sich auch ruhig mal bewegen.«

Als sie mit ihren Fahrrädern am Sportboothafen ankamen, war ihnen klar, dass tatsächlich etwas passiert sein musste. Am Ende des ersten Quersteges scharte sich eine kleine Gruppe um einen Mann, der laut schluchzend auf dem Steg saß. Ein brauner Terrier, der seine Leine hinter sich herzog, begrüßte die Polizisten mit lautem Bellen.

»Was ist passiert?«, fragte Röder den Hafenmeister, der abseits der Gruppe stand und betont gleichgültig ins Hafenbecken blickte.

Der sagte nur: »Da drin in der *Achteran*. Mausetot ist die.«

Die Gruppe machte ihnen bereitwillig Platz. Die Kajütentür der *Achteran* stand weit offen und den beiden Polizisten bot sich ein Bild, das sich wohl für lange in ihr Gedächtnis einbrennen würde.

Halb auf der Sitzbank und halb auf dem Boden lag eine Frau. Der nackte Oberkörper war von oben bis unten mit Blut verschmiert. Überall lag zerbrochenes Glas und es roch beißend nach Alkohol, obwohl die Kajütentür sicherlich schon eine Zeit lang offen gestanden hatte. Eine leere Flasche rollte mit der Bewegung des Bootes in einem See von Blut hin und her.

Der Kopf der Toten lag angewinkelt auf der Bank, um den Hals festgezurrt sahen sie einen weißen Spitzenbüstenhalter.

Ihr kleiner Slip war bis zu den Knien hinabgezogen.

Michael Röder wurden die Beine weich. Er schaute seinen Kollegen an und stellte fest, dass es dem auch nicht besser ging. Sie nickten sich aufmunternd zu und drehten sich um.

»Weiß jemand, was hier passiert ist?«, fragte Thomas Zahn. »Wer ist die Dame und wer hat sie gefunden?«

»Ich, ich habe sie gefunden. Das ist doch meine Frau.« Der Rest seiner Worte ging in haltlosem Schluchzen unter. Sie würden wohl auf die Ärztin und ein Beruhigungsmittel warten müssen. Der Mann hatte einen Schock, dem war jetzt nichts mehr zu entlocken.

»Wer hat die Polizei gerufen?« Michael Röder schaute sich um.

»Ich«, meldete sich Klaas Bengen unwirsch. »Der Mann hat geschrien. Da bin ich hin. Hab dann den Notruf gewählt. Was sollte ich sonst machen?«

»Wissen Sie, wie der Eigner des Bootes heißt?«

Klaas Bengen schaute zu dem Mann, der zusammengesunken auf dem Steg saß. »Nee, weiß ich nicht. Hat ja seine Kurtaxe noch nicht bezahlt. Also hab ich auch keinen Anmeldezettel. Obwohl er schon zwei Tage hier ist!« Die Stimme des Hafenaufsehers klang drohend.

»Haben Sie hier sonst noch jemanden gesehen?«, fragte Röder.

»Nein. Außer dem da war sonst keiner hier. Alle weggegangen.« Offenbar in der Annahme, dass er nichts mehr zur Aufklärung beitragen musste, drehte sich der Hafenmeister um und schlurfte davon.

Die beiden Polizisten ließen ihn gewähren, denn in diesem Moment hielt der Krankenwagen in Höhe des Bootshauses. Dr. Ellen Neubert, die Inselärztin, kam mit den beiden Rettungsassistenten über den Steg gelaufen. »Was steht an?«

»Da drin liegt eine Frau«, antwortete Röder. »Blutüberströmt. Ich denke, dass sie tot ist, aber das kannst du sicher besser beurteilen. Kleine Warnung: Es ist kein schöner Anblick ...«

Dr. Neubert trat vor die geöffnete Kajütentür und verharrte dort einen Moment. Dann gab sie sich sichtlich einen Ruck. »Ich neige dazu, deine Meinung zu teilen, Michael, aber ich muss mir ein genaues Bild verschaffen.«

Sie stieg vorsichtig die fünf Stufen hinunter, die in das Innere der *Achteran* führten. Michael Röder sah, dass die Ärztin sich auch ohne Aufforderung bemühte, mit möglichst wenigen Dingen in Berührung zu kommen. Besonders achtete sie darauf, nicht in die Blutlache zu treten, die sich um die Frau gesammelt hatte. Ganz gelang es ihr jedoch nicht.

Von Nahem betrachtet gab es für sie offenbar keinen Zweifel. »Die Frau ist tot. Die ersten Totenflecken sind bereits ausgebildet.« Dr. Neubert zeigte auf den Büstenhalter, der der Toten um den Hals geschlungen worden war und sich tief in die Haut gegraben hatte. »Wer auch immer wollte, dass dieser Frau gründlich die Luft abgeschnürt werden sollte, hat ganze Arbeit geleistet.«

Sie betrachtete die Schnitte, die sich über den Körper verteilten. »Zwischen den Schnitten sind auch einige kreisrunde Löcher, die wie Einstiche aussehen. Sie müssen mit etwas sehr Spitzem ausgeführt worden sein.« Sie drehte sich zu den Polizisten um. »Meine Arbeit ist beendet, meine

Herren. Dies ist ein Fall von unnatürlicher Todesursache. Jetzt müssen eure Fachleute ran. Hier hat der gemeine Arzt nichts mehr zu suchen.«

Man merkte Dr. Neubert äußerlich in diesem Moment nicht an, dass sie gar nicht so undankbar über diesen Umstand war.

Aber es gibt eben sonne und solche Todesfälle, dachte Röder, und dieser war ganz eindeutig einer von den anderen. Die Frau war grausam zugerichtet worden. Oder hergerichtet? Nein, dachte er, hingerichtet. Das war das richtige Wort für seinen Eindruck von dieser Situation.

»So, meine Herrschaften, ich möchte Sie bitten, diesen Steg zu verlassen«, wandte er sich an die immer größer werdende Menschentraube, die neugierig auf die Unglücksstelle starrte. »Aber warten Sie bitte oben vor dem Häuschen der DGzRS auf uns. Wir möchten Ihnen gleich noch ein paar Fragen stellen. Es wäre schön, wenn Sie sich so lange um den Hund kümmern würden, bis wir da sind.« Der Terrier lief immer noch bellend von einem Steg zum anderen und genoss, dass am anderen Ende der Leine keiner war, der ihn hielt. »Und Sie«, Röder wandte sich dem Mann zu, der inzwischen völlig apathisch auf einer Decke liegend von der Ärztin versorgt wurde, »können Sie mir bitte Ihren Namen nennen?«

»Klaus, Klaus Kuhlmann. Und das ist mein Boot. Und da drin ist …« Seine Stimme versagte wieder und Ellen Neubert schüttelte den Kopf.

»Lass man, da geht jetzt nichts mehr. Wir nehmen ihn jetzt erst mal mit in die Praxis. Ich rufe dich an, wenn er ansprechbar ist.«

Die beiden Rettungsassistenten hatten derweil die Trage aus dem KTW geholt. Vorsichtig legten sie Klaus Kuhlmann darauf und wollten ihn zum Fahrzeug schieben, als der Mann sich aufrichtete und schrie: »Nein, ich kann Hedda doch nicht alleine lassen. Lasst mich sofort hier runter.« Mit Mühe gelang es den beiden, Klaus Kuhlmann mitsamt der Trage auf dem schmalen, wackeligen Steg zu halten. Erst als auch Michael Röder und Thomas Zahn zugriffen, stabilisierte sich die Lage.

Dr. Neubert sprach beschwichtigend auf den verzweifelten Mann ein, der sich trotz der Spritze, die sie ihm bereits gegeben hatte, noch nicht beruhigen konnte. »Herr Kuhlmann, ich weiß, es ist leicht gesagt, aber bitte fassen Sie sich. Sie stehen unter Schock. Ich muss Sie mit in die Praxis nehmen. Die Polizisten werden sich um alles kümmern.«

»Auch um Wuffel?«

Die Ärztin schaute Kuhlmann fragend an, dann fiel ihr Blick auf den Hund. »Auch um Wuffel«, versicherte sie ihm.

Michael Röder schaute dem Krankenwagen nach, der sich seinen Weg zur Praxis der Inselärztin bahnte. »Thomas, holst du Flatterband und das dicke Vorhängeschloss, das in der Schublade unter dem Computer liegt? Nimm den Hund mit und bring ihn meiner Frau. Sie wird sich um ihn kümmern. Das Boot werden wir jetzt beschlagnahmen, und dafür Sorge tragen, dass sich ihm keiner mehr nähert. Ich werde erste Spuren sichern und dann die Leute befragen. Mit dem Mann des Opfers können wir uns hoffentlich auch noch unterhalten. Dann hätten wir vielleicht schon ein paar Informationen, die wir den Kollegen vom Festland auf den Tisch legen können. Ich werde jetzt mit Aurich telefonieren.«

Röder schloss die Kajütentür. Er hoffte, dass seine Kollegen vom 1. Fachdezernat für Brand- und Todesermittlungen noch heute auf die Insel kämen. Der durchdringende Geruch nach Alkohol und Blut, der aus der Kajüte kam, wurde durch die Sonneneinstrahlung auf das Kunststoffdach und die dadurch entstandene Wärme in dem Raum noch kräftig verstärkt. Aber solange die Fachkollegen nicht da waren, durfte nichts verändert werden.

Er griff zum Telefon und rief bei der Reederei an. Glücklicherweise war der Chef noch im Hause und versicherte ihm, dass das Schnellboot, die *Baltrum IV*, problemlos den Neßmersieler Hafen ansteuern könnte. »Zwei Stunden gibt uns die Tide noch. Das sollte zu schaffen sein. Wann sind denn Ihre Kollegen aus Aurich da?«

»Ich werde gleich anfragen, schätze aber mal, gegen halb neun. Das müsste klappen.«

»Gut, ich sage der Besatzung Bescheid, die wird sich dann entsprechend auf den Weg machen.«

*

Schweigend liefen Britta und Hendrik nebeneinander her. Britta war in Gedanken bei der Lösung eines Problems, das noch gar keines war, und Hendrik mit der Pflege seiner Kopfschmerzen beschäftigt. Auf halbem Wege kam ihnen der Krankenwagen entgegen. Na, da wird wohl nichts Schlimmeres passiert sein, dachte Britta, so schnell, wie der wieder zurückkommt.

Dass ihre Einschätzung nicht der Realität entsprach, merkte sie allerdings, als sie das Schloss ihres Fahrrades aufschließen wollte und plötzlich ein Polizist in Uniform vor ihr stand und sie ansprach.

»Steht Ihr Fahrrad schon länger hier? Entschuldigung, Röder, ich muss Sie um etwas Zeit bitten. Darf ich fragen, wie Sie heißen und was Sie hier machen?«

Britta schaute sich um. Eine ganze Menge Neugieriger hatte sich zwischen dem Häuschen der Gesellschaft zur Rettung Schiffbrüchiger und dem Bootsschuppen versammelt. Sie hatte das Gefühl, die Menschen wollten um nichts in der Welt verpassen, was sich hier gerade abspielte.

»Mein Fahrrad steht seit einer Dreiviertelstunde hier, und ich heiße Britta Saathoff. Ich bin Betreuerin bei den *Beachspielen* und bin mit meinem Verein, dem PSV Leer, auf der Insel. Ich war gerade mit einem Bekannten auf einen Kaffee im *Witthus* und wollte jetzt wieder zur Mehrzweckhalle fahren.« Ihr fiel auf, dass sie gerade ›einem Bekannten‹ und nicht ›meinem‹ gesagt hatte und dass sie es auch – sie erschrak ein wenig – in diesem Moment genau so empfunden hatte.

»Und wer sind Sie?« Der Polizist wandte sich Hendrik zu.

»Hendrik Beyer und ich bin seit drei Tagen mit meinem Boot, der *Antje*, hier im Hafen.«

»Und was haben Sie vor dem Kaffeetrinken gemacht, Herr Beyer?«

»Geschlafen«, antwortete er mürrisch. Britta hatte das Gefühl, dass sich Hendrik in diesem Moment äußerst unwohl fühlte und es kaum abwarten konnte, wieder auf sein Boot zu kommen. Sein verkniffenes Gesicht und die heruntergezogenen Schultern sprachen Bände. Die Hände steckten tief in den Taschen seiner verschossenen Jeans.

»Frau Saathoff, danke für Ihre Zeit. Ich schreibe mir noch eben Ihre Handynummer auf und ansonsten weiß ich ja, wo ich Sie bei Bedarf finden kann.«

Damit fühlte sich Britta entlassen, mochte aber noch nicht so ganz diesen aufregenden Schauplatz aufgeben. »Was ist denn eigentlich passiert, Herr Röder?«

»Ein Todesfall, auf der *Achteran*. Genaueres wissen wir aber noch nicht. Danke, Frau Saathoff.«

»Die *Achteran*? Ist das nicht das Schiff, das neben der *Antje* liegt? Hendrik«, aufgeregt fasste sie ihn am Ärmel. »Hast du denn gar nichts mitgekriegt? Ein Todesfall, Das muss man doch merken!« Als Hendrik nicht reagierte, wandte sie sich wieder dem Polizisten zu: »Herr Röder, können Sie denn nichts Genaueres sagen? Vielleicht fällt Hendrik doch noch etwas ein.«

»Frau Saathoff, wir sind gerade erst dabei, die Fakten zusammenzutragen. Und exakt darum muss ich mich jetzt wieder kümmern. Machen Sie sich keine Gedanken.«

Sie merkte, dass sie nun wirklich überflüssig war, und in den Pulk der Schaulustigen, der sich nach und nach immer weiter vergrößerte, mochte sie sich nicht einfügen. Sie blickte sich zum Abschied nach Hendrik um und erschrak. Sein Gesicht war so weiß, als wäre ein Mehlsack über ihm ausgeschüttet worden, und seine noch immer roten Augen zuckten unkontrolliert. Mann, was sieht der weggetreten aus, dachte sie. Was Alkohol doch aus einem Menschen machen kann.

»Dann schlaf du mal schön«, verabschiedete sie sich von ihm. »Bis irgendwann mal oder so.« Damit schwang sie sich auf ihr Fahrrad.

Von Hendrik kam keine Antwort.

*

»Herr Beyer, nun bleiben Sie bitte stehen. Ich hätte noch ein paar Fragen an Sie.« Michael Röder war hinter Hendrik hergelaufen und stellte sich ihm in den Weg. »Auch mich beschäftigt nämlich der Gedanke, dass Sie trotz Ihres angeblichen Schlafes etwas gehört haben müssten.«

Hendrik fuhr auf. »Was heißt hier angeblich? Nichts habe ich gehört. Ich will gehen. Tschüss auch.«

Michael Röder wich keinen Schritt zur Seite. »Herr Beyer, wir suchen uns jetzt ein lauschiges Plätzchen und unterhalten uns in Ruhe unter Ausschluss der Öffentlichkeit.«

In diesem Moment bog Erwin Kanter, der 1. Vorsitzende des Bootsclubs, von der Hafenstraße ab und kam geradewegs auf ihn zugefahren. »Habe gehört, hier ist was passiert?«

Röder stöhnte. »Mein Gott, geht das wieder schnell hier auf der Insel. Zehn Minuten, dann ist alles rum im Ort.«

Kanter nickte. »Habe mir nur gedacht, dass du vielleicht den Schlüssel vom Bootshaus brauchst. Deswegen bin ich hier. Ich frage auch nicht, was los ist, kannst du mir später erzählen.« Neugierig schaute er Hendrik an, der wie ein Häuflein Elend neben dem Polizisten stand.

Röder steckte den Schlüssel ein. »Ich danke dir, das war eine gute Idee. Kann sein, dass die Kollegen aus Aurich hier ihre Einsatzzentrale aufschlagen wollen. Du bekommst den Schlüssel zurück, sobald sich die Lage geklärt hat.«

Erwin Kanters Augen weiteten sich. »Kollegen aus Aurich? Dann schaut das nach etwas Schlimmerem aus? Ach, Mann, ich wollte doch nicht fragen, aber als 1. Vorsitzender des Bootsclubs muss man doch …«

»Ja, ein Todesfall auf der *Achteran.* Die Frau des Eigners. Wir ermitteln noch, wie man so schön sagt. Wir müssen versuchen herauszufinden, wer sich nachmittags hier im Bootshafen aufgehalten hat. Ganz schön schwierig, wenn man bedenkt, wie viele Gäste im Moment auf der Insel sind. Außerdem haben wir ein sehr großes Zeitfenster, da wir über den genauen Zeitpunkt der Tat, ich meine ...« Röder räusperte sich. »... des Todes ... noch nicht viel wissen.«

Erwin Kanter überlegte kurz und sagte dann: »Lasst euch von Klaas helfen. Der ist oft hier und hat eventuell einen gewissen Überblick über das Kommen und Gehen von heute Nachmittag.«

»Gute Idee und danke für den Schlüssel, tschüss, Erwin.« Michael Röder wandte sich wieder seinem Begleiter zu und sah, dass der sich kaum noch auf den Beinen halten konnte.

»Jetzt kommen Sie erst mal mit rein und setzen sich hin«, sagte der Polizist, nachdem sie an dem Spalier der Schaulustigen vorbei und ins Bootshaus gelangt waren. Die Sonne hatte die Luft im Bootshaus kräftig aufgeheizt, und es roch muffig, aber wenigstens waren sie vor den Menschen draußen sicher. »Sie sind ja ganz fertig. Was ist denn mit Ihnen passiert?«

Mit einem dumpfen Stöhnen ließ Hendrik sich auf einen der alten Plastikstühle fallen. »Zu viel getrunken. Ich habe heute Morgen zwei alte Bekannte getroffen. Das heißt, einen alten Bekannten, den anderen habe ich heute erst kennengelernt. Wir haben kräftig einen genommen. Ich weiß, hätte ich nicht machen sollen. Britta, also Frau Saathoff, fand das auch nicht lustig.«

Auch Michael Röder zog sich einen Stuhl heran. »Sie brauchen sich bei mir nicht für Ihren Alkoholkonsum zu rechtfertigen, Herr Beyer, ich möchte nur wissen, ob Sie irgendwas bemerkt haben, heute Nachmittag.«

»Nein, nein, ich habe gar nichts bemerkt. War doch betrunken und habe geschlafen, bis Britta kam.«

Röder stellte noch ein paar Fragen und hatte das Gefühl, dass zwar alle Aussagen des Mannes zusammenpassten, aber trotzdem schwammig waren, irgendwie nicht richtig greifbar. Das gab ihm zu denken. Ich werde möglichst bald mit seinen beiden Kumpels reden müssen, entschied er, und dann könnte es sein, dass seine schöne Geschichte zerplatzt wie Seifenblasen in der Sonne.

»Haben Sie die Telefonnummern, Namen, Adressen ihrer Bekannten?«

»Warum glauben Sie mir nicht? Was haben meine Bekannten damit zu tun?« Hendrik sprang auf und schleuderte seinen Stuhl in eine Ecke. »Die finden das bestimmt nicht lustig, wenn plötzlich die Polizei vor der Tür steht.«

»Kommen Sie, Beyer, ganz ruhig. Machen Sie keinen Ärger. Sie wollen sich doch an einem so schönen Tag nicht unbedingt die insulare Arrestzelle von innen ansehen, oder?« Michael Röder wäre es in diesem Moment weitaus lieber gewesen, wenn sein Kollege Thomas Zahn auch an der Anhörung teilgenommen hätte. Er hoffte, die Lage würde nicht weiter eskalieren. Dieser Mann hatte plötzlich so viel Wut im Bauch, dass er nur sehr schwer einzuschätzen war. »Wie kommen Sie auf die Idee, ich könnte Ihnen nicht glauben? Ich möchte nur vermeiden, dass mein Vorgesetzter mir nachher Schlamperei vorwirft.«

Doch so schnell wie Hendrik aufgebraust war, fiel er auch schon wieder in sich zusammen. »Okay, wenn ich Ihnen die Daten gebe, darf ich dann gehen? Ich bin einfach nur fertig, kaputt, alle, klaro?«

Röder stand auf. »Ja, aber Sie sollten besser Ihr Boot an einen anderen Liegeplatz verholen. Sprechen Sie mit Klaas Bengen. Der weist Ihnen einen neuen zu. Morgen früh um neun würden wir Sie gerne noch mal auf der Dienststelle sprechen.«

»Das geht leider nicht. Da bin ich schon auf dem Weg nach Langeoog.« Hendrik zuckte bedauernd mit den Schultern.

»Das geht leider auch nicht. Ich möchte Sie bitten, sich zur Verfügung zu halten. Da Sie unmittelbarer Nachbar der *Achteran* sind, möchten sich meine Fachkollegen vom

Festland bestimmt mit Ihnen unterhalten. Danke, Herr Beyer, bis morgen.«

Hendrik war entlassen.

*

Hendrik wankte leicht und kniff die Augen zusammen, als er aus dem dunklen Inneren des Bootshauses ins Freie kam. Trotz der fortgeschrittenen Tageszeit brachen sich Sonnenstrahlen in den kleinen dümpeligen Wellen des Bootshafens.

Er hatte die Nase gestrichen voll. Sein Kopf dröhnte, er wollte schlafen, keinen Beziehungsstress mit einer Frau, die er kaum kannte und schon gar keine dummen Befragungen von irgendwelchen Inselpolypen. Was hatte er denn getan? Urlaub machen wollte er, nichts weiter. Und wenn nicht hier, dann eben auf einer anderen Insel.

Langeoog hat schließlich auch schöne Töchter und hoffentlich entspanntere Gesetzeshüter, dachte er. Ich sollte heute Nacht abhauen, Verbot hin oder her.

Zugleich wusste er, dass die Tide die Durchführung dieses trotzigen Plans vorerst nicht erlauben würde.

*

Wolf und Jannis Arnken hatten hervorragend gegessen. Wolf mit schlechtem Gewissen, denn schließlich war es bereits das zweite Mal an diesem Tag, dass er sich eine komplette Mahlzeit gönnte. Aber auf die leckere Fischpfanne konnte man einfach nicht verzichten. In der Fischerstube des Hotels *Fresena* berichtete Jannis ausführlich von seinen Stranderlebnissen. Als er von seinen Fortschritten beim Volleyball erzählte, war er kaum zu bremsen. Allerdings hatte Wolf das Gefühl, dass Jannis die Fortschritte bei seiner Mitspielerin Anna ebenso wichtig waren.

»Papa, wir wollen uns heute Abend unbedingt noch einmal treffen. Am Strand. Ich darf doch, Papa?«

Sein Vater nickte. »Natürlich darfst du, keine Frage. Ich möchte nur nicht, dass die Polizei dich nach Mitternacht aus irgendeiner Kneipe rausholt. Hast du verstanden? Ich bin der Meinung, dass das Jugendschutzgesetz seinen Namen nicht umsonst hat. Auch wenn viele Jugendliche samt ihren Eltern und manche Kneipiers das nicht so eng sehen.«

Wolf hatte Jannis oft genug klargemacht, das er bei diesem Thema keinerlei Kompromissbereitschaft zeigen würde, und er war sich sicher, dass Jannis diesen Standpunkt akzeptierte. Auch Jannis fand es schrecklich, zu sehen, wie nach einem Heimspiel von Werder die betrunkenen Jugendlichen am Bremer Bahnhof oder in der Fußgängerzone herumliefen.

Nachdem sie ein paar Worte mit dem Wirt gewechselt und ihr Essen bezahlt hatten, liefen sie zu ihrer Pension, um sich für den Abend ein wenig frisch zu machen. Beim Anblick eines grau- und magentafarbenen Telefonhäuschens durchfuhr Wolf ein Schreck. »Hast du Mama eigentlich schon angerufen?«

»Natürlich, heute Nachmittag noch, in einer Spielpause. Mach dir man keine Gedanken. Ich habe ihr gesagt, du würdest dich morgen melden. Das muss doch reichen, so lange, wie ihr schon verheiratet seid.« Jannis und Wolf knufften sich mit einvernehmlichem Grinsen in die Seiten.

Wolf wollte sich noch ein bisschen in den hauseigenen Garten setzen und später mit Bernhard Ebeling ein Bierchen im *Strandcafé* genießen. Er hoffte sehr, dass der Gastronom seine Gattin nicht zu Hause lassen würde. Das gehörte sich schließlich nicht.

Aber als sie gerade die Haustür öffneten, kam ihnen aufgeregt Erwin Kanter entgegen. »Habt ihr schon gehört? Ein Mord! Im Bootshafen! Na ja, zumindest glaube ich, dass es ein Mord war. Habe der Polizei die Schlüssel zum Bootshaus übergeben. Die wollen daraus die Einsatzleitzentrale machen.« Bei dem Wort Einsatzleitzentrale bekam der 1. Vorsitzende des Bootsclubs ganz rote Ohren vor Aufregung. »Auf der *Achteran* ist wohl was passiert.«

»Da muss ich hin und mir das ansehen.« Jannis schaute seinen Vater mit leuchtenden Augen an.

Wolf drehte sich zu seinem Sohn um. »Du hast wohl nicht alle Tassen im Schrank, Johannes. Du weißt, was ich von Gaffern halte. Da hast du nichts zu suchen.«

Jannis zuckte zusammen. »Hast ja recht«, sagte er kleinlaut. »War doof von mir. Aber wenn auf dieser kleinen Insel mal was passiert, ist das doch spannend. Darf ich trotzdem raus?«

Wolf dachte kurz nach. »Ich kann dich ja schlecht die nächsten drei Tage in der Pension einschließen. Ihr seid ja auch in einer ganzen Gruppe unterwegs. Außerdem wissen wir noch gar nicht, was genau vorgefallen ist. Geh man los, aber denk dran, um elf bist du wieder zu Hause, ist das klar?«

»Geht klar, Herr Kapitän!« Jannis salutierte, bevor er die Treppe nach oben in sein Zimmer mit drei Stufen pro Sprung bewältigte.

Aha, dachte Wolf, die neu erworbene megastarke Designer-Jeans wartet oben. Klar, ohne die läuft hier gar nichts.

Auch Wolf verabschiedete sich von Erwin Kanter und ging auf sein Zimmer. Er schnappte sich ein Buch und machte es sich im Garten bequem.

Doch nachdem er ein paar Seiten gelesen hatte, merkte er, dass er mit den Gedanken nicht beim Text, sondern bei seinem neuen Bekannten war. Hendrik. Wie hatte dessen Schiff noch geheißen? Das war doch irgendetwas mit A? Er war sich fast sicher, dass es sich um die *Achteran* gehandelt hatte. Oder doch nicht?

Egal, er kannte den Mann kaum, er hatte Urlaub. Wolf widmete sich wieder seinem Buch.

Nach weiteren zehn Minuten holte er sich seine Windjacke und lief zum Hafen. Ihm war klar, dass die gleiche Neugier, die auszuleben er seinem Sohn verwehrt hatte, jetzt ihn zum Ort des Geschehens trieb. Muss wohl berufsbedingt sein, hoffte er.

Als er hinter dem Reedereigebäude zum Bootshafen abbog, sah er schon von weitem die beiden Männer in Polizeiuniform. Langsam näherte er sich der Szenerie und erkannte, dass eines der Boote mit rot-weißem Flatterband von den anderen abgesperrt war. Das Boot, das daneben gelegen hatte, machte gerade los. Er war sich nicht sicher, aber er meinte, Hendrik an Bord erkannt zu haben.

Ein Motorgeräusch weckte seine Aufmerksamkeit, und aus der Ferne sah er das Schnellboot, die *Baltrum IV*, in den Hafen einlaufen.

Wolf setzte sich auf den großen Findling vor dem Häuschen der DGzRS, der Deutschen Gesellschaft zur Rettung Schiffbrüchiger, und wartete. Ihm fiel auf, dass sich mehr Menschen als sonst in der Nähe des Bootshafens aufhielten. Verächtlich lachte er über die sensationshungrige Seele der Menschen, um dann mit Schrecken festzustellen, dass er keinen Deut besser war. Saß hier rum, anstatt ein gemütliches Bier zum Sonnenuntergang zu trinken. Nur weil er per Zufall einen der Bootseigner kennengelernt hatte.

Das Segelboot hatte inzwischen an einem anderen Steg festgemacht, und von dem Mann, der es gesteuert hatte, war nichts mehr zu sehen. Wolf schaute auf die Uhr und beschloss, noch eine kurze Zeit sitzen zu bleiben, um dann den Abend gemütlich mit den Ebelings im *Strandcafé* ausklingen zu lassen.

*

»Da kommen sie.« Oberkommissar Röder nickte seinem Kollegen zu. »Bin gespannt, was die Festländer zu dieser Geschichte sagen.«

Den Tatort hatten sie inzwischen abgesperrt und einige der Hafenbesucher nach ihren Eindrücken gefragt. Leider war nichts dabei herausgekommen, was Licht in den Ablauf der Ereignisse hätte bringen können. Klaus Kuhlmann und auch sein Hund Wuffel waren in fachkundigen Händen und Hendrik Beyer hatte sein Boot an den hinteren Steg verholt. Nur mit Klaas Bengen mussten sie noch sprechen.

»Bleibst du hier? Dann gehe ich runter zum Anleger der *Baltrum IV* und nehme unsere Kollegen in Empfang.« Michael

Röder lief zur Anlegestelle und erkannte erfreut, dass zwei Männer von Bord kamen, mit denen er schon einmal zusammengearbeitet hatte. Die beiden Hauptkommissare Arndt Kleemann und Heino Deters vom 1. Fachkommissariat für Brand- und Todesermittlungen aus Aurich waren die Einsatzleiter gewesen, als ein Jahr zuvor in einer kalten Februarnacht ein Feuer die Inselbewohner aus ihren Betten geholt hatte. An der Suche nach dem Täter hatten sie maßgeblichen Anteil gehabt. Das war eine aufregende Sache gewesen, damals. Röder dachte gerne an die gute Zusammenarbeit zurück und begrüßte die Männer mit einem herzlichen Lächeln.

»Hallo Kollegen! Wieder einmal ein trauriger Anlass, der uns hier zusammenführt, aber das lässt sich bei unserem Beruf wohl nicht ändern. Kommt mit, ich zeige euch den Ort des Geschehens. Dort wartet auch unser Kollege Thomas Zahn, er kommt aus Hage und macht hier für drei Wochen Dienst.«

Auch die Männer der Spurensicherung waren mit dem gleichen Schiff angekommen und Michael Röder berichtete den Ermittlern, was er und sein Kollege bereits in Erfahrung gebracht hatten. Viel war es nicht, sah man einmal von den nüchternen Eckdaten wie Name der Toten, vermutliche Todesursache, Familienstand und so weiter ab. »Zeugen gab es keine. Zumindest haben wir bis zum jetzigen Zeitpunkt keine gefunden. Der Einzige, der was hätte hören können, war wohl Hendrik Beyer. Er lag mit seinem Schiff neben der *Achteran*, hat aber nach seiner Aussage volltrunken in seiner Koje gelegen und geschlafen. Ihr könnt ihn euch nachher noch mal vornehmen. Ich zeige euch jetzt erst einmal das grausige Szenario in der *Achteran.*«

Er schüttelte sich innerlich bei dem Gedanken, sich die nackte Leiche noch einmal anschauen zu müssen. Polizist hin oder her, das war nichts für einen friedlichen Feierabend.

*

Sehen Sie? Das hat doch wunderbar geklappt. Eines von diesen Ludern ist schon mal aus dem Verkehr gezogen. Zugegeben, es war schon überwältigend. Das viele Blut und der Geruch nach Alkohol. Das kaputte Glas auf dem Tisch. Schade nur, dass sie nichts von ihrem Ableben mitbekommen hat. Sie war einfach zu betrunken. Wie sie da lag, nackt, schnarchend, ihre Unterhose bis zu den Knien runtergezogen. Ekelhaft!

Ich hätte ihr so gern erklärt, warum ich sie bestrafen musste. Bevor ich ihr mit diesem spitzenbesetzten Zeichen der Verderbtheit die Luft zum Leben genommen habe.

Beinahe hätte mich noch jemand gesehen. Ich habe eine Stimme gehört. Vielleicht habe ich mir das aber nur eingebildet. Nicht, dass ich Angst davor hatte, dass die mich entdecken, nein, ich bin nur noch nicht fertig. Ist ja aufregend, so etwas, finden Sie nicht? Möchten Sie auch mal machen, geben Sie es doch zu! Nur weil alle sagen, dass Töten verboten ist, haben Sie es bisher noch nicht gemacht. Aber tief in Ihrem Inneren, da lauert dieser Wunsch. Geben Sie es endlich zu!

*

Er hatte sein Boot an einen anderen Liegeplatz gebracht, wie es der Polizist von ihm gefordert hatte. Und nun lag Hendrik auf seiner Koje und ihm war schlecht vor Angst. Angst vor dem schwarzen Loch, das sich anstelle einer Erinnerung in seinem Gehirn befand. Verzweifelt überlegte er, was genau an diesem Nachmittag geschehen war. Seitdem ihn die Polizisten befragt hatten, kreisten die Gedanken wild durch seinen Kopf. Was war passiert, nachdem Schnucki die Kajütentür hinter ihm geschlossen hatte? Sie hatten Kaffee getrunken. Das war klar. Sie hatten sich geküsst. Das hieß, sie hatte angefangen, und er hatte es nicht nur zugelassen, sondern alles getan, dass sie nicht damit aufhörte. Dann hatten sie Whisky getrunken. Nach einer Stunde war von der Literflasche Talisker nicht mehr viel übrig gewesen. Von seiner und ihrer Kleidung gar nichts. Mit dem letzten Rest seines Verstandes hatte er sich nur noch gewundert, dass sein bester Freund ihm selbst noch nach erschöpfender Nachtarbeit die Treue hielt. Allerdings war Schnucki eine Wucht in Tüten gewesen. Sinnlich, aufreizend und hemmungslos. Er hatte sich völlig ihrem Rhythmus angepasst.

Genau so weit konnte er das Geschehen rekapitulieren.

Irgendwann musste er dann gegangen sein. Glaubte er. Denn er war in seiner eigenen Koje aufgewacht. Und die Thermoskanne war neben ihm auf dem Boden hin und her gerollt. Aber was war zwischen Rhythmus auf der *Achteran* und Aufwachen auf der *Antje* genau geschehen? Wie lange war er bei Schnucki geblieben? Wie lange hatte er danach auf seinem Boot geschlafen? Er wusste es beim besten Willen nicht mehr. Filmriss. Er kannte das, es hatte ihn jedoch bisher nicht sonderlich gestört, wenn es passierte. Aber jetzt hätte er viel drum gegeben, zu wissen, wie der Nachmittag in *allen* Einzelheiten verlaufen war. Schließlich war Schnucki tot. Was genau passiert war, hatten ihm die Beamten nicht gesagt.

Morgen würden die ihn noch mal fragen. Und er hatte keine Antworten. Nur Ausreden, die keiner Überprüfung standhielten.

Ich glaube, ich drehe durch, dachte er verzweifelt, warum fällt mir der Rest des Nachmittages nicht ein? Als er aufstand und sich vor dem kleinen Spiegel durch die Haare fuhr, leuchtete ihm der von geronnenem Blut überzogene Kratzer auf seinem Handrücken entgegen.

Es hielt ihn nicht mehr auf seinem Boot. Er schloss es sorgfältig ab und machte sich auf den Weg in den Ort. Bei der *Achteran* sah er neben den beiden Polizisten in Uniform einige andere wichtig aussehende Männer rumlaufen. Er beschleunigte seine Schritte. Bloß schnell vorbei. Sie hatten ihm zwar nicht verboten, die *Antje* zu verlassen, aber er wollte jetzt auf gar keinen Fall Kontakt mit diesen Typen haben. Das Einzige, was er jetzt wollte, war Alkohol.

Nach ein paar Metern glaubte er, seinen Augen nicht zu trauen. Auf dem großen Stein rechts vom Steg sah er Wolf sitzen, seinen neuen Bekannten vom Vormittag.

*

»Was ist denn hier passiert, Hendrik? Erwin Kanter, mein Hauswirt, hat so komische Andeutungen gemacht.« Wolf schaute Hendrik neugierig an. Der Mann war nur noch ein Schatten seiner selbst. Hatte er morgens noch wie ein fröhlicher, entspannter, frisch verliebter Urlauber ausgesehen, war sein Gesicht jetzt aschfahl. Seine Augen traten unnatürlich rot hervor und ein säuerlicher Geruch nach Schweiß und Schnaps entströmte seinen zerknitterten Klamotten.

»Hör bloß auf. Ich glaube, ich stecke ganz schön in der Scheiße. Wollte mir gerade einen genehmigen.«

Wolf hatte zwar einerseits keine Lust, seinen gemütlichen Abend mit Bernhard Ebeling diesem Schluffen zu opfern, war aber auf der anderen Seite viel zu interessiert, dessen Geschichte zu erfahren. »Komm mit zum *Strandcafé* und erzähl mir, was los ist. Wenn du willst.« Er griff unter Hendriks Arm und wandte seinen Schritt energisch der Hafenstraße zu.

Hendrik redete, als hätte er nur auf diesen Moment gewartet. Er redete sich alles von der Seele und versuchte zu erklären, warum er sein Treffen mit Hedda Kuhlmann verschwiegen hatte. »Ich wäre ja schön blöd gewesen, Britta davon zu erzählen, und als die Polizei mich fragte, war sie auch dabei.« Er blieb zwischendurch immer wieder stehen und fuchtelte mit den Händen vor Wolfs Gesicht herum. »Und wenn ich jetzt der Polizei die Wahrheit erzähle, glauben die mir bestimmt nicht.« Wieder blieb er stehen. »Du glaubst mir doch?«

Wolf nickte zwar, hielt sich ansonsten aber mit einer Bewertung zurück. Er hatte in seiner Laufbahn schon zu viele Lügengebilde zusammenfallen sehen.

»Darum ist es auch total wichtig, dass du der Polizei sagst, dass wir zusammen waren, wenn die dich fragen, verstehst du?« Hendrik schaute ihn bittend an.

Wolf schüttelte energisch den Kopf. »Nee, mein Lieber, das kommt überhaupt nicht in die Tüte. Das kriegt die Polizei sowieso raus. Außerdem kann ich das mit meinem Beruf nicht vereinbaren. Da kann ich hinterher gleich am Strand anfangen und Muscheln putzen.«

»Wieso, was machst du denn beruflich?«

»Ich bin Privatdetektiv mit einer noch sehr sauberen Weste und einem guten Ruf bei der Polizei, und das soll so bleiben.«

»Ach du Scheiße, fast so was wie ein Bulle.« Hendrik setzte sich auf die nächste Bank und stützte seinen Kopf schwer in die Hände. »Das hat mir gerade noch gefehlt.«

Wolf setzte sich neben ihn und legte ihm die Hand auf die Schulter. Einerseits tat ihm der Mann leid, andererseits konnte er bei Hendrik überhaupt nicht einordnen, was Wahrheit und was Lüge war. Und trotz aller Neugier fehlte ihm eigentlich die Lust, sich intensiv mit den Sorgen eines Mannes auseinanderzusetzen, den er erst Stunden zuvor kennengelernt hatte. Dafür waren Wolf seine wenigen Urlaubstage zu kostbar.

Und doch konnte er Hendriks letzte Sätze nicht einfach so im Raum stehen lassen. Wolf liebte seinen Beruf, und dumm dahergefaselte Sprüche konnte er sowieso nicht ausstehen.

»Punkt eins, könntest du das Wort Scheiße in den nächsten Stunden mal aus deinem Vokabular streichen? Und zweitens, ich bin nicht die Polizei. Mit der wirst du dich aber in Kürze auseinandersetzen müssen, und da kann ich dir nur den wirklich guten Tipp geben: Sag die Wahrheit. Anders kommst du aus der Geschichte nicht wieder raus. Wird schon so schwer genug werden. Und nun komm. Ein Freund wartet auf mich.«

»Nee, lass man, ich trink mein Bier alleine. Geh du zu deinem Bekannten. Hast mir wirklich geholfen.« Hendrik stand auf und bog ab zum Marktplatz.

Wolf war sich nicht sicher, ob der Mann den letzten Satz

ernst oder ironisch gemeint hatte, klar war ihm jedoch, dass der Skipper eine Zeit voller Erklärungen vor sich haben würde.

Dann fiel ihm ein, dass er Hendrik nichts vom Beruf ihres gemeinsamen Freundes Rolle erzählt hatte.

Aber den würde der Kapitän der *Antje* mit Sicherheit auch noch selbst rausfinden.

*

»Die Leiche muss nach Oldenburg zur gerichtsmedizinischen Untersuchung. Wie kann das ablaufen?«, fragte Arndt Kleemann seinen Kollegen von der Insel.

»Erst einmal bringen wir sie in die Leichenhalle unter der evangelischen Kirche«, erklärte Röder, »und morgen früh mit dem ersten Wasser kommt sie rüber ans Festland. Das wird wohl der beste Weg sein. Normalerweise würde ich jetzt den örtlichen Bestatter anrufen. Der würde die Pferde vor den Leichenwagen spannen und den Sarg wegbringen. Da aber die Dunkelheit vor der Tür steht, nehme ich lieber die Dienste der Feuerwehr in Anspruch. Die können dann gleich auch noch Licht mitbringen und den Tatort bis zum Abschluss der Untersuchungen ausleuchten.«

»Gute Idee, dann lass man stillen Alarm für die erste Schleife auslösen. Wenn ein paar Mann mit einem Fahrzeug kommen, reicht das ja.«

Röder nickte. »Am besten rufe ich den Gemeindebrandmeister an, dann geht das alles ganz vernünftig über die Bühne. Der wird auch wissen, wer von den Jungs jetzt Zeit hat. Einige, die mit der Gastronomie zu tun haben, sind sicher schwer abkömmlich. Es ist ja so gesehen kein wirklicher Notfall.« Michael Röder griff zum Telefon, während sich Arndt Kleemann auf die Suche nach Klaas Bengen machte.

Hera. Diesen Namen hatte ihm Röder bei seiner Suche mit auf den Weg gegeben. Das Schiff lag festgezurrt auf einem Trailer neben dem Bootshaus. Er blieb stehen und hörte Bewegung auf dem Schiff. »Herr Bengen, hätten Sie wohl ein paar Minuten Zeit für mich? Hauptkommissar Kleemann. Ich muss Ihnen ein paar Fragen stellen.«

»Ich kann Ihnen gar nichts sagen. Hab nichts gesehen. War auch nicht immer hier.«

Oha, dachte Arndt Kleemann, da habe ich mir wohl ein besonders freundliches Exemplar Zeuge geangelt. Da ist Geduld gefragt. Er unterlegte seine Stimme mit einem beruhigenden Unterton – zumindest hatte er ihn bisher immer dafür gehalten – und sagte: »Warten Sie doch erst mal ab, was ich wissen möchte. Ich weiß gar nicht, warum Sie so abweisend sind. Würden Sie bitte vom Boot herunterkommen. Das wäre nett.«

Klaas Bengen richtete sich auf und wischte sich mit einem alten, ölverschmierten Lappen die Finger ab. »Na gut, wenn's sein muss, ist sowieso gleich dunkel. Bringt auch nichts mehr.« Er nahm eine Leiter aus dem Heck des Schiffes, legte sie an die Bordwand an und kletterte herunter.

»Haben Sie denn gar keinen Menschen gesehen, als Sie nachmittags auf dem Gelände waren?«, fragte Kleemann den Hafenmeister, als der wieder festen Boden unter den Füßen hatte.

»Natürlich habe ich welche gesehen. Ist frei für alle hier und es laufen genug Gäste rum. Kann man denen auch nicht verbieten. Obwohl, wenn ich's zu sagen hätte, die mit ihren dummen Fragen …«

»Haben Sie aber nicht, Gott sei Dank. Kannten Sie denn gar keinen von denen?« Arndt Kleemann wurde langsam ungeduldig. Er hasste Leute, denen er die Worte aus der Nase ziehen musste.

»Von den Gästen? Nee. Wechselt auch immer. Die meisten waren am Strand.«

»Und von den Eignern?«

»Nur den Beyer von der *Antje*. Sonst keine. Konnte nicht mal die Kurtaxe kassieren.«

Kleemann gab auf. Dass Hendrik Beyer dagewesen war, wusste er von Michael Röder, aber das Alibi würden sie noch überprüfen müssen.

Er lief zurück zu seinen Kollegen von der Spurensicherung, die die Untersuchung der Kajüte fast abgeschlossen hatten und gerade anfingen, ihre Taschen zu packen. Beweismaterial wurde dabei sorgsam in Plastiktüten und Kisten verstaut. Kleemann wusste, dass in Aurich eine genaue Untersuchung folgen würde, und hoffte, dass dabei weitere Mosaiksteinchen für die Aufklärung dieses Falles geliefert würden.

»Könnt ihr mir schon irgendetwas an die Hand geben an Informationen?«

Martin Brinkmann, der Leiter der Gruppe, nickte. »Sicher ist, dass sie Besuch hatte. Es standen zwei Becher auf dem Tisch und die Scherben gehörten außerdem zu zwei Gläsern mit dünnem Stiel. Wir vermuten, dass der Täter die Gläser auf dem Tisch zerschlagen hat, aus welchem Grund auch immer. Dabei wurde Hedda Kuhlmann von den Scherben getroffen. Einige Schnitte wurden ihr aber auch nachträglich zugefügt. Und nicht zu vergessen die Einstiche. Die sagen uns im Moment noch nichts. Wir werden aber mit Sicherheit herausfinden, wo wir die Tatwaffe einordnen müssen. Außerdem wurde das Opfer mit ihrem BH erwürgt. Der Täter hat also ganze Arbeit geleistet.«

»Was sagt denn dein Gefühl zu dem Gedanken, dass der oder die Täter unter Drogeneinfluss gehandelt haben?«, fragte Kleemann.

Brinkmann wiegte den Kopf. »Schätze mal, dass die Person zumindest eine ganze Menge Wut im Bauch hatte oder eben aus einem anderen Grund einfach nicht mehr wusste, was sie tat. Wir nehmen alles Relevante zur Untersuchung mit ans Festland. Einige Fingerabdrücke haben wir sicherstellen können. Offensichtlich hatte die Frau vor ihrem Tod Geschlechtsverkehr. Wir werden auf jeden Fall eine DNA-Analyse machen. Dann wollen wir doch mal sehen, ob wir den Täter nicht finden. Und wenn wir alle männlichen Einwohner und Gäste zum Speicheltest antreten lassen!«

»Das sehe ich auch so«, stimmte Kleemann dem Kollegen

zu. »Stellt ihr uns eure Ergebnisse schriftlich zusammen?«

»Na klar.« Martin Brinkmann beugte sich über seine Tasche. »Mache ich heute Abend noch fertig. Auf der hiesigen Dienststelle wird es ja wohl einen schnellen Computer geben. Und morgen sehen wir am Festland weiter, was die Untersuchungen ergeben.«

Inzwischen war es fast dunkel geworden. Arndt Kleemann, Heino Deters und ihre Baltrumer Kollegen standen auf dem Steg neben der *Achteran*, als sie von der Hafenstraße Scheinwerferlicht auf sich zukommen sahen.

»Die Feuerwehr rollt an«, sagte Röder. »Ich habe denen gesagt, sie sollen den Zinksarg mitbringen, der für Notfälle immer unter dem Schwimmbad gelagert wird. Bald können wir den Tatort räumen. Ich nehme den Schlüssel der *Achteran* an mich und gehe zur Arztpraxis. Die Ärztin hat eben angerufen, dass Klaus Kuhlmann jetzt in der Lage ist, ein paar Fragen zu beantworten. Wir müssen auch noch ein Zimmer für ihn besorgen und bei *Gode Tied*, dem Pflegedienst, Bescheid sagen, dass die in der Nacht mal nach ihm schauen. Und wenn es gar nicht geht, müssen wir ihn ins Krankenhaus transportieren. Aber das wird natürlich die Ärztin entscheiden. Kommst du mit, Arndt?«

Kleemann nickte.

»Thomas und Heino könnten sich hier um den Rest kümmern«, sagte Röder. »Denk mit dran, dass wir uns noch im Pastorenhaus melden müssen, wegen der Leichenhalle. Ach ja …« Michael Röder schaute die Männer von der Beweissicherung an. »Für euch müssen wir noch ein Nachtlager besorgen.«

Die Polizisten verabredeten, sich anschließend im Dienstgebäude der Polizei zu treffen. Sandra, Röders Frau, würde ein paar belegte Brote machen und mehrere Kannen Kaffee bereitstellen, das hatte sie versprochen.

*

Hendrik lief auf direktem Weg ins *Sturmeck*. Jeder Tisch vor dem Lokal war bei dem guten Wetter besetzt, aber drinnen an der großen Theke, die fast den ganzen vorderen Schankraum ausfüllte, fand er noch einen freien Platz. Er bestellte ein Bier und einen Korn. Eigentlich mochte er noch gar nichts wieder trinken, gleichzeitig verlangte es ihn, ein Bier nach dem nächsten hinunterzukippen, bis er vom Barhocker fiel. Im hintersten Stübchen seines Kopfes war ihm klar, dass die ganze Bredouille nur Resultat seines eigenen dämlichen Handelns war. Noch wollte sein Bauch diese Tatsache aber nicht einsehen. Was war denn auch schon passiert? Er hatte mit Schnucki rumgebumst. Na und? Wer sollte ihm da schon was wollen? Britta? Die hatte kein Recht dazu. Die Polizei? Die konnte ihn mal. Klaus Kuhlmann? Wenn der nicht besser auf seine Alte aufpasste – bitteschön. Schließlich gehörten immer zwei dazu, nicht wahr, Schnucki?

Er stierte vor sich hin, den Kopf in die Hände gestützt, und nickte automatisch eine Bestellung, wenn ihm die Bedienung sein leeres Glas vor die Nase hielt. Er nahm kaum etwas wahr von den Menschen, die um ihn herum eine Geräuschkulisse bildeten. Rechts von ihm knobelten drei Mann, und hinter ihm hatte sich ein Gast ans Klavier gesetzt und spielte Blues. Vereinzelt klang Lachen auf. Er hörte es nicht.

Nach der fünften Lage Bier und Korn stellte er fest, dass er sich entscheiden musste. Entweder würde er hier und jetzt an der Theke einschlafen oder die letzte Gelegenheit nutzen, nach Hause auf sein Boot zu kommen.

Er kramte den letzten Rest seines Selbsterhaltungstriebes und seines Stolzes heraus, bezahlte und ging.

Hendrik lief bei *Stadtlander* vorbei in Richtung evangelischer Kirche. Als er gerade rechts zum Hafen abbiegen wollte, hörte er, wie sich oben am Hotel *Seehof* zwei Menschen unterhielten. Die klare Luft trug die Stimmen bis zu ihm herunter.

»Lass den durchgeknallten Kerl doch bloß laufen, Britta.

Der spinnt doch. Es geht mich nichts an, aber ich habe schließlich Augen im Kopf. Und ich sehe, dass es dir nicht gut geht.«

Marco und Britta. Eindeutig. Mit ein paar schnellen Schritten war Hendrik die Schräge hinauf bis zum Eingang des Hotels gelaufen, hatte sich in Marcos T-Shirt verkrallt und schlug ihn mit der flachen Hand ins Gesicht. Einmal. Zweimal.

Wie aus dem Nebel hörte er Brittas Stimme: »Hendrik, hör auf!«

Wieder wollte er zuschlagen, doch ehe er sich versah, lag er mit dem Gesicht im neu angelegten Blumenbeet zwischen den Stiefmütterchen. Auf seinem Rücken spürte er den Druck einer Schuhsohle. »So nicht, mein lieber Freund«, hörte er Marco sagen. »Bei Kampfsport gegen besoffen gewinnt meistens Kampfsport. Merk dir das.«

»Okay, ist ja schon gut«, nuschelte er. »Ich entschuldige mich. Lass mich los, bitte.« Hendrik hätte in diesem Moment alles getan, um aus dieser Lage herauszukommen. Sein Mund war voll von Blumenerde, und ihm wurde langsam schlecht.

*

»Steh auf, aber ganz langsam, und bleib mit drei Schritten Abstand stehen. Ach was, mach am besten gleich, dass du Land gewinnst.« Marco merkte, wie Britta ihn ansah, als seine Stimme immer lauter und aufgebrachter wurde.

»Marco, bitte.« Sie legte ihm die Hand auf den Arm. »Lass mich mit Hendrik reden. Allein.«

»Das kommt gar nicht in Frage. Du kannst mit ihm reden, aber ich bleibe, so viel ist klar.« Er verschränkte die Arme vor seiner Brust. »Der Kerl ist völlig betrunken, schau ihn dir doch an.«

»Bitte, Marco, es ist schon in Ordnung. Er wird mir nichts tun. Geh du zu Nadine, sie wartet sicher schon. Sonst bekommst du auch noch Ärger.«

»Als ob ich den nicht gerade schon gehabt hätte. Und mit Sicherheit wieder bekommen werde. Was meinst du wohl, wie ich ihr meine rote Wange erklären soll? Hoffentlich schläft sie schon. Und du, Hendrik, lässt dich in meiner Nähe nie wieder blicken, sonst schalte ich die Polizei ein.« Unsicher, ob er wirklich gehen sollte, lief er zögernd die kleine Treppe hoch zum Foyer.

Britta schaute Hendrik prüfend an. »Was ist mit dir los? Irgendwie habe ich vor zwei Tagen einen ganz anderen Mann kennengelernt. Zumindest, wenn ich meiner Menschenkenntnis glauben darf. Ich verstehe das alles nicht.«

»Was habe ich dir denn getan?«, hörte er Hendrik protestieren.

Marco sah, dass Britta sich schon abgewandt hatte und ebenfalls hineingehen wollte. Ihre Antwort verstand er nicht, aber freundlich klang sie nicht.

Als er im ersten Stock das Badezimmerfenster öffnete, hörte nur noch, wie Hendrik hinter ihr herrief: »Warte doch, tut mir leid, lass uns reden. Lass uns noch eine Runde laufen.«

Er schloss das Fenster wieder und legte sich neben Nadine, die bereits leise schnarchte.

*

»Da haben wir es ja mit einer unappetitlichen Sache zu tun. Das habe ich selbst auf dem ostfriesischen Festland noch nicht erlebt«, sagte Arndt Kleemann, als die kleine Gruppe nach beendeter Arbeit gemeinsam im Dienstzimmer der Polizeistation saß.

Klaus Kuhlmann hatte ihnen nur sagen können, dass er nachweislich mit seinem Hund Wuffel und der defekten Fock am Festland gewesen war. »Der Busfahrer kann das bezeugen. Er wollte nämlich nicht, dass ich den schweren Sack mit in den Fahrtgastraum nehme. Ich musste ihn unten in den Kofferraum schieben. Auf der Rücktour auch«, hatte er berichtet. Zwischendurch war er immer wieder in haltloses Schluchzen ausgebrochen. »Meine Schnucki, wer hat das nur getan?«

Auf die Frage, ob seine Frau auf der Insel Bekannte gehabt hatte, hatte er heftig den Kopf geschüttelt. Bis heute Mittag nicht, hatte er gesagt, und wen sie nachmittags kennengelernt hätte, wüsste er doch auch nicht. »Sie ist – sie war ...«, an dieser Stelle hatte er kaum an sich halten können, »sie war doch so hübsch, so attraktiv und lebenslustig. Die Männer fanden sie alle toll. Aber geliebt hat sie nur mich!«

Danach war mit dem Mann rein gar nichts mehr anzufangen gewesen, und sie hatten ihn der Obhut der Ärztin überlassen.

»Viel haben wir noch nicht«, sagte Arndt Kleemann. »Ich denke, die Obduktion morgen wird uns mehr Aufschluss geben. Mit dem ersten Wasser werden wir die Leiche nach Neßmersiel rüberschicken. Mit der Reederei habe ich das abgeklärt. Am Festland können die Kollegen sie in Empfang nehmen und in die Gerichtsmedizin bringen. Ich werde am Hafen sein, ihr doch sicher auch?« Arndt Kleemann stellte befriedigt fest, dass alle nickten. »Hast du eigentlich das Alibi von dem Besitzer des Nachbarbootes der *Achteran*, überprüfen können, Michael, diesem Hendrik Beyer?«

»Ich bin nicht wirklich weitergekommen«, antwortete Röder. »Unter der Rufnummer von Wolf Arnken in Bremen meldete sich nur der Anrufbeantworter, und der andere angebliche Begleiter namens Lütjens war im Kino. Seine Frau hat versprochen, ihm Bescheid zu sagen, wenn er wieder nach Hause kommt. Er wird dann umgehend zurückrufen. Das hat sie jedenfalls zugesagt. Wo der Arnken hier auf der Insel wohnt, wusste Hendrik Beyer angeblich nicht. Leider haben wir hier kein amtliches Melderegister, das sofort greift.«

»Wieso, müssen sich die Gäste denn nicht polizeilich anmelden?«, wandte Arndt Kleemann neugierig ein.

»Doch, aber dieser Vorgang ist mit dem Ausfüllen der Kurkarte gekoppelt, die der Gast bei seinem Wirt erhält«, erklärte Michael Röder. »Den Durchschlag der Unterlagen geben die Vermieter oft erst nach ein paar Tagen bei der Kurverwaltung ab. Dann sind die Gäste manchmal schon wieder weggefahren. So können wir nie spontan feststellen, wer sich auf der Insel befindet.«

Sie blieben noch eine Weile sitzen, um bei einem Bier das weitere Vorgehen zu besprechen, begaben sich dann aber in Anbetracht der vorhersehbar kurzen Nacht in ihre Betten.

*

Auf dem Weg in ihr Zimmer zögerte Britta. Sollte sie zurückgehen, oder Hendrik im wahrsten Sinne des Wortes laufen lassen?

Einerseits, was hatte sie schon mit diesem Mann gemeinsam? Vor drei Tagen kennengelernt. Nette Tage und zugegebenermaßen auch sehr nette Nächte mit ihm verbracht. Andererseits kannte sie den Mann seit dem heutigen Nachmittag nicht wieder. Er war zu einem trinkenden, polternden, ja sogar schlagenden Fremden geworden. Und mit schlagenden Männern wollte sie nichts zu tun haben.

Sie drehte doch noch einmal um und sah Hendrik mit eingezogenen Schultern auf der Bank vor dem Hotel sitzen. Nach einigem Zögern ging sie zu ihm hinaus. »Na, worüber denkst du nach?«

Hendrik hob nicht einmal den Kopf. »Über meine ganze beschissene Situation, wenn du es genau wissen willst.«

»Möchtest du mir was erzählen? Das soll manchmal helfen. Komm, wir gehen eine Runde.« Britta hakte Hendrik ein, während er sich schwerfällig erhob.

»Wenn du meinst. Aber ich glaube nicht, dass dir meine Geschichte besonderen Spaß machen wird.«

Langsam liefen die beiden die Straße entlang bis zur Schule und weiter bis zur katholischen Kirche. Rechts davon lag die Arztpraxis, der Eingang von einem Notlicht beleuchtet.

»Wie es dem Mann der Toten wohl geht?«, überlegte Britta. »Hoffentlich ist er gut untergebracht. Auf sein Boot kann er ja wohl nicht.« Sie schaute Hendrik an. »Kanntest du die eigentlich näher? Eure Boote haben doch nebeneinander gelegen.«

»Nee, eigentlich nicht. Er war an Land mit seiner Fock. Wollte sie an einem Feiertag reparieren lassen, der Blödmann.«

Britta schaute Hendrik entsetzt an. »Du hast Gefühl wie ein Eisberg in der Arktis.« Wäre sie bloß nicht zurückgekommen, sondern schlafen gegangen. Dies hier führte doch alles zu nichts. Der Mann war tatsächlich völlig durchgeknallt.

»Entschuldige, das war wohl nicht der richtige Ton. Aber es ist eben auch alles Scheiße. Wenn der nicht gefahren wäre, wäre das doch nie mit Schnucki ...« Hendrik war laut geworden und merkte kaum, dass Britta erstarrt stehen geblieben war.

»Wer um alles in der Welt ist Schnucki?«, fragte sie bedrohlich leise und sehr langsam, so als ob sie jeden einzelnen Buchstaben besonders deutlich aussprechen wollte.

»Schnucki ist Hedda Kuhlmann und Hedda ist tot. So, jetzt weißt du es.« Hendrik setzte sich auf den Holzzaun, der das Grundstück der Arztpraxis umgrenzte, und zündete sich eine Zigarette an. »Und wenn du es noch genauer wissen willst: Ja, ich habe sie kennengelernt. Ja, ich habe mit Schnucki heute Nachmittag Kaffee getrunken, ja, ich habe mit ihr Whisky gesoffen, bis die Flasche leer war und ja, ja, ja, ich habe sie gevögelt bis zum Abwinken. Aber, verdammt noch mal, ich habe sie nicht getötet. Ich war es nicht. So, und jetzt kannst du zur Polizei gehen.« Die letzten Worte schrie er fast, stand auf und lief auf unsicheren Beinen davon, ohne sich noch ein einziges Mal umzuschauen.

Im Haus *Panorama* wurde ein Fenster geöffnet und ein Gast rief: »Ruhe da unten, das ist ein Kurort!«

Britta schaute fassungslos hinter dem Mann her, den sie vor ein paar Stunden noch für einen netten Typen gehalten hatte. Sie wusste absolut nicht, wie sie mit der Situation umgehen sollte. Ihr Kopf war völlig leer und sie hatte das

Gefühl, nie wieder einen klaren Gedanken fassen zu können.

Sie lief los, immer geradeaus und bog beim *Kiek Rin* ab zum Strand. Das *Strandcafé* war hell erleuchtet. Auf den Partybänken vor dem Eingang saßen unzählige Leute. Stimmengewirr schallte ihr entgegen, lautes Gelächter zeugte von fröhlich entspannter Atmosphäre. Auch in der Mehrzweckhalle brannte noch Licht. Einen Moment dachte sie daran, dort hineinzuschauen, aber dann fiel ihr ein, dass Marco bereits im Bett war, und auf die anderen hatte sie keine rechte Lust. So lief sie weiter bis zum Strand und zog ihre Schuhe aus, als sie den weichen Sand erreicht hatte. Sie stoppte erst, als sie die Feuchte des Spülsaums unter ihren Füßen fühlte.

Das Wasser war noch kalt um diese Jahreszeit. Kleine Wellen überschlugen sich und erstrahlten in der Bewegung. Meeresleuchten. Sie schlug den Weg zum Westkopf ein, zuckte ein paar Mal kurz zurück, als sie mit dem Fuß auf eine scharfe Muschelkante trat, und ließ sich von den Lichtern leiten, die ihr aus dem Inselinneren den Weg wiesen. Sie überquerte eine Buhne und wäre beinahe auf den glitschigen Basaltsteinen ausgerutscht. Das alles merkte sie kaum. Die Gedanken in ihrem Kopf fingen an zu rotieren und sie fühlte sich ihnen hilflos ausgeliefert. Selten war sie so ratlos gewesen. Verstehe einer die Männer, dachte sie und ließ sich kraftlos in den Sand fallen.

Der Sand war feucht, denn noch kurze Zeit vorher hatte dort das Wasser gestanden, während es sich jetzt für ein paar Stunden zurückgezogen hatte.

Sie weinte wie selten in ihrem Leben. Sie verlor sich in Zeit und Raum. Fühlte sich verletzt und betrogen, spürte Wut und Enttäuschung. Immer diese Scheißmänner! Kaum hatte man sich verliebt, taten die alles, um die Beziehung wieder kaputtzumachen.

Völlig in sich selbst versunken, merkte sie nicht, dass eine Gruppe Jugendlicher bei ihr stehen geblieben war. Ein Mädchen berührte sie vorsichtig an der Schulter. »Kann ich Ihnen helfen?«, fragte sie besorgt. »Geht es Ihnen nicht gut?«

Britta nahm dankbar ein Taschentuch an und schüttelte den Kopf. »Nein danke, alles okay. Ist nur manchmal alles nicht so leicht. Aber danke.« Sie versuchte zu lächeln, während die jungen Leute ihren Weg fortsetzten. Wenn ich mich nicht irre, waren das doch die, die heute Mittag mit meiner Gruppe zusammen Volleyball gespielt haben, dachte sie. Die waren nett, wirklich.

Ihre Gedanken gingen wieder zu Hendrik. Wie hatte sie sich nur so irren können! Und das Schlimmste war: Sie war sich nicht einmal sicher, ob er Hedda Kuhlmann nicht doch umgebracht hatte. Nie hätte sie ihm etwas Derartiges zugetraut, solange er nüchtern war, aber in betrunkenem Zustand zeigte er sich von einer völlig anderen Seite. Als ob er sich in eine neue Person verwandelte. Sie wusste es nicht. Wollte nur noch schlafen und vergessen.

Auf dem Rückweg über den Höhenweg und die weiße Holzbrücke wünschte sie, es wäre bereits Sonntag und sie könnte mit ihrer Gruppe nach Leer zurückfahren.

Sie lief die Treppe an der *Welle* hinunter und an der Fahrzeughalle der Feuerwehr vorbei. Als sie die Turnhalle hinter sich gelassen hatte, meinte sie, Schritte zu hören. Sie schaute sich um, konnte aber keinen Menschen entdecken. Wahrscheinlich ist noch etwas Aufruhr in der Turnhalle, dort übernachten ja auch viele Sportler, dachte sie gerade, als sie von hinten gepackt wurde. Eine kräftige Hand legte sich um ihren Mund. Im Überraschungsmoment wurden ihre Knie weich, aber dann setzte sich der Selbsterhaltungstrieb durch und sie fing an, sich zu wehren.

Britta trat zu, schlug wild um sich und hatte gerade das Gefühl, sich ein wenig Luft verschafft zu haben, als ein Messer bis zum Heft in ihren Körper drang.

*

Die Thekenplätze im *Strandcafé* waren alle besetzt, aber hinten in der Ecke, direkt bei der großen Leinwand für die Fußballübertragungen, fand Wolf Arnken noch einen freien Tisch. Bernhard und Doro Ebeling waren noch nicht da, aber in der Gastronomie konnte man den Feierabend eben nicht immer so genau absehen. Er holte sich ein Bier von der Theke und schaute sich um. Im Publikum war von Kleinkindern, die mit hölzernen Dreirädern um die Tische sausten, bis hin zu hochbetagten Senioren alles vertreten. Das machte den Charme dieses Lokals aus. Jeder fühlte sich in der rustikalen Atmosphäre wohl. Und das Essen war gut und preisgünstig.

Er dachte an das Gespräch mit Hendrik. Der würde doch nie mit seiner Geschichte bei der Polizei durchkommen. Früher oder später musste der Bursche mit der Wahrheit rausrücken. Er würde jedenfalls nicht seinen Kopf für ihn hinhalten. Und Roland Lütjens mit Sicherheit auch nicht. Freundschaft hin oder her.

Ob er Roland anrufen sollte? Vielleicht sollte der vorgewarnt sein, wenn die Kollegen aus Baltrum sich bei ihm meldeten. Wolf fasste in seine Tasche, dann fiel ihm ein, dass er sein Telefon gar nicht dabei hatte. Ist halt Schicksal, dachte er und war gerade im Begriff, sich noch ein weiteres Bier zu holen, als er vertraute Stimmen hörte. Eine der beiden Stimmen schien ihm ganz besonders vertraut. Er grinste.

»Hallo, Wolf! Schön, dich zu sehen.« Bernhard Ebeling nahm sein Gegenüber fest in den Arm. »Es ist doch gut, wenn unter all den vielen Gästen auch mal ein paar vernünftige sind.«

»Na, na, wie soll ich das denn verstehen?«, protestierte Wolf.

»War doch nur ein Scherz. Ich habe alle meine Gäste lieb – solange sie ordentlich verzehren und reichlich bezahlen.« Ebeling lachte.

Sie setzten sich an den Tisch, und es dauerte nicht lange, da erzählten ihm die Ebelings begeistert von ihrer bevorstehenden großen Reise, berichteten noch einmal ausführlich über den Stand der Planung und wie weit der Bau des Schiffes schon gediehen war.

»Aber nun erzähl doch mal von dir und deiner Familie. Davon haben wir noch gar nicht gesprochen.« Doro Ebeling schaute ihn erwartungsvoll an. »Erforscht dein Sohn immer noch eure Familiengeheimnisse?«

»Ob ihr es glaubt oder nicht, er forscht immer noch. Ohne Rücksicht auf Verluste. Neulich hat er einen Cousin vierten Grades aus Berchtesgaden ausgegraben. Die beiden haben sich auf Anhieb verstanden, und nun will der Mann uns nächste Woche besuchen.« Wolf verzog das Gesicht. »Aber es gibt schlimmere Hobbys.« Bei dem Wort Hobby fiel ihm wieder ein, was sich am Bootshafen zugetragen hatte. Er fragte seine Bekannten, ob schon Neuigkeiten darüber ins Ostdorf vorgedrungen seien, aber die verneinten.

»Es gehen wohl zehn verschiedene Versionen im Ort herum«, erklärte Bernhard Ebeling, »aber was wirklich los war, wissen wir auch nicht. Weißt du, das ist hier mit den Gerüchten wie mit einem Gewitter vor dem Berg. Es kreist und kreist, kommt nicht über den Berg, reichert sich an und lässt wolkenbruchartig Informationen heraus, um dann von Neuem seine Kreise zu ziehen. Da hören wir gar nicht mehr hin.«

Wolf erzählte Ebelings, was er von Hendrik erfahren hatte, und fragte sich ein weiteres Mal, ob er mit Roland Lütjens Kontakt aufnehmen sollte. Allerdings war es schon viertel vor elf. Nicht gerade eine günstige Zeit zum Telefonieren.

»Ich würde mich da nicht einmischen«, sagte Bernhard Ebeling, als Wolf seine Überlegungen schließlich äußerte, »aber wenn du mein Handy haben willst, bitteschön.«

»Nein, lass man, du hast sicher recht. Ich werde mich zurückhalten.«

Hinter der hölzernen Wand am Eingang des *Strandcafés* war es voll geworden. »Du hast doch noch 'ne Viertelstunde, nun komm schon, Jannis«, hörte Wolf plötzlich eine Stimme. Er drehte sich um und sah das junge Mädchen, das er morgens am Strand in der Gruppe um Jannis schon einmal gesehen hatte. Sie zog seinen Sohn energisch am

Jackenärmel an die Theke. »Dein Vater wird bestimmt nichts merken, und außerdem darfst du ja noch.«

»Dein Vater hat schon was gemerkt, Johannes«, sagte Wolf trocken. »Zu spät.«

Verblüfft schaute sich Jannis um, als die Stimme seines Vaters laut durch das Lokal schallte. Er bahnte sich einen Weg an dem großen, schwarzen Holzvogel vorbei, der den Eingang bewachte. »Hallo Paps, hallo Familie Ebeling. Stellt euch mal vor, was wir eben erlebt haben. Da sind wir vorhin noch am Strand gewesen, bisschen in den Strandkörben abhängen und so, und als wir wieder gegangen sind, sehen wir doch einen Frau in der Nähe der Wasserkante in dem nassen Sand sitzen. Und die hat fürchterlich geheult. Anna ist dann zu ihr hin mit einem Taschentuch und weißt du, wer das war?«

Wolf schaute seinen Sohn ratlos an.

»Das war die Betreuerin von der Gruppe, mit der wir mittags am Strand gespielt haben. Britta hieß die oder so. Die muss echt Probleme gehabt haben, so fertig, wie die war. Die konnte sich gar nicht wieder einkriegen, wollte aber nicht, dass wir bleiben und jetzt sind wir hier.«

»Würdest du mir mal dein Handy geben, Jannis? Bin gleich wieder hier.« Wolf zog einen Zettel mit einer Telefonnummer aus der Tasche und drängte sich durch die dicht an dicht stehenden Gäste nach draußen.

*

Diesmal war es nicht so einfach. Sie hat sich gewehrt. Ganz schön heftig. Ich musste ihr den Mund zuhalten. Es hätten ja noch Leute auf der Straße sein können. Aber gegen ein Messer kommt eben keiner an. Diese scharfe Klinge gibt Kraft und Selbstvertrauen. Wissen Sie eigentlich, wie sich das anhört, wenn ein Messer in den menschlichen Körper eindringt? Ja, genau. Es gibt einen Ton, einen feinen, surrenden und zum Ende hin dumpfen Ton, wenn der Griff des Messers die Haut trifft. Und dann der Höhepunkt! Stich für Stich in diesen weichen Körper. Tief hinein ins Fleisch. Ja, Vater, eigentlich macht man damit andere Sachen, ich weiß. Jetzt ist morgen eine weniger von diesen herumhüpfenden Weibern am Strand. Das habe ich gut hinbekommen. Ich habe Ihnen doch gesagt, man muss das Schicksal selbst in die Hand nehmen.

*

Unsanft riss das Telefon Oberkommissar Röder aus dem Schlaf. Auch seine Frau Sandra drehte sich aus dem Kissen und setzte sich auf.

»Polizeistation Baltrum, Röder am Apparat.«

»Lütjens, Bad Zwischenahn, ich sollte zurückrufen?«

»Ja, richtig.« Röder schaute auf seine Armbanduhr. Halb eins.

»Tut mir leid, dass es so spät geworden ist, aber ich war mit ein paar Freunden im Kino und dann noch einen Absacker trinken. Worum geht's?«

Michael Röder wunderte sich. Meistens klangen die Stimmen derer, die bei der Polizei anriefen, unsicher. Oft schwang ein Unterton von Angst mit. Aber auf der anderen Seite der Leitung war nichts davon zu spüren.

»Es geht um Hendrik Beyer«, sagte er. »Ist Ihnen der Mann bekannt?«

»Ja, ich habe ihn gestern auf Baltrum wieder getroffen, nachdem wir uns jahrelang aus den Augen verloren hatten. Und ehe Sie weiterfragen, muss ich Ihnen gleich sagen, ich gehöre auch zu Ihrer Fraktion. Ich bin 1. Hauptkommissar hier im Ort. Verantwortlich für Tötungsdelikte. Allerdings im Moment im Urlaub. So, jetzt redet es sich auf einer anderen Ebene.«

Aha, dachte Röder, daher … »In Ordnung, Kollege. Dann will ich mal loslegen mit meiner Geschichte. Legen Sie auf, ich rufe zurück.«

Sie unterhielten sich eine ganze Weile, und Röder wurden zwei Dinge klar: Der Hendrik Beyer, der sich morgens mit Roland Lütjens getroffen hatte, war offensichtlich von einem ganz anderen Schlag als der verlotterte, alkoholisierte Typ, der ihm reichlich aggressiv entgegengetreten war. Und getrunken hatte Beyer zumindest morgens nicht, wenn man Lütjens Aussage Glauben schenken durfte.

»Der Mann muss doch völlig abgedreht sein.« Michael Röder rutschte unruhig auf seinem Bürostuhl hin und her. »Benennt zwei Zeugen, davon ist einer auch noch Kripobeamter, das muss man sich mal vorstellen, und sein Alibi fällt zusammen wie Schokoladeneis in der Sonne. Entweder steht der mit dem Rücken zur Wand oder er hat kurzfristig seinen Verstand versoffen. Ich tendiere zu beidem. Ich glaube, es ist dringend notwendig, dass wir uns mit dem Mann intensiv unterhalten.«

»Moment noch«, warf Lütjens ein, »er weiß nicht, dass ich bei der Kripo bin. Die Geschichte erzähle ich Ihnen aber ein anderes Mal. Übrigens hätte ich nicht übel Lust, morgen … also: heute … nach Baltrum zu kommen. Ich will Ihnen aber keinesfalls ins Handwerk pfuschen. Komme so als normaler Gast, stelle mich bei Ihnen vor und laufe dann über die Insel und halte Augen und Ohren offen. Vielleicht kann ich Hendrik noch ein paar Auskünfte mehr entlocken. So von Freund zu Freund. Habe schließlich noch einige Tage frei und meine Familie will heute in den *Park der Gärten* hier in Zwischenahn. Das reizt mich nicht so sehr.«

Röder zögerte kurz. Ein fremder Jäger in seinem Revier? Was soll's, dachte er. Diese altbackenen Vorurteile waren nicht angebracht. Sie konnten jede Hilfe gebrauchen. Er hoffte, dass seine Kollegen aus Aurich das ebenso sahen. Würde schon gut gehen. Verbieten konnte er dem Mann das Betreten der Insel sowieso nicht. »Okay, dann sehen wir uns morgen. Wenn wir nicht auf der Wache sind, fragen Sie einfach. Irgendwer hat uns bestimmt gesehen und kann helfen. Nein, Moment, ich gebe Ihnen meine private Handynummer, das ist noch einfacher.«

Röder legte auf und hoffte, dass er keinen Fehler gemacht hatte.

*

Kerstin Pauli und die Mitarbeiter des *Insel-Marktes* hatten ebenfalls kurze Nächte an diesem langen Wochenende. Sie waren für die Versorgung der Sportler mit Frühstück zuständig. Das hieß, bevor der Pferdewagen morgens um halb sieben die blauen Kühlcontainer vom Hof des Marktes zur Mehrzweckhalle brachte, mussten tausend Brötchen und viele Brote gebacken und unendlich viele Scheiben Wurst und Käse geschnitten werden.

Bereits um vier Uhr waren die ersten Angestellten da und begannen mit der Arbeit. Joghurt und Milch, Obst und Margarine, alles wurde bereitgestellt und in den blauen Behältern sorgfältig gestapelt.

»Andreas, wann sind die Brötchen fertig?« Die Marktleiterin hoffte, dass auch an diesem Morgen alles reibungslos verlaufen würde.

»In einer halben Stunde spätestens bin ich durch, die meisten sind schon gebacken«, rief der Bäcker aus der Backstube.

Die Öfen liefen auf Hochtouren und überall standen Körbe mit appetitlich duftenden Brötchen zum Auskühlen bereit. Da könnte man glatt schon um fünf Uhr frühstücken, so lecker wie das hier riecht, dachte sie. Aber sie würde wohl oder übel warten müssen, bis der Pferdewagen mit seiner ersehnten Fracht losgefahren war. Dann blieb noch genügend Zeit, bis der Supermarkt für das Tagesgeschäft öffnete.

Die Sonne war schon wie ein dicker Ball hinter der Turnhalle aufgestiegen und schien kräftig vom wolkenlosen Himmel. Kaum ein Lüftchen regte sich. Eine Spatzenbande stritt sich lauthals um ein paar Krümel, die vor der Bäckerei auf den Boden gefallen waren. Kerstin Pauli ging wieder auf den Hof, um noch ein paar Kühlbehälter bereitzustellen. Einen Augenblick blieb sie stehen, atmete die laue Luft ein und freute sich wieder einmal, dass sie die Stelle auf Baltrum angenommen hatte. Ihre Eltern hatten vor Inselkoller, Einsamkeit und sonstigen Unbilden gewarnt. »Kind, die Insulaner sind nicht einfach, ein ganz eegen Volk is dat«, hatte ihr Vater sie gewarnt. Ihr war jedoch bereits nach vier Wochen auf der Insel klar geworden, dass diese Arbeit genau das war, was sie sich vorgestellt hatte.

Sie nahm den Hubwagen, balancierte ihn unter den Kühlcontainer und zog den Behälter zum Befüllen nach vorne. Sie legte ihre ganze Kraft in den Versuch, den Verschlusshebel umzulegen, damit sich die Tür zu seinem sauberen, leeren, weiß beschichteten Innenraum öffnete. Manchmal klemmten die Dinger, und es kostete einige Anstrengung, bis die Tür sich endlich bewegte.

Sie ruckte und fluchte. Dann öffnete sich die Tür mit einem lauten Schmatzen der Gummidichtung.

Sie wollte schreien, aber es kam kein Laut aus ihrem weit geöffneten Mund. Sie wollte Hilfe holen, aber die Beine versagten ihr den Dienst und sie sank langsam auf die Knie.

*

»Kerstin, können wir mit der nächsten Ware kommen? Mortadella und Käse sind fertig geschnitten.« Die Stimme von Melanie Bader, der Mitarbeiterin aus der Frischfleischabteilung, schallte über den Hof. »Kerstin, wo bleibst du denn? Zigarettenpause gibt's jetzt nicht.«

Melanie Bader war genervt. Erst stundenlang Mortadella schneiden, und jetzt war auch noch ihre Chefin nicht aufzufinden. »Kerstin, zum Teufel, wo steckst du?«, rief sie und machte sich resigniert darauf gefasst, dass die Antwort postwendend wie ein Donnerhall zu ihr zurückgeflogen käme. Ihre Chefin konnte ein sehr ausgeprägtes Organ entwickeln bei solchen Anlässen.

Stattdessen hörte sie ungläubig ein kleines, halb ersticktes »Hier« aus der Tür des geöffneten Kühlbehälters. »Melanie, bitte komm. Es ist was passiert.«

Sie bekam es mit der Angst zu tun. Diese Stimmlage kannte sie nun wirklich nicht von Kerstin. Sie ging vorsichtig auf den blauen Behälter zu, schlug die Tür ganz zur Seite und den Anblick, der sich ihr bot, sollte sie in ihrem Leben nie mehr vergessen. Vor dem Behälter saß ihre Chefin kreidebleich auf den roten Klinkersteinen und in der großen blauen Kiste, die nackten Beine nach oben gebogen, lag eine blutüberströmte, von Messerstichen durchbohrte Frau.

»Was ist hier los? Was ist passiert? Geht es dir gut?« Melanie Bader verschluckte sich fast vorAufregung.

»Die Polizei, wir müssen die Polizei holen. Los, schnell. Und die Ärztin. Beeil dich.«

Sie nickte und lief wie von Furien gehetzt ins Büro des Marktes. Im Büro schnappte sie sich das Telefon. Während sie wählte, rief sie ihren zwei Kollegen zu: »Draußen ist was Schreckliches passiert. Aber geht bitte nicht raus. Tut es euch nicht an. Ich rufe Hilfe.«

*

Langsam stand Kerstin Pauli auf und schaute sich um. Ihr Blick fiel auf die Turnhalle und wanderte von dort auf den Saunabereich des *Sindbades*, der ebenso wie das übrige Hallenbad in Anbetracht der frühen Stunde noch ruhig dalag. Auch auf dem Hinterhof des *Insel-Marktes* war es noch still im Vergleich zu der lauten Geschäftigkeit, die den Platz erfüllen würde, wenn im Laufe des Tages die Waren angeliefert wurden. Ihr Bäcker, Andreas Brandt, der an diesem frühen Morgen eine Kiste Brötchen nach der anderen in die blauen Kühlcontainer gepackt hatte, stand wieder in seiner Backstube und hatte offensichtlich nichts mitbekommen. Sie musste ihm wohl Bescheid sagen. Aber was war, wenn ihm die Nerven durchgingen? Wie sollte es mit der Ware weitergehen? Die Sportler in der Mehrzweckhalle mussten doch ihr Frühstück bekommen. Die Polizei würde bestimmt alles absperren, damit keine Spuren verloren gingen. Zumindest hatte sie das in vielen, vielen *Tatort*-Folgen so gesehen. Um halb sieben würde der Kutscher mit seinem Gespann auf dem Hof sein und die Ware holen wollen.

Sie dachte kurz nach, rappelte sich hoch, griff den Hubwagen und rollte dann, erstaunt über ihre eigene Entschlossenheit, einen nach dem anderen der bereits bepackten Behälter an den Straßenrand. Mochten die Männer von der Polizei doch meckern.

Sie sah die beiden Rettungsassistenten in großer Eile auf ihren Rädern zur Fahrzeughalle neben der Turnhalle fahren. Nur ein paar Meter trennen uns, dachte sie, gleich werden sie mit dem Krankenwagen hier auf dem Hof stehen. Auch die Ärztin wird sicher bald auftauchen. Beim letzten Container merkte sie, wir ihr übel würde. Jetzt nicht auch noch zusammenklappen, schoss es ihr durch den Kopf. Bitte nicht.

Dann hatte sie es geschafft. Fünf blaue Tiefkühlbehälter standen in Reih und Glied am Zaun. Nur den einen hatte sie an dem Platz stehen lassen, an dem er gestanden hatte, als sie ihren grausigen Fund gemacht hatte. Erst jetzt fielen ihr die dunklen Flecke auf, die sich wie in einer Spur über den Hof des Marktes zogen. Blut, dachte sie.

Kerstin Pauli lief mit wackeligen Beinen zu Andreas, ihrem Bäcker. »Hast du einen Kaffee fertig? Das ist nämlich genau das, was ich brauche, bevor hier gleich die Hölle losbricht.«

Andreas Brandt schaute sie verständnislos an. »Was ist denn? Ist die Aufschnittmaschine ausgefallen?« Er lachte.

»Nein, Andreas, es ist ernst genug. Und glaube mir bitte, dass ich dich nicht verscheißern will.« Sie stellte sich in die Tür, so dass ihm der Ausgang auf den Hof versperrt war. »Andreas, in dem Behälter dort vorne liegt eine tote nackte Frau.« Sie zeigte mit dem ausgestreckten Arm auf den Container, der von der ganzen Reihe übriggeblieben war.

Der Bäcker schaute seine Chefin skeptisch an. »Das glaube ich nicht. Oder doch? Was ist denn auf dieser Insel los? Erst gestern der Todesfall am Hafen, von dem gemunkelt wird, es sei Mord gewesen, und jetzt schon wieder. Bist du sicher?«

Kerstin Pauli nickte heftig. »Ja, sie hat ganz viele Stiche im Körper und liegt so komisch da, wie drapiert, irgendwie.« Die Marktleiterin begann unkontrolliert zu schluchzen. Sie schwankte, doch Andreas Brandt konnte sie gerade noch auffangen.

Jetzt war das Signalhorn des Rettungswagens zu hören. Im gleichen Moment bogen die beiden Polizisten Michael Röder und Thomas Zahn auf den Hof des *Insel-Marktes* ein.

*

»Das darf doch alles nicht wahr sein«, flüsterte Arndt Kleemann. »So etwas sollte einem in einer ganzen Laufbahn nicht passieren, zwei bestialisch zugerichtete Frauen innerhalb von zwölf Stunden.« Ratlos schüttelte er den Kopf.

Auch Michael Röder schaute fassungslos in den blauen Kühlcontainer. »Da kann die Spurensicherung mit dem nächsten Schiff gleich wiederkommen. Die werden sich auch freuen …«

Die Mitarbeiter der Spurensicherung aus Aurich hatten die Insel mit dem Sarg und der Leiche von Hedda Kuhlmann morgens in aller Herrgottsfrühe verlassen. Ihre Arbeit war abgeschlossen. Das hatten sie zumindest gedacht.

»Ich denke, auf das nächste Schiff können wir nicht warten.« Heino Deters atmete tief durch. Gerade war er im Laufschritt an der Einsatzstelle angekommen. »Es wird erst in vier Stunden eintreffen. Wir werden die Leute wohl mit dem Hubschrauber holen müssen.«

»Ja, und bis dahin werden wir eine Menge zu tun haben«, antwortete Arndt Kleemann.

»Wenn man uns denn lässt«, flüsterte der Inselpolizist seinem Kollegen zu, als er sah, wie der Bürgermeister mit wichtiger Miene auf sie zukam.

Der schüttelte als Erstes den Ermittlern vom Festland die Hand. »Enno Lohmann, ich bin hier der Bürgermeister. Moin. Darf ich fragen, was sich hier seit gestern auf meiner Insel abspielt?«

»Moment, Enno, erst einmal eines nach dem anderen«, schaltete sich Michael Röder ein stellte ihm Arndt Kleemann und Heino Deters vor. »Ich hätte dich nachher noch über den gestrigen Fall unterrichtet, Enno, aber nun ist uns ein neuer dazwischengekommen. Wieder eine junge Frau. Auf übelste Weise zugerichtet. Da. Im Behälter. Sonst weiß ich noch nichts. Wir müssen jetzt schleunigst anfangen. Bitte entschuldige. Sobald ich Näheres weiß …«

Arndt Kleemann schaute sichtlich erstaunt an dem Mann herunter, der zu abgewetzten Jeans ein rotes T-Shirt mit einem verblichenen »*Keine Macht für niemand*«-Aufdruck trug. Lohmann war von oben bis unten voller dicker, dunkler Flecken. An seiner Wange und an seinen fleischigen Händen sah man tiefe Kratzer.

»Schon gut.« Lohmann machte keine Anstalten, das Gelände zu verlassen, sondern äugte neugierig in Richtung des Kühlcontainers. Und er war nicht der Einzige. Eine erkleckliche Anzahl Menschen hatte sich trotz der frühen Tageszeit bereits um die Polizisten geschart, um nichts zu verpassen.

»Thomas, sperr doch als Erstes mal alles ab«, bat Arndt Kleemann. »Ich befürchte, wir werden noch viel mehr interessierten Besuch hier bekommen.« Dann wandte er sich dem Mann zu, der sich ihm als Bürgermeister vorgestellt hatte. »Herr Bürgermeister … Sind Sie immer so früh auf den Beinen?«

Enno Lohmann bemerkte den taxierenden Blick des Kripobeamten. »Ich war schon ein wenig angeln, hat aber nichts angebissen. Und dann bin ich auf der Buhne auch noch ausgerutscht und hingefallen.« Er drehte seine Hände hin und her. »Seepocken! Die können ganz schön Schaden anrichten mit ihren scharfen Rändern. Außerdem ist man als Bürgermeister natürlich Tag und Nacht für seine Mitmenschen verantwortlich. Und drittens habe ich auch meine eigenen Gäste zu versorgen und da bin ich einfach zur *Backstube* gefahren, in der Hoffnung auf frische Brötchen. Leider war noch geschlossen, aber der Bäcker stand vor der Tür, und der hat mir alles erzählt. Schließlich bin ich der Bürgermeister und muss so was wissen. Auch wenn es die Polizei nicht für nötig hält, mich zu unterrichten. Na ja, wenn der Prophet nicht zum Berg kommt … Und da bin ich nun.« Enno Lohmanns Brust schien zu schwellen.

»Nun kommen Sie man runter von Ihrem Turm, Herr Bürgermeister«, sagte Michael Röder. »Und sorgen Sie kraft Ihres Amtes dafür, dass wir ungestört arbeiten können. Wenn Sie außerdem noch zwei Fahrräder für meine Kollegen im Keller stehen hätten, wären wir sehr dankbar. Und noch was: Überlegen Sie sich besser schon mal ein paar gute Sätze für später. Wenn sich die Sache erst mal rumgesprochen hat, werden die Fragen der Gäste kommen. Ich unterrichte Sie so bald wie möglich über den Stand der Dinge.«

Arndt Kleemann fiel auf, dass sein Kollege plötzlich die Anrede gewechselt hatte. Sollte das unpersönliche ›Sie‹ Abstand schaffen? Immerhin hatte Röder seinen Bürgermeister bei der Ehre gepackt. Der Mann hatte jetzt was zu tun, und sie konnten in Ruhe arbeiten. Geschickt gemacht. Aus dem Augenwinkel sah Kleemann noch, wie Lohmann versuchte, die Leute zum Heimgehen zu bewegen, während sich Röder der Leiche zuwandte.

»Die kenne ich doch. Das ist die Bekannte von Hendrik Beyer. Die war gestern mit ihm am Bootshafen. Jetzt wird es mir aber langsam zu bunt. Wir müssen den Mann sofort zur Vernehmung hier haben.«

Kleemann nickte. »Fahrt ihr beiden los und bringt ihn auf die Wache. Bin gespannt, was der zu erzählen hat. Ich rufe in Aurich an und sorge dafür, dass die Spurensicherung sich gleich wieder auf den Weg macht.«

*

Hendrik schlug die Augen auf. In seiner Nase kitzelte es, und er fuhr sich unwillig mit der Hand durchs Gesicht. Wo war er hier? Er schaute sich um und erschrak. Diese Umgebung hatte er noch nie in seinem Leben gesehen. Mühsam drehte er seinen Kopf. Links und rechts von ihm erhoben sich Holzwände, darauf Alustangen. Über ihm ein Hallendach. Und unter ihm? Heu. Tatsächlich. Heu. Was sollte das bedeuten? In seiner Nähe hörte er dumpfes Stampfen und einen kurzen Pfiff.

Dann eine Stimme: »Komm, Kleiner, wir müssen was tun. Die Sportler müssen was zu futtern haben. Und ohne uns geht das nun mal leider nicht.«

Ein unwilliges Schnauben war die Antwort, dann ein Stöhnen: »Eigentlich hätte ich heute Nacht gleich in der Mehrzweckhalle bleiben können. Super Fete da. Die Leute waren echt gut drauf. Besonders die eine, Blonde. Wie hieß die bloß noch? Egal. Richtig geil wurde das ja erst, als der Chef schon weg war. Mussten wir doch den bösen, bösen Allohol vernichten.«

Hendrik hörte den Mann leise kichern. Um ihn herum roch es intensiv nach Pferdedung.

Er konnte es nicht fassen. Allem Anschein nach war er gerade in einer Pferdebox der Spedition aufgewacht.

Hendrik wagte nicht, sich aufzusetzen. Wenn er erwischt würde, wäre es sicher nicht von Vorteil. Zumindest wäre ihm Hohn und Spott gewiss, wenn sich das herumspräche. Und dass es sich herumsprechen würde, wenn das die Kutscher spitzkriegten, dessen war er sich gewiss.

Wieso war er aber nun eigentlich hier? Er konnte sich absolut keinen Reim darauf machen, zumal sich sein Denkvermögen durch die Exzesse der letzten Stunden nicht verbessert hatte. Er wusste nur, dass Aufstehen erst sinnvoll wäre, wenn das Pferd und die Stimme den Raum verlassen hätten. Er hoffte, dass dies bald geschehen würde. Bis dahin musste er sich nur still und niesfrei verhalten, was gar nicht so einfach war.

Jetzt hörte er schlurfende Schritte, die sich in seine Richtung bewegten. Gott sei Dank, die Boxentür war bis auf einen kleinen Spalt geschlossen. Aus der Nebenbox klang das Rasseln von Ketten. Hendrik nahm an, dass der Kutscher das Pferdegeschirr vom Haken nahm. Noch ein bisschen durchhalten, hämmerte er sich ein. Er hatte die Augen geschlossen, wie ein kleines Kind mit dem Gedanken: Wenn ich keinen sehe, kann mich auch keiner entdecken. Doch nach einiger Zeit fing seine Blase an, sich bemerkbar zu machen. Ein unangenehmes Gefühl. Er ahnte, dass er diesem Druck nicht viel länger standhalten konnte und hoffte, dass der Mann bald sein Pferd vor der Kutsche hatte und den Stall verließ.

»Los, meine Braune ...« Ein kräftiges Klatschen war zu hören, als die Hand des Kutschers das Hinterteil der Kaltblutstute traf. »Wenigstens du musst fit sein. Mensch, bin ich froh, wenn ich gleich wieder ins Bett kann.«

Wieder hörte Hendrik die Schritte des Mannes und ihm wurde klar, dass zu einer ordentlichen Kutsche zwei Pferde gehörten. Dies war eindeutig zu viel für seine Blase. Sie entleerte sich unkontrolliert in das Strohbett der Pferdebox.

Tränen schossen ihm in die Augen. Was ist nur mit dir los, Alter, fragte er sich und seine Wangenmuskeln zuckten bei dem Bemühen, nicht in lautes Schluchzen auszubrechen. Liegst stinkend und vollgepisst in einer Pferdebox und weißt nicht mal, wie du hier reingekommen bist. Hast die Frau, die dir was bedeutet, belogen und betrogen. Hast gesoffen und dich benommen wie der letzte Mensch. Alles wegen Schnucki. Wenn die nicht angefangen hätte mit diesem ollen Whisky, wäre das doch alles nie passiert.

Er versank in Selbstmitleid. Wie sollte er jetzt aufs Boot kommen? Mit nasser Hose?

Plötzlich merkte er, dass es im Stall still geworden war. Leises Hufgetrappel auf der Hafenstraße verriet, dass die Kutsche inzwischen auf dem Weg war. Er setzte sich auf und entdeckte zu seiner Beruhigung eine grüne Arbeitshose, die in der Nachbarbox neben weiteren Geschirren an einem Haken hing. Das war die Rettung!

Er wischte sich die Tränen aus dem Gesicht und schöpfte neuen Mut. Vorsichtig schob er die Boxentür zur Seite, schaute nach links und rechts. Keiner zu sehen. Schnell griff er sich die Hose, zog seine eigene nasse aus und streifte sich die andere über. Sie war um den Bauch herum viel zu weit und um die Knöchel herum zu kurz, aber als er sich die Träger um die Schultern geschlungen hatte, konnte er sich wenigstens bewegen, ohne dass ihm die Hose nach unten rutschte. Trotzdem sah er aus wie der Clown, der am Tag zuvor in der Turnhalle seinen großen Auftritt gehabt hatte. Und eine rote Nase hatte er wahrscheinlich auch, nur, dass seine echt war, und nach Lachen war ihm auch nicht zumute.

So machte er sich mit immer noch wackeligen Schritten auf den kurzen Weg zu seiner *Antje*. Als er das Reedereigebäude gerade an der Ostseite passiert hatte, sah er die beiden Polizisten in großer Eile zum Bootshafen radeln. Er lief ein Stück zurück und versteckte sich hinter der Rampe, an der normalerweise ankommende Waren auf die Pferdewagen verladen wurden.

Er ahnte nicht, dass er dabei von einem interessierten Augenpaar beobachtet wurde.

*

Auf dem Weg zum Hafen erzählte Röder seinem Kollegen Thomas Zahn, dass er noch in der Nacht versucht hatte, mit Beyer zu sprechen, ihn aber nicht auf der *Antje* angetroffen hatte. »Wenn der was mit den Morden zu tun hat, werde ich meines Lebens nicht mehr froh. Allerdings sah es gestern noch so aus, als sei er nur am Rande in diese Sache verwickelt, sonst wäre ich hartnäckiger gewesen.«

Röder machte sich große Sorgen. Er hatte seinen Kollegen bereits am frühen Morgen, als sie den Sarg zur *Baltrum IV* begleitet hatten, von seinem Telefonat mit Lütjens erzählt. Aber auch da hatten er und die anderen noch keine dringende Notwendigkeit gesehen, sich um Beyer zu kümmern. Diese Einstellung konnte sich jetzt als verhängnisvoller Fehler erweisen. Er trat in die Pedale und hoffte, dass sie rechtzeitig am Bootshafen sein würden, bevor ein mutmaßlicher Mörder die Flucht ergriff.

Am Hafen schien alles ruhig. Das Schnellboot der Reederei war bereits von seiner Fahrt nach Neßmersiel zurückgekehrt und lag fest vertäut an seiner Anlegestelle. Das *Verhungernix* hatte die Läden noch geschlossen und auch die grün-weiße Flagge der Reederei war noch nicht gehisst. Nur ein Pferdefuhrwerk der Spedition kam ihnen entgegen. Röder wunderte sich ein wenig, bis ihm einfiel, dass die Frühstückszutaten normalerweise um diese Zeit zur Mehrzweckhalle gefahren wurden.

»Wir haben Glück, die *Antje* liegt noch an ihrem Platz.« Röder atmete auf.

»Ob wir Glück haben, wird sich gleich noch zeigen, wenn wir Beyer auch wirklich auf seinem Boot antreffen«, erwiderte Thomas Zahn.

Sie stellten ihre Fahrräder wie tags zuvor am Bootshaus ab und liefen zu dem Steg, an dem die *Antje* dümpelte. Sie stiegen runter in die Plicht und klopften an die Tür zum Niedergang. Nichts. Sie ruckelten an der Tür. Abgeschlossen. Ratlos schauten sie in die Runde.

»Ich glaube, wir haben einen Riesenfehler gemacht, als wir uns gestern nicht ausgiebiger mit dem Mann beschäftigt haben«, sagte Röder.

»Nun mach mal halblang, Michael«, beruhigte ihn Zahn. »Gestern hatten wir einen angetrunkenen, abgewrackten Bootseigner vor uns, dessen Schiff zufällig neben dem Fundort der Leiche lag. Sein Alibi war zu diesem Zeitpunkt von uns nicht zu widerlegen. Wenn es danach ginge, hätten wir die halbe Insel festnehmen müssen. Und nun hör auf zu sabbeln, wir müssen sehen, dass wir den Kerl finden, und zwar pronto!« Thomas Zahn lief zurück zum Bootshaus. »Wäre mir allerdings auch lieber, wenn wir ihn schon hätten.«

Röder folgte ihm. Ratlos standen die beiden bei ihren Rädern und beratschlagten. »Irgendwann muss er doch wieder zu seinem Boot kommen«, sagte Röder. »Wir sollten eine Bewachung hier lassen.«

»Wie wäre es mit Klaas Bengen?«, schlug Thomas Zahn vor. »Der ist doch meistens hier. Wir geben ihm meine Handynummer und dann kann er uns anrufen, wenn Beyer wieder auftaucht.«

»Meinst du, das reicht?«, fragte Röder zweifelnd. »Beyer

gehört inzwischen für mich zu den ganz Verdächtigen in diesem Falle. Wir müssen zumindest eine Beschreibung von ihm zur Reederei und zum Flugplatz bringen. Nicht, dass der Mann uns noch die Flucht ergreift. Wenn er denn tatsächlich etwas mit den beiden Todesfällen zu tun hat. Jetzt lass uns mal schauen, ob wir Bengen schon irgendwo antreffen.«

Sie hatten Glück. Der Hafenaufseher kam ihnen entgegen, als sie gerade auf ihre Fahrräder steigen wollten. »Moment eben, Herr Bengen«, sagte Röder. »Wir wollten Sie um einen Gefallen bitten. – Herr Bengen, wenn Sie eben mal stehen bleiben würden, das wäre ausgesprochen nett.« Die Worte standen im krassen Gegensatz zu der ansteigenden Schärfe, mit der Röder den Mann ansprach, der einfach weitergehen wollte. »Ich rede mit Ihnen, und das höchst offiziell. Da können selbst Sie mal ein bisschen kooperativ sein.«

Röder sah, wie Klaas Bengen sich regelrecht wand. Offensichtlich hasste er es, so direkt angesprochen zu werden. Es dauerte eine ganze Weile, bis der Mann sich so weit im Griff hatte, dass er in der Lage war zu antworten. »Was soll ich tun?«

Michael Röder erklärte ihm, was man von ihm erwartete. Bengen nickte, sagte dann aber: »Hab kein Telefon.«

Röder verdrehte die Augen. Verzweifelt um Ruhe bemüht erwiderte er: »Dann kommen Sie eben mit dem Fahrrad zur Wache. Wenn keiner von uns da sein sollte, ist zumindest meine Frau in der Wohnung nebenan. Sie sagt uns dann Bescheid. Alles klar?«

Klaas Bengen schlug die Augen nieder und nickte, doch die beiden Polizisten waren sich nicht sicher, ob der Mann alles richtig begriffen hatte. Sie konnten es im Moment nur hoffen. Röder schaute dem Hafenaufseher hinterher. Zahn nahm sein Fahrrad und nickte Röder zu. »Wir fahren jetzt zurück zum *Insel-Markt*. Vielleicht haben die Kollegen dort ja eine andere Einschätzung der Lage. Außerdem habe ich das Gefühl, dass der Bengen gar nicht so dösig ist, wie es den Anschein hat.«

*

Hendrik kniete noch immer in einer Ecke neben der Rampe. Er zitterte und wusste nicht, ob es am fehlenden Alkohol lag, an der Feuchtigkeit des Urins, die noch immer auf seiner Haut saß, oder daran, dass sein Versteck noch nicht von der Sonne beschienen war. Er hatte keinen guten Überblick, konnte somit auch nicht feststellen, ob die beiden Polizisten noch im Bootshafen herumliefen oder schon weitergefahren waren.

Er entschied sich fürs Abwarten, wohl wissend, dass auch hier an der Rampe bald der Tagesbetrieb losgehen würde. Spätestens wenn der Pferdewagen wieder auf den Hof kam, würde sich Leben regen.

Wie war er nur in diese missliche Situation gekommen? Er war im *Sturmeck* gewesen und hatte getrunken. Viel getrunken. Viel und gleichmäßig. So regelmäßig, dass die Bedienung gar nicht mehr gefragt hatte, sondern nur seine Gläser, das große und das kleine, immer wieder aufgefüllt hatte. Dann war er gegangen. An *Stadtlander,* dem Inselkaufhaus, vorbei nach Hause. Schemenhaft tauchte vor seinem geistigen Auge das Hotel *Seehof* auf, und da war sie wieder, die Erinnerung!

Britta und Marco. Der Streit. Sein Gesicht im Blumenbeet. Und dann die Beichte. Ihm wurde siedend heiß. Er hatte Britta von Schnucki erzählt. Hendrik schlug sich mit der flachen Hand vor die Stirn. Das durfte doch nicht wahr sein. Hatte er wirklich diese grenzenlose, idiotische Dummheit begangen, Britta alles zu erzählen?

Er wusste, er hatte. Er war so wütend und so betrunken gewesen, dass alle Schranken gefallen waren.

Warum hatte dieser blöde Marco ihn auch so gedemütigt? Das war doch nicht fair. Und Britta, die hatte doch so getan, als ob er ihr Rechenschaft schuldig war. Da hatte die sich aber ganz schön geirrt. Er war sein eigener Herr. Verflucht noch mal.

Ihm liefen Tränen über das Gesicht. Hendrik wischte sie mit dem Handrücken notdürftig weg.

Er blieb noch einige Minuten sitzen, bis seine Beine anfingen einzuschlafen. Vorsichtig reckte er sich und schaute sich um. Kein Mensch zu sehen. Langsam und betont lässig schlenderte er am Häuschen der DGzRS vorbei und auf sein Boot zu.

»Moin, Hendrik!«

Er zuckte zusammen und sah sich Erik gegenüber, dem Eigner einer holländischen Tjalk, der ihn mit einem strahlenden Grinsen musterte.

»Na, du bist aber schon früh auf die Beine, Hendrik. Und denn noch mit so eine schmucke Hose.«

»Ja, ja, schon gut. Schönen Tag noch.« Etwas Passenderes war ihm im Moment nicht eingefallen.

Gerade als er sein Boot erreicht hatte, meinte er aus dem Augenwinkel eine weitere Bewegung zu sehen. Er drehte sich um und sah, wie Klaas Bengen auf seinem Fahrrad das Hafengelände verließ. Der hat auch wohl nie Feierabend, dachte er, als er die Kajütentür aufschloss. Er wollte eine Kopfschmerztablette schlucken, schlafen, duschen und was essen. Genau in dieser Reihenfolge. Und dann konnte er sich mit den Wünschen der Polizisten auseinandersetzen. Ihm blieben zu seinem Bedauern nur noch etwa zwei Stunden, um seinen Plänen Taten folgen zu lassen.

Er griff in seinen Verbandskasten in der Hoffnung, dass er die letzte Aspirin nicht schon am Tag vorher genommen hatte.

*

Den Platz um den blauen Kühlcontainer hatten die Ermittler inzwischen weiträumig abgesperrt.

Auch heute musste Dr. Ellen Neubert die Arbeit ihren Kollegen vom Festland überlassen. Wieder wies die Leiche tiefe Schnitte auf, und wieder fanden sich kreisrunde Einstiche.

»Wer macht so etwas? Was für ein Hass muss dahinterstecken? Ich kann es nicht begreifen. Und das hier, mitten unter uns.« Fragend schaute sie Arndt Kleemann an. »Herr

Kleemann, werden die Leute von der Spurensicherung nachher kommen?«

Er nickte. »Sie waren gerade auf dem Weg nach Hause, da habe ich sie wieder zurückgepfiffen. Die werden jetzt schon wieder auf der Rücktour nach Neßmersiel sein. Hatte mir eigentlich gewünscht, dass sie mit dem Hubschrauber rübergeflogen kämen, aber das hat nicht geklappt. So müssen wir eben auf das Schiff warten. – Frau Neubert, gibt es hier eigentlich irgendeinen Raum, in dem wir uns ortsnah aufhalten können?« Fragend schaute er sich um. »Es gibt doch einiges zu besprechen, und das muss nicht immer unbedingt in der Öffentlichkeit sein. Und noch eins, wann macht das *Sindbad* auf? Ich möchte nicht, dass die Saunagäste uns hier über die Schulter schauen können, während sie Frischluft tanken. An wen wende ich mich da am besten?«

»Tja, am besten ist, wenn Sie sich mit dem Bürgermeister in Verbindung setzen.« Sie lächelte ironisch. »Es wird ihm ein Vergnügen sein, sein Organisationstalent unter Beweis zu stellen.«

»Na gut, dann werde ich mal ins Rathaus wechseln. Mal sehen, was ich dort erreichen kann.« Kleemann wandte sich an seinen Kollegen. »Heino, wenn die beiden anderen wiederkommen, würdest du dann wohl zur Mehrzweckhalle fahren und die Verantwortlichen dort von dem Fall unterrichten? Vielleicht hat der eine oder andere ja noch etwas zur Aufklärung beizutragen. Falls die Gemeindemitarbeiter bis dahin noch kein gebrauchstüchtiges Rad vorbeigebracht haben, soll Röder dir eines besorgen.«

Heino Deters nickte. Arndt Kleemann war erst kürzlich zum Hauptkommissar aufgestiegen. Damit waren sie gleichberechtigte Partner geworden, aber Deters überließ immer öfter die Entscheidungen seinem jüngeren Kollegen. Er war zufrieden, wenn er sein Wissen und seinen in all den Jahren erworbenen Sachverstand als ausführendes Organ einsetzen konnte. Und Kleemann kam gut damit klar, die Regie in der Hand zu haben. So war beiden gedient.

Hinter dem Bad tauchte mit großer Geschwindigkeit ein Fahrradfahrer auf und stoppte abrupt vor den beiden Beamten.

»Marco Schneider ist mein Name, ich bin der Organisator der *Beachspiele*. Was ist hier passiert? Ist was mit Britta? Einer der Betreuer war heute schon im Bäckerladen und dort haben sie so was erzählt. Ich hab doch gleich gesagt, sie soll nicht mit dem besoffenen Kerl …«

»Moment, Herr Schneider, ganz langsam. Mein Name ist Kleemann und das ist mein Kollege Hauptkommissar Heino Deters. Ja, hier ist etwas passiert, und wir befürchten, dass es sich bei der Toten um ihre Mitarbeiterin handelt. Britta Saathoff. Wir würden uns gerne mit Ihnen unterhalten, müssen uns aber noch um geeignete Räumlichkeiten kümmern. Bitte warten Sie doch einen Moment, falls Sie abkömmlich sind, dann können wir gleich mit Ihnen sprechen.«

Marco Schneider war zusammengezuckt und Tränen röteten seine Augen. Mit hängenden Schultern lief er zu einer der Bänke vor der Turnhalle hinüber.

Arndt Kleemann ging zum Rathaus, das nur ein paar Schritte entfernt den Ortskern bestimmte. Zumindest der gläserne Eingangsbereich sieht ganz einladend aus, dachte er, als er den rot geklinkerten Zweckbau betrat. Eine Hinweistafel führte ihn nach rechts, die Treppe hinauf und dann durch eine Glastür. Er hoffte, den Bürgermeister in seinem Büro anzutreffen. Er las sich durch die Plexiglasschilder, die neben den blau gestrichenen Bürotüren angebracht waren. Bei der letzten Tür wurde er fündig. *Vorzimmer Bürgermeister*. Gerade als er klopfen wollte, merkte er, dass sowohl die Tür zum Vorzimmer als auch die zum Büro des Bürgermeisters nur angelehnt war. Er trat ein und hörte eine laute Stimme, die offensichtlich die neuesten Nachrichten per Telefon weitergab.

»Nein, Hinrich, es tut mir nicht leid, dich jetzt geweckt zu haben. Du als Bürgermeister von Norderney solltest dich auch am frühen Morgen bereits um deine Gäste kümmern.

Nimm dir ein Beispiel an mir. Na ja, bei euch sind wohl nicht so viele Urlauber wie bei uns. Im Übrigen ist hier der Bär los. Stell dir vor, zwei Morde seit gestern. Jaha, hier auf der Insel. Habe natürlich sofort alles in die Wege geleitet. Die Spusi vom Festland ist natürlich unterwegs. Das sind echte Experten. Hoffe ich zumindest.« Zynisches Gelächter drang an Kleemanns Ohr.

»Na ja, die beiden kleinen Polizeibeamten auf der Insel können natürlich nicht allzu viel reißen. Wer weiß, wieso die überhaupt hier arbeiten und keine Karriere am Festland machen. Wohl strafversetzt, hahaha. – Was meinst du denn mit *Sind wohl nicht die Einzigen*? Nun werd man nicht pampig, alter Freund. Ach ja, und die nächste Sitzung vom Verband ist wieder in Oldenburg, denk dran. Wie hieß die Kleine in der Bar noch …?«

Hauptkommissar Arndt Kleemann wurde die Sache zu dumm. Mit der Faust schlug er gegen die Tür des Bürgermeisterzimmers. Er sah gerade noch, wie Enno Lohmann mit einem Ruck die Füße vom Schreibtisch nahm, den Hörer auf das Telefon fallen ließ und die Zigarette aus dem Fenster schnippte. Kleemann kochte vor Wut. »Was reden Sie eigentlich für ein dummes Zeug, Sie aufgeblasener Schnösel? Die Polizisten hier machen einen verdammt guten Dienst, im Gegensatz zu Ihnen.«

Lohmann lief vom Haaransatz bis zum Kinn rot an. »Was bilden Sie sich denn ein? Wissen Sie nicht, mit wem …«

»Das weiß ich sehr genau, sonst wäre ich nicht hier. Ich benötige auf der Stelle zwei Diensträder und einen Besprechungsraum. Die Sauna, beziehungsweise das gesamte Schwimmbad wird dichtgemacht, solange die Experten von der Spurensicherung nicht hier und die Leiche nicht abtransportiert ist. Haben Sie mich verstanden? Auf der Stelle! Falls Sie den Namen meines Vorgesetzten brauchen, er heißt Müller.«

Lohmann schaute ihn mit offenem Mund an, dann schluckte er und erwiderte: »Schon gut. Meine Mitarbeiter bringen die beiden Räder rüber. Sie können sich in den Gymnastikraum unter dem Schwimmbad setzen. Der liegt nahe beim Einsatzort. Tisch und Stühle lasse ich aufstellen. Und das Bad bleibt selbstverständlich heute geschlossen. Aber den aufgeblasenen Schnösel nehmen Sie zurück, wenn ich bitten darf!«

»Wenn Sie die Aussage über die Strafversetzung auch zurücknehmen. Sonst bekommen Sie ein Disziplinarverfahren an den Hals, das sich gewaschen hat. Und ich möchte nie wieder derartige Äußerungen von Ihnen hören, ist das klar?« Arndt Kleemann wunderte sich selbst, woher er den Mut nahm, den Bürgermeister so abzukanzeln. Aber üble Nachrede konnte er nicht leiden. »Außerdem benötigen wir einen Sarg zum Abtransport der Leiche. Ich weiß nicht, ob noch einer auf Reserve hier lagert.«

»Ich werde gleich mit dem Pastor und dem Bestattungsinstitut aus Hage telefonieren. Das geht schon in Ordnung. Wenn Sie sonst noch irgendetwas benötigen ...«

»Im Moment nicht, danke, aber Sie können mit Sicherheit davon ausgehen, dass ich dann wieder bei Ihnen auf der Matte stehe.« Er verließ den Raum, immer noch aufgebracht, und lief zurück auf den Hof des *Insel-Marktes*.

Er wurde bereits ungeduldig erwartet. »Ich fahre jetzt los zur Mehrzweckhalle«, erklärte ihm Heino Deters. »Marco Schneider sitzt noch da hinten auf der Bank, den kannst du dir am besten mal vornehmen. Ich will mich bei den anderen Sportlern umschauen. Michael und Thomas sind auch gerade wiedergekommen. Sie trinken einen Kaffee hinter der *Backstube*. Ich nehme Thomas' Rad. Habe ich gerade mit ihm abgesprochen. Sonst alles klar? Du siehst aus, als hättest du eine Kröte verschluckt.«

»Erzähl ich dir später. Ich gehe erst einmal zu den Kollegen. Kaffee beruhigt, habe ich mir sagen lassen.«

Kleemann sah die beiden Inselkollegen an einem Bistrotisch zwischen Leergut und Altpapier stehen. Er versorgte sich genau wie sie mit einem Pappbecher Milchkaffee und gesellte sich dazu. »Na, wo steckt euer Hauptverdächtiger?«

»Nicht auf seinem Boot, erstaunlicherweise«, erklärte Thomas Zahn. »Da ruckt und rührt sich nichts. Wir haben Klaas Bengen aber zur Bewachung seiner Rückkehr dienstverpflichtet. Ich hoffe, dass das klappt.«

Michael Röder schaute skeptisch. »Ich bin der Meinung, wir müssten bei dem Beyer härtere Geschütze auffahren. Schließlich war er mit dem zweiten Opfer gut bekannt. Und dass er die Kuhlmann gekannt hat, ist auch klar. Daher schlage ich vor, dass wir ihm zumindest den Motor seines Bootes stilllegen. Soll ich mal mit Erwin Kanter sprechen? Der kennt doch bestimmt jemanden aus dem Bootsclub, der das kann.«

Noch ehe die beiden anderen antworten konnten, kam ein junger Mann auf sie zu. »Ich soll Ihnen den Schlüssel zum Gymnastikraum bringen. Mit den besten Grüßen vom Bürgermeister. Wir richten den Raum gerade ein, in fünf Minuten können Sie ihn nutzen. Um die Ecke und gleich die zweite Tür links. Zwei Räder stehen am Hinterausgang des Rathauses.«

Michael Röder bedankte sich. »Nan denn woll'n wir mal, Kollegen. Über den Beyer sprechen wir aber noch. Nicht, dass der uns abhaut. Ich halte ihn für äußerst verdächtig. Thomas, bleibst du als Aufsicht bei dem Container?«

Thomas Zahn nickte.

Nachdem die Beamten ihren Kaffee ausgetrunken hatten, begutachteten sie ihre neue Einsatzzentrale. Die Mitarbeiter der Gemeindeverwaltung hatten alle Gymnastikgeräte, soweit es ging, in die Ecken des Raumes geschoben und Tische und Stühle aufgestellt.

Arndt Kleemann nickte Michael Röder zu. »Hier lässt es sich aushalten. Schön groß und hell und idealerweise direkt neben dem Ort des Geschehens.«

*

Kerstin Pauli trat mit einem Tablett voll Brötchen auf den Hof des *Insel-Marktes*. »Wo sind denn die Herren?«, wunderte sie sich.

»In der Hüpfbude, die haben dort ihr Hauptquartier aufgeschlagen.« Andreas Brandt, der Bäcker, war damit beschäftigt, leere Brötchenkartons in handliche Stücke zu reißen.

»Andreas, ein bisschen mehr Contenance würde dir jetzt wirklich gut stehen.« Verärgert schüttelte Kerstin Pauli den Kopf.

»Con…? Was ist das? Ach, Kerstin, manchmal muss man Situationen mit ein wenig Flachs entschärfen.« Der Bäcker grinste schief.

Sie machte einen zornigen Schritt auf ihn zu. Das Tablett geriet dadurch in gefährliche Schieflage. »Wenn du meinst, dass du den Umstand, dass dort eine Tote im Behälter liegt, mit ein paar launigen Worten entschärfen kannst, dann nur zu.«

»Ach, Mensch, was soll ich denn machen?« Andreas Brandt wurde lauter. »Noch nie war unsere *Backstube* so voll von Insulanern wie heute. Du glaubst nicht, wie schnell sich die Geschichte rumgesprochen hat. Jeder will etwas erfahren. Immer die gleichen Fragen. Das nervt. Und morgen kaufen sie wieder bei der Konkurrenz.«

»Mitbewerber«, berichtigte Kerstin Pauli automatisch. »Und du reißt dich besser zusammen. Es wartet noch eine Menge Arbeit auf uns. Ich bringe jetzt die Brötchen rüber. Ich glaube, die Polizisten wollten auch noch mit mir reden. Besser sofort, als wenn gleich der Markt seine Pforten öffnet. Ich ahne schon, was da auf uns zukommt. Hast du die Tote eigentlich gekannt?«

Der Bäcker überlegte. »Wenn ich es richtig verstanden habe, heißt sie mit Vornamen Britta. Ich habe gestern, als ich frei hatte, mit einer Gruppe am Strand Volleyball gespielt, deren Leiterin auch Britta hieß. Ist gut möglich, dass es sich um die gleiche Person handelt. Kann ja man eben nachsehen.«

Kerstin Pauli verdrehte die Augen. Sie mochte die dummen Sprüche ihres Mitarbeiters nicht mehr hören. »Untersteh dich. Ich gehe rüber, und du musst heute sicher länger bleiben, auch wenn du schon seit zwei Uhr hier bist. Sonst schaffen wir das nicht. Schlafen ist später.«

Andreas Brandt zerriss den letzten Karton und ging mit einem leidenden »Sehr wohl, Madam« zurück in seine Backstube.

Die Marktleiterin verließ den Hof, noch ganz überwältigt von den unsensiblen Sprüchen ihres Bäckers. Vorsichtig klopfte sie an die Glastür, die zum Gymnastikraum führte.

»Kommen Sie rein, Frau Pauli.« Michael Röder winkte sie an den Tisch. »Bitte erzählen Sie uns ganz genau, was sich heute Morgen ereignet hat. Falls Sie jetzt Zeit haben.«

*

Auf der anderen Seite des Raumes, etwas abgetrennt durch einen grauen Vorhang, hatten Marco Schneider und Arndt Kleemann Platz genommen. »Bitte geben Sie uns erst einmal alle Daten über Frau Saathoff, soweit sie Ihnen bekannt sind«, forderte Kleemann ihn auf.

»Britta, ich meine Frau Saathoff kommt aus Leer und ist, nein, war mit einer Volleyballgruppe des Postsportvereins Leer hier. Sie wohnt in der Edzardstraße. Nummer 33. Sie ist geschieden, und ihren Mann, den hat sie, glaube ich, schon lange nicht mehr gesehen. Sie war eine tolle Frau …« Marco Schneider kamen wieder die Tränen. Sein Atem ging stoßweise, und er konnte nicht weitersprechen.

»Ich entnehme Ihren Worten, dass Sie sich über Ihre gemeinsame Arbeit hinaus auch ein wenig kannten – und mochten?«, fragte Kleemann ruhig.

Schneider nickte. »Sie war einfach mitreißend. Und immer fröhlich.« Er stockte. »Nur gestern nicht. Da war sie ganz niedergeschlagen. Sie hat mir aber nicht gesagt, was los war. Sie wollte mich bestimmt damit nicht belasten.« Wieder gingen seine Worte im Weinen unter.

Kleemann reichte ihm ein Taschentuch.

»Danke.« Er putzte sich geräuschvoll die Nase. »Warum musste sie auch diesen Hendrik kennenlernen. Ich hab ja gleich gesagt, der taugt nichts. Und als er dann noch gestern Abend besoffen vor dem *Seehof* auftauchte, da war es doch klar.«

»Was war klar, Herr Schneider? Tun Sie mir bitte den Gefallen und schildern Sie uns in allen Einzelheiten, was sich gestern vor dem Hotel abgespielt hat. Lassen Sie sich Zeit und überlegen Sie gut, alles könnte für uns wichtig sein.« Arndt Kleemann beugte sich gespannt zu ihm hinüber.

Marco Schneider atmete ein paar Mal tief durch und erzählte ihm dann, was sich am Abend beim Hotel *Seehof* ereignet hatte.

»Denken Sie noch einmal genau nach. Als Sie dann oben aus dem Fenster Ihres Zimmers geschaut haben, konnten Sie da sehen, in welche Richtung die beiden gegangen sind?«

Marco Schneider schüttelte den Kopf, doch ehe er etwas sagen konnte, öffnete sich die Tür erneut und Klaas Bengen kam herein.

»Der ist jetzt da«, erklärte der Hafenmeister knapp. »Ich war erst bei Frau Röder. Die hat mich hierher geschickt.«

Michael Röder sprang auf. »Frau Pauli, wir müssen unser Gespräch verschieben. Tut mir leid. Arndt, ich nehme Thomas mit. Übernimmst du die Wache draußen?«

Bevor Kleemann auch nur nicken konnte, war der Inselpolizist schon zur Tür hinaus.

*

In der Mehrzweckhalle, in der normalerweise in diesen Tagen lauter Trubel herrschte, war es bedrückend still. Heino Deters stand in der großen Eingangstür und ließ das Bild auf sich einwirken. Wohl an die zweihundert junge Leute saßen mit ihren Betreuern an den langen Tischreihen, darauf Brötchen mit Wurst und Käse, Orangensaft und Milch. Die meisten starrten schweigend vor sich hin. Andere unterhielten sich flüsternd mit ihren Tischnachbarn. Nur einer Person schien die ganze Situation nichts auszumachen. Mit betont gelangweiltem Gesicht stand eine Frau hinter dem Frühstückstresen und inspizierte ihre Fingernägel. Davor warteten einige junge Leute. *Sportverein Haselünne* konnte der Kommissar auf der Rückseite ihrer quietschgrünen Sportjacken lesen.

Nun öffnete die Frau hinter dem Tresen plötzlich doch den Mund, und eine durchdringende Stimme drang an Deters' Ohr. »Wenn ihr mir sagt, was ihr essen wollt, kann es hier weitergehen. Mal ein bisschen zackig. Habe nicht ewig Zeit. Und in einer Reihe aufstellen könnt ihr euch auch erst mal!«

Er sah, wie die jungen Leute zusammenzuckten und den halbherzigen Versuch machten, sich hintereinander vor der Theke zu formieren. »Na, geht doch. Tee oder Milch? Ja, wird's bald?«

Solche Weiber liebe ich, dachte Heino Deters verärgert. Die werde ich mir gleich mit besonderer Freude vornehmen. Etwas abseits stand eine Gruppe Betreuer und diskutierte in verhaltener Lautstärke. Heino Deters reckte den Hals und bemühte sich, ein paar Brocken aufzuschnappen.

»Wir fahren mit der nächsten Fähre.« – »Umgebracht, einfach umgebracht.« – »… Gefahr für unsere Kinder …« – »Seid ihr denn überhaupt sicher, dass die Tote unsere Britta ist …« – »Natürlich, das haben die in der *Backstube* doch gesagt, als ich da heute Morgen den Mohnstreusel gekauft habe. Von nichts anderen haben die geredet …« – »Betreuerin haben die gesagt, habe ich genau gehört …« – »… und was Marco von dem Streit erzählt hat … passt doch alles zusammen.«

Aus der hintersten Ecke der Halle drang plötzlich lautes Weinen. Er sah, dass dort eine Gruppe von acht Leuten eng zusammengerückt war. Sie hatten sich die Arme gegenseitig um die Schultern geschlungen. Bestimmt die Leeraner, dachte er und machte ein paar Schritte auf sie zu, als er von der Seite angesprochen wurde.

»Kann ich Ihnen helfen?« Ein junger Mann, braungebrannt und sportlich gebaut, blickte ihn neugierig an. »Was wollen Sie hier? Sie gehören doch nicht zu den Sportlern?«

»Heino Deters, 1. Fachkommissariat Aurich. Wir führen hier Ermittlungen durch«, stellte er sich vor. »Und wer sind Sie?«

»Ich? Was spielt das für eine Rolle? Ich frage mich, was Sie hier machen. Der Kutscher hat mir heute Morgen gesagt, dass schon wieder was passiert ist. Wieso sind Sie hier und nicht damit beschäftigt, Mörder zu fangen?« Die Stimme des Mannes war immer höher geworden. »Der zweite Mord in zwölf Stunden, und Sie stehen hier rum.«

»Bitte beruhigen Sie sich. Wenn Sie sich gerade gehört hätten, wären Sie sich wie in einem drittklassigen Kriminalroman vorgekommen. Und ich werde Ihnen jetzt nicht den Gefallen tun und sagen ›Wir tun, was wir können‹, sondern möchte Namen, Position hier in der Gruppe, Wohnort an Land und sonst alles Wissenswerte von Ihnen erfahren.«

»Den brauchen Sie gar nicht zu fragen«, hörte Deters jemanden hinter sich keifen und drehte sich um. Natürlich, diese Stimme gehörte zu der Frau hinter dem Bedientresen. »Der kriegt sowieso nichts mit. Liegt doch nur den ganzen Tag am Strand und überlässt seine Schützlinge den anderen.«

»Und wer sind Sie, wenn ich fragen darf?«

»Nadine Schneider, die Frau von Marco, dem sogenannten Chef hier. Der ist ja mal wieder nicht da. Also bleibt alles an mir hängen. Aber das ist immer so. Er will alles machen, aber die Arbeit damit habe ich. Typisch mein Mann.« Wie ein Messer durchschnitt ihre Stimme den Raum.

»Schnauze, du alte Kuh!« Der Betreuer, der gerade noch mit Heino Deters seinen Disput ausgefochten hatte, lief um den Tresen, griff mit einer schnellen, festen Bewegung Nadines Arm und zog sie, ohne auf ihren wütenden Protest zu reagieren, zum Ausgang. »Ich habe jetzt wirklich die Faxen dicke. Immer meckern, immer meckern. Du weißt gar nicht, was für einen tollen Typen du als Mann hast. Den hast du gar nicht verdient. Der hätte lieber Britta zur Frau nehmen sollen, damit wäre er bis gestern besser bedient gewesen. Hast du denn gar kein bisschen Respekt vor dem Umstand, dass Britta tot ist? Wahrscheinlich nicht. Mach bloß, dass du hier raus kommst.« Plötzlich stoppte der Mann, zwang Nadine Schneider, sich umzudrehen, und zeigte auf die Sportler, die in ungläubigem Schweigen an den Tischen saßen. »Siehst du sie alle? Glaub nicht, dass dich auch nur einer hier ausstehen kann. Wir haben dich immer nur als notwendiges Übel betrachtet, weil wir Marco nicht verlieren wollten. So, jetzt hast du es. Mann, bin ich froh, dass ich dir das mal gesagt habe. Und nun kannst du abhauen.«

Nadine Schneider sagte nichts. Stand einfach nur da, als ob sie auf etwas wartete, doch keiner trat zu ihrer Verteidigung an. Keiner. Aber ganz leise fingen die Ersten an zu klatschen. Andere fielen ein. Bis sich alle Menschen in der großen Halle in einem gleichmäßigen verhaltenen Takt zusammenfanden, der immer schneller zu werden begann.

Sie wartete noch einen Moment bewegungslos, dann drehte sie sich wieder um und verließ fluchtartig die Halle.

»Uff, da habe ich aber was gemacht …« Der Mann kehrte zu Heino Deters zurück, wischte sich mit einem Taschentuch den Schweiß von der Stirn und atmete tief durch. »Das ist mir noch nie passiert, dass ich jemanden in der Öffentlichkeit so lauthals angegriffen habe. Aber das musste einfach sein. Sie hat mich immer wieder bis zur Weißglut gereizt. Trotzdem war es bis heute Morgen eine so schöne Zeit. Der Strand, die Sonne, alles war perfekt. Doch diese grausige Geschichte, von der wir eigentlich alle noch nicht wirklich wissen, wie und was passiert ist, das hat das Fass zum Überlaufen gebracht. Verstehen Sie das, Herr Deters?«

Der Polizist nickte. »Natürlich, allerdings haben Sie mir jetzt eine mögliche Zeugin verjagt, aber machen Sie sich nichts draus. Die fangen wir schon wieder ein. Ist wohl eine schwierige Person, nicht wahr?«

»Das können Sie glauben. Und so was von eifersüchtig.

Dabei ist es doch normal, dass zu einem Sportfest auch mal hübsche junge Mädchen oder attraktive Betreuerinnen erscheinen.« Der Blick des Mannes umfasste das ganze Hallenrund. »Nur, dass Marco das nie sonderlich beeindruckt hat, das hat sie nie registriert. Oder registrieren wollen. Auf Britta hatte sie es besonders abgesehen. Dabei haben sich Marco und Britta wirklich nur gut verstanden. Da war gar nichts, sonst hätte sie sich doch nie auf Hendrik eingelassen.«

»So, das hat sich also schon weitgehend rumgesprochen hier unter den Leuten? Und nun sagen Sie mir doch bitte erst einmal, wer Sie sind.« Heino Deters zückte sein Notizbuch und nahm seinen Lieblingskugelschreiber aus der Innentasche seines Anoraks. Er war blau und er hatte ihn mal bei einem Preisausschreiben einer Nobelautomarke gewonnen. Seit dieser Zeit hegte er das gute Stück wie andere ihren Schlüsselanhänger mit Mercedesstern an ihrem Mopedschlüsselbund.

»Harm Otten, Sportgruppe Wiesmoor. Ich bin gestern mit meiner Mannschaft angekommen. – Wiesmoor, die Blumenstadt, kennen Sie vielleicht.«

»Ich komme wie gesagt aus Aurich, da sollte mir Wiesmoor wohl bekannt sein.« Heino Deters stöhnte innerlich auf. Das konnte noch langwierig werden. Auf der anderen Seite war der Mann ein sprudelnder Quell von Informationen. Der würde mit allem herausrücken, was er wusste. Hoffentlich, so wünschte Deters, mit Tatsachen und nicht allzu viel von den Dingen, die er lediglich meinte zu wissen. Da behauptete alle Welt, Frauen seien Klatschtanten, aber viele Männer waren viel größere Erzähler – dies war jedenfalls die unerschütterliche, auf langjährige Erfahrung gestützte Meinung des Kommissars. »Gehen wir einen Moment vor die Tür. Da haben wir unsere Ruhe.«

Die beiden setzten sich auf die kleine Mauer, die den Vorhof von den Dünen abgrenzte. Von Nadine Schneider war weit und breit nichts mehr zu sehen.

»Erzählen Sie mir doch mal, was Ihnen sonst noch so einfällt, Herr Otten. Gibt es etwas, was Ihnen aufgefallen wäre? Sind Sie das erste Mal mit einer Gruppe hier? Mit wem sollte ich mich noch unterhalten?«

Harm Otten überlegte eine Weile und schüttelte dann den Kopf. »Nein, eigentlich war es nur das Übliche. Ich bin übrigens zum dritten Mal dabei. Alle waren fröhlich, die Stimmung ausgelassen, wie das eben bei diesem herrlichen Wetter ist, wenn man die Gelegenheit hat, an so einem traumhaften Strand herumzutoben. Unsere Jugendlichen haben sich seit Wochen auf die paar Tage gefreut. Und nun? Was machen wir denn jetzt? Eben haben wir drinnen noch diskutiert, ob wir abfahren sollten. Das war gerade, als Sie in die Halle kamen. Wissen Sie, es geht ja nicht nur um die Pietät, und dass die Stimmung auf dem Nullpunkt ist, sondern wir haben auch eine Verantwortung für die Kinder. Stellen Sie sich vor, wir bleiben hier und einem von denen passiert was. Da wird man ja seines Lebens nicht mehr froh. Nee, wir fahren ab. Mit der nächsten Fähre.« Harm Otten war aufgesprungen und lief nervös auf und ab.

»Beruhigen Sie sich, es spricht nichts dagegen, dass Sie fahren. Doch vorher frage ich Sie noch einmal, ob Ihnen irgendetwas aufgefallen ist.«

Otten dachte kurz nach, verneinte dann aber. »Gar nichts. Die Sache mit Hendrik wussten wir Betreuer alle, weil Britta doch die beiden Nächte nicht im Hotel geschlafen hat. Aber sonst habe ich nichts bemerkt. Nur vielleicht eines: Britta war gestern richtig niedergeschlagen. Darüber haben wir uns schon gewundert. Gesagt hat sie nichts. Und wenn, hätte sie sich bestimmt als Erstes mit Marco ausgesprochen. Wo ist der überhaupt? Ich muss ihm doch noch erzählen, dass wir nach Hause wollen.«

»Er sitzt bei uns auf der provisorischen Wache und redet mit meinem Kollegen.«

Heino Deters musste einsehen, dass dem Mann keine

verwertbaren Informationen mehr zu entlocken waren. Von diesem Gespräch hatte er sich ein wenig mehr erhofft. So würde er noch einmal in die Halle zurückgehen müssen und noch ein paar andere Wochenendweggefährten von Britta Saathoff befragen.

*

Michael Röder und Thomas Zahn näherten sich vorsichtig der *Antje*.

»Wenn ich den Geräuschen Glauben schenken darf, liegt er drin und pennt«, flüsterte Röder. »Wir sollten jedoch trotzdem vorsichtig an die Sache rangehen. Wer weiß, wie der auf seine Festnahme reagiert.«

»Michael, ich weiß, du würdest ihn am liebsten gleich festnehmen, aber wir sollten ihm gegenüber wirklich erst einmal von einer Befragung ausgehen. Das entschärft die Lage vielleicht ein wenig. Außerdem können wir ihm zum jetzigen Zeitpunkt nicht das Geringste nachweisen.«

»Du hast ja recht, Thomas. Ich will auch nicht mit dem Schnack anfangen, dass ich da so was im Gefühl habe, aber ist es nicht ein wenig zu viel Zufall, dass er ausgerechnet die beiden Mordopfer – ich sage jetzt einfach mal Mordopfer – gekannt hat?«

Thomas Zahn nickte. »Verdächtig ist das schon. Umsonst holen wir uns den Mann ja auch nicht. Aber lass noch Platz für andere Möglichkeiten. Sonst verrennen wir uns, das habe ich doch schon vorhin versucht, dir klarzumachen.«

Vorsichtig setzten sie ihre Füße voreinander, damit der Steg nicht unnötig ins Schaukeln geriet, bis sie das Boot erreicht hatten.

Auf dem Nachbarboot steckte der Eigner seinen Kopf aus der Luke und rieb sich verwundert die Augen, als er die zwei Polizisten auf sich zukommen sah. »Gehen Sie bitte unter Deck, zu Ihrer eigenen Sicherheit«, forderte Michael Röder den Mann leise, aber bestimmt auf. »Wir sagen Ihnen Bescheid, wenn alles vorbei ist.«

Röder zog seine Dienstwaffe, was sein Kollege mit einem kaum feststellbaren Kopfschütteln registrierte. Röder bemerkte es trotzdem und raunte ihm zu: »Ist ja schon okay, aber wer weiß? Könnte sein, dass ihr mir noch einmal dankbar seid.«

»Na klar, ich spendier dir dann einen Sanddorngrog«, ließ Thomas Zahn vernehmen, während er laut und kräftig auf das Kajütendach klopfte. »Herr Beyer, sind Sie da drin? Machen Sie bitte die Tür auf. Hier ist die Polizei und möchte sich mit Ihnen unterhalten.«

Ein lautes Stöhnen aus dem Inneren der Kabine war die einzige Antwort.

»Herr Beyer, machen Sie auf, sonst kommen wir herein. Notfalls auch durch die geschlossene Tür.« Röder klopfte ungeduldig noch einmal kräftig auf das Dach.

Inzwischen regte sich auch auf den anderen Booten Leben. Ein Kopf nach dem anderen reckte sich neugierig dem Geschehen entgegen. »Bitte bleiben Sie in ihren Booten«, sagte Thomas Zahn mit erhobener Stimme. »Es ist alles in Ordnung.«

Michael Röder klopfte ein drittes Mal und bemerkte gleichzeitig, dass die Kajütentür gar nicht verschlossen war. Mit einem Ruck riss er sie auf und schwang sich mit einem gewagten Satz den Niedergang hinunter in die Kajüte der *Antje*.

Röder konnte nicht verhindern, dass ihm ein heftiger Würgereiz den Atem nahm. Auf einer Sitzbank lag Hendrik Beyer und schlief mit offenem Mund. Dem Gestank nach zu urteilen, musste der Mann sich in irgendwelchen Tierexkrementen oder auch in seinen eigenen gewälzt haben, für das Duschen danach aber hatte die Energie wohl nicht mehr gereicht. Sein lautes Schnarchen erfüllte den Raum, was ihn jedoch in keiner Weise zu stören schien. Auch dass es in der Kajüte außerdem intensiv nach Schnaps, Urin und Zigaretten stank, hinderte den Mann nicht am Tiefschlaf.

Die kleinen Bullaugen waren beschlagen. Tropfen kondensierter Atemluft hinterließen ihre Spuren auf den Scheiben. Neben dem Schlafenden auf dem Boden lagen eine zusammengeknüllte grüne Hose und ein feuchtes, mit Strohresten übersätes T-Shirt.

»Herr Beyer, wenn Sie mal die Güte hätten aufzuwachen, wäre ich sehr dankbar. Mein Gott, was stinkt das hier! Sie haben sich wohl zur Aufgabe gemacht, die gesamte Weltbevölkerung vom Alkohol zu befreien, was?«

Hendrik schlug die Augen auf, doch es dauerte eine ganze Weile, bis er sich aus seinen alkoholgeschwängerten Träumen gekämpft hatte.

Normalerweise war Röder die Ruhe in Person, besonders bei heiklen Einsätzen. Aber dieser enge, stinkende Raum war für ihn Anlass genug, laut zu werden. »Sie hätten ja sowieso um neun einen Termin bei uns auf der Wache gehabt. Das verlegen wir jetzt nur um ein paar Minuten. Wir warten draußen. Wenn Sie auch der Meinung sind, dass Sie noch duschen müssen – nur zu. Wir werden Sie dann allerdings begleiten.« Er wandte sich einen Moment ab und hielt den Kopf nach draußen, um seiner Nase im frischen Nordseewind Linderung zu verschaffen. »Ziehen Sie sich bitte an und begleiten uns zu einer weiteren Befragung.«

Die Antwort klang sehr verschlafen. »Bin ich denn jetzt festgenommen, oder was soll das hier?«

»Nein, sind Sie nicht, aber wir haben das starke Gefühl, dass Sie uns mit ein paar Aussagen außerordentlich weiterhelfen könnten. Und die Zeit drängt. Also, duschen oder nicht?« Röder wartete auf eine Antwort.

»Duschen.«

Die Männer verdrehten die Augen. Okay, sie hatten es ihm angeboten. Mit gutem Grund. Aber es kostete Zeit. Zeit, die sie, aufrichtig gesehen, nicht hatten.

»Dann aber zügig, der Herr«, forderte Röder ihn auf, als er die Kajüte verließ. Der Gestank war nicht mehr zu ertragen. Sie würden ihrem Schützling auch auf dem Bootssteg sicher in Empfang nehmen können. Wegschwimmen würde er ihnen hoffentlich nicht! »Wasser über den Körper und ruckzuck wieder zurück. Und nicht aus dem Duschenfenster springen. Bringt nichts. Wir sind zu zweit. Und wir werden auf jeden Fall mit Ihnen sprechen wollen.«

Langsam tauchte Hendrik aus der Kajüte auf, frische Klamotten unter dem rechten Arm. »Sie haben doch wirklich nicht alle … Nee, das sage ich jetzt nicht, sonst kriegen Sie mich noch ran wegen Beamtenbeleidigung. Während Sie mich hier unter Polizeischutz stellen, läuft der Mörder von Schn…, äh … Frau Kuhlmann frei rum. Aber bitte, gehen wir erst einmal duschen. Möchten die Herren vielleicht mit unter die Brause kommen? Flotter Dreier gefällig?« Seine Stimme war höher und höher geworden und zuletzt von einer Hysterie erfüllt, die sowohl Angst als auch Wut zum Ausdruck brachte.

»Herr Beyer, bitte beruhigen Sie sich. Sie müssen doch hier nicht dem ganzen Bootshafen ein Schauspiel liefern.« Thomas Zahn legte Hendrik eine Hand auf den Arm, die dieser aber mit einer unwirschen Bewegung abschüttelte.

»Schauspiel? Wer macht denn hier den großen Auftritt? Das sind Sie doch wohl. Ich habe geschlafen. Und Sie trommeln hier auf dem Dach meiner Kajüte die halbe Insel wach.« Wieder war Hendriks Stimme zu voller Lautstärke angeschwollen. »Und Sie können ihre Kanone ruhig wieder einstecken. Bin doch nicht lebensmüde.« Aggressiv schaute er in Röders Richtung.

»So, jetzt ist Schluss mit lustig.« Zahns Gesicht war dunkelrot angelaufen. »Sie gehen duschen und dann fahren wir ins Dorf. Wir wollen doch mal sehen, wer hier den längeren Atem hat.«

Hendrik schaute ihn an und schien vom einen auf den anderen Moment in sich zusammenzufallen. Er sagte nichts mehr und lief mit gesenktem Kopf zum Bootshaus.

*

So, der Anfang ist gemacht. Zwei von diesen widerwärtigen Weibern sind nicht mehr auf der Welt. Ein Anfang. Immerhin. Es macht keinen Spaß mit dem ganzen Blut, aber außer mir kümmert sich ja keiner um Recht und Ordnung. Jetzt laufen die Polizisten über die Insel und tun so, als ob sie ermitteln. In Wirklichkeit, das glaube ich ganz sicher, sind die froh, dass ihnen jemand die Arbeit abgenommen hat. Ich bin jetzt sozusagen einer von ihnen. Und die können sich wieder um die anderen kümmern, die mit den schwarzen Haaren und den Goldkettchen, die alten Frauen die Handtaschen klauen. Oder um diese Typen in den Fußgängerzonen mit ihren kläffenden Kötern. Saufen und koksen, mehr können die nicht. Und wildfremde Passanten belästigen.
Ich habe diese Penner mal gesehen. In Oldenburg. Schlimm ist das. Einfach keine Zucht da drin. Keine Kinderstube. Wo sind wir nur hingekommen? Einer lag da allein unter 'ner Brücke und schlief oder so. Habe ihm damals mit meinen dicken Winterstiefeln auf den Kopf getreten. So im Vorbeigehen. Kann ja mal passieren. In der Zeitung hat hinterher gestanden: »Obdachloser mit geplatztem Schädel tot aufgefunden.« Das hat gut getan. Einer weniger. Den Artikel habe ich aufgehoben. Ich schaue ihn mir immer ganz stolz an. Mein Vater wäre auch stolz auf mich gewesen. Das weiß ich genau.

*

Roland Lütjens legte die Serviette zur Seite und wartete, bis seine Frau einen ordentlichen Bissen von ihrem Marmeladenbrötchen im Mund hatte. So konnte sie wenigstens nicht widersprechen. Dachte er. Da aber hatte er sich gewaltig getäuscht. Denn erstens hatte sie keinerlei Problem damit, mit vollem Mund Worte zu artikulieren, auch wenn es hin und wieder etwas undeutlich klang, und zweitens sagte sie etwas, was er nun ganz und gar nicht für möglich gehalten hatte. Nein, sie sagte nicht: ›Kannst du eigentlich niemals abschalten?‹ Oder: ›Die Kinder wollen auch mal etwas von dir haben.‹ Oder: ›Da kommst du dir mal wieder ganz schön wichtig vor.‹ Nein, sie sagte nur: »Ich glaube, da musst du hin.«

Vor Überraschung blieb ihm der Mund offen stehen. Er sah, wie sich kleine Lachfalten um ihre Augen legten und stellte fest, dass sie auch nach sechs Ehejahren ein supertolles Team waren. Er schob den Stuhl zurück, gab den Kindern einen dicken Kuss und nahm seine Frau ganz fest in den Arm. »Wenn ich jetzt auch noch das Auto haben könnte, wäre ich der glücklichste Mensch der Welt«, nuschelte er in ihr Ohr.

»Genehmigt«, sagte sie, »aber nur, wenn du uns eine Taxe nach Rostrup in den Park spendierst.«

Auf der Autobahn zwischen Westerstede und Filsum lief der Verkehr nur stockend. Roland Lütjens dachte über seinen wiedergewonnenen alten Bekannten nach. Konnte Hendrik in solch eine unsaubere Geschichte wirklich verwickelt sein? Aus seiner Arbeitspraxis wusste er, dass jeder an einen Punkt gelangen konnte, an dem er keinen anderen Ausweg sah, als sein Gegenüber zu töten. Nur die Höhe der Hemmschwelle war von Mensch zu Mensch verschieden. Alkohol und Drogen konnten die Überwindung dieser Schwelle entscheidend beeinflussen. Sollte es bei Hendrik ebenso gelaufen sein? Aus einem schönen Sommertag wurde ein Tag mit Saufgelage und mit wer weiß was noch und dann waren vielleicht die Schranken fort. Einfach weggewischt von der Situation, dem Erkennen und dem Suff.

Roland Lütjens bremste scharf. Fast wäre er auf das Ende eines Staus aufgefahren. Noch hatte er genügend Zeit bis zur Abfahrt der Fähre, aber so ein unfreiwilliger Halt konnte schon Minuten kosten.

Hendrik war als junger Mann eher unauffällig gewesen. Ein guter Sportler. Sie hatten zusammen Fußball gespielt. Ein guter Kumpel, der für alles zu gebrauchen gewesen war.

Er erinnerte sich an eine Begebenheit, als die Mannschaft nach einem Heimspiel noch in die Kneipe gegangen war. Sie hatten verloren und die Stimmung war entsprechend mies gewesen. Nach ein paar Bieren hatten einige aus der Mannschaft Stunk mit ein paar Italienern angefangen. Sie hatten zwei Mädchen aus deren Mitte angebaggert und versucht, sie trotz heftiger Gegenwehr abzuknutschen und in den Arm zu nehmen. Hendrik hatte nicht dazugehört. Im Gegenteil. Er hatte es mit einigen anderen geschafft, seine Kumpel aus dem Lokal zu drängen und ihnen gehörig die Meinung zu sagen.

Damals war es dem Alkohol nicht gelungen, aus dem Mann einen Gewalttäter zu machen. Sollte Hendrik sich so verändert haben?

Sicher, das Leben konnte schon eine ganze Menge mit einem Menschen veranstalten. Frau weg, Arbeit weg, aus welchem Grund auch immer, das haut rein, aber …

Er wusste es nicht. Würde sich einfach überraschen lassen, wie sich die Geschichte auf Baltrum entwickelt hatte.

Wolf hatte gestern Abend auch noch versucht, ihn zu erreichen. Das hatte seine Frau ihm erzählt, aber ihm war es für einen Rückruf schon zu spät vorgekommen. So hatte er nur noch mit Michael Röder Kontakt aufgenommen.

Spätestens in Neßmersiel würde er Wolf anrufen.

An der Kreuzung in Hesel stellte er fest, dass er gut im Zeitplan lag. Von hier bis zum Hafen musste man immer eine gute Dreiviertelstunde rechnen, dazu noch ein wenig zusätzliche Zeit, um das Auto in erfahrene Hände zu geben. Er war sich nicht sicher, ob er abends die Insel wieder verlassen oder noch eine Nacht dranhängen wollte. So galt es zu klären, ob sein Auto am Hafen stehen bleiben oder lieber hochwassergeschützt hinter dem Deich übernachten sollte.

Bis nach Aurich ging es stetig geradeaus, vorbei an endlosen Weiden mit ostfriesischen Milchkühen. Er freute sich, die Tiere draußen zu sehen. So sollte es sein, dachte er, nur allzu viele ihrer Artgenossen verbringen ihre Lebenszeit in engen Ställen. Gut, dass die meisten Bauern in der Region ihre Tiere ins Freie ließen. Genauso gut hätte jeder Bauer seine Felder anders nutzen und Mais anpflanzen können. Ist doch der große Hit zur Zeit, dachte Lütjens. Alles für die Biogasanlagen. Treibt den Pachtpreis für die Ländereien in die Höhe und fördert die Monokulturen. Bald gibt es nicht einmal mehr Gerste für unser wichtigstes Kaltgetränk. Womit seine Gedanken wieder bei Hendrik angekommen waren.

Als Erstes würde er Michael Röder kontaktieren, um sich auf den neuesten Stand der Dinge bringen zu lassen. Zumindest hoffte er, dass der Polizist ihn über alles informieren würde. Dann wollte er mit Hendrik Verbindung aufnehmen.

Als er den Hafen erreicht hatte, sah er, dass die Fähre noch gar nicht angelegt hatte. Sie hatte erst die Hälfte der langen Hafeneinfahrt passiert. So hatte er genügend Zeit, sein Fahrzeug bei der Stellplatzvermietung abzugeben. Er warf einen Blick auf das Strandgelände hinter dem Hafenrestaurant. Auch da war ordentlich was los. Das Einzige, was hier fehlte, war ein schöner, weißer, langer Sandstrand, wie er den Inseln vorgelagert war. Hier versanken wassersüchtige Urlauber erst einmal bis zu den Knien im Schlick, wenn sie den Versuch wagten, ein Bad zu nehmen. Wenn denn überhaupt Wasser zu sehen war.

Langsam schlenderte er zum Fahrkartenautomaten und beschaffte sich einen Fahrausweis.

Der Kapitän hatte das Schiff in dem engen Hafen mit Routine und Können gedreht und die Gangway ausgefahren. Nur wenige Gäste waren an Bord, denn die meisten Baltrumbesucher hatten bis Sonntag gebucht. Lütjens war gespannt, ob einige den Urlaub früher beenden würden, wenn sich die Geschichte auf der Insel herumgesprochen hatte.

An der Pier warteten viele Tagesgäste darauf, dass die Ankommenden das Schiff verließen und sie die Plätze auf dem Oberdeck einnehmen konnten. Es war die perfekte Urlaubsstimmung. Er hoffte, dass diese Menschen einen unbeschwerten Tag in der Sonne genießen konnten und nichts von dem grausigen Mord mitbekämen.

Auch er suchte sich einen schönen Platz draußen auf einer der blauen Bänke und genoss die Ruhe.

Allerdings hielt die nicht lange an, denn ein Schatten legte sich zwischen ihn und die Sonne.

Als er aufblickte, sah er in etwa zehn Zentimeter Abstand ein puscheliges Etwas vor seiner Nase herumwedeln. Es stellte sich als Mikrofon heraus, das zu einem jungen Mann gehörte, der sich als Reporter vom NDR vorstellte und ihn zu dem »Kajütenmord« auf Baltrum befragen wollte. »Trauen Sie sich da überhaupt noch hin?«

»Erst einmal: Wie kommen Sie darauf, dass ich als Tourist überhaupt schon etwas von irgendwelchen Vorfällen auf Baltrum gehört habe? Und zweitens werde ich mich ganz beruhigt auf der Insel bewegen. Die Polizei wird ihr Möglichstes tun. Und drittens möchte ich jetzt gerne die Überfahrt genießen, wenn es Ihr journalistischer Eifer erlaubt.« Roland Lütjens wandte sich ab und beschloss, den Mann zu ignorieren. Er war sich bewusst, dass sein Statement nicht den Weg ins regionale Abendprogramm finden würde. Dort kamen meist nur die zu Wort, die einem unangenehmen Geschehen noch eine Haube von Panik, Aufregung oder Verständnislosigkeit überstülpten.

Der Reporter zog sich mit einem Ausdruck des Bedauerns zurück, nur um sich gleich dem nächsten Gast zuzuwenden. Lütjens stellte fest, dass die Insel es nicht mit nur einem Kamerateam zu tun bekommen würde. Mindestens drei weitere Puschelmikrofone konnte er zwischen den Gästen ausmachen. Überhaupt, diese Mikrofone mit Fell! Eines seiner Reizthemen. Schlecht konnte ihm immer werden, wenn er im Fernsehen diese Dinger auftauchen sah. Spätestens bei Windstärke drei standen die Reporter schräg am Deich von Neuharlingersiel und warteten auf die alles zerstörende Sturmflut. Er war sich sicher, dass die Verantwortlichen stets ein paar Ventilatoren dabeihatten. Zur Sicherheit. Falls eine nicht eingeplante Flaute das erhoffte Sturmspektakel vermissen ließ. Schließlich mussten der zottelige Überzug des Mikrofons und die Haare des Reporters medienwirksam in die gleiche Richtung wehen.

Wehe aber, das Wetter streikte und das Wasser blieb aus. Dann wurde mit dem sendereigenen Spaten eine knietiefe

Kuhle am Deichfuß ausgehoben und mit dem Leitungswasser aus den Hähnen des nächstgelegenen Hotels aufgefüllt. Und da drin stand dann der Reporter mit Gummistiefeln und Puschelmikrofon und demonstrierte die Gefährlichkeit des heranrollenden Hochwassers!

Möglichst nachts – so konnte dem Zuschauer wenigstens das Was-wäre-Wenn eindringlich geschildert werden.

Reg dich ab, Alter, dachte er und versuchte innerlich wieder auf Urlauberruhe-Niveau herunterzuschalten, die tun doch auch nur ihre Quotenpflicht.

Er nahm sein Telefon aus der Tasche und wählte Wolfs Nummer.

*

»Setzen Sie sich.« Arndt Kleemann schenkte Hendrik Beyer einen Becher Kaffee ein und zeigte mit dem ausgestreckten Arm auf den Stuhl, der ihm gegenüber stand. »So, jetzt möchten wir gerne alles hören, was Sie uns zu den letzten vierundzwanzig Stunden zu sagen haben. Und bitte ausführlich. Dies ist jetzt keine formlose Unterhaltung mehr. Wir haben guten Grund anzunehmen, dass Sie uns beim letzten Mal nicht die Wahrheit gesagt haben. Ich hoffe, dass Ihr Kopf so weit frei ist, dass Sie das verstanden haben. Bitte fangen Sie ganz von vorne an. Und damit meine ich, von dem Zeitpunkt an, an dem Sie auf die Insel gekommen sind.« Der Kommissar beugte sich etwas zu Hendrik hinüber, um seine Worte zu unterstreichen. Aus dem Augenwinkel sah er Michael Röder, der mit übereinandergeschlagenen Beinen an der Kletterwand lehnte. »Herr Beyer, haben Sie mich verstanden?«

Hendrik nickte und schaute den Kommissar an. »Ich weiß gar nichts mehr, ich glaube, mir wird schlecht.« Leicht schwankend stand er auf. Mit einem Satz war Thomas Zahn bei ihm und hielt ihn am Oberarm fest. »So nicht, mein Bester. Hinsetzen und erzählen.«

Folgsam setzte Hendrik sich wieder, kreuzte die Arme auf dem Tisch und holte tief Luft. »Okay, ich fange an. Obwohl ich immer noch nicht weiß, was Sie von mir wollen. Ich habe nichts getan«, sagte er trotzig.

Arndt Kleemann schlug mit der Faust auf den Tisch, und einer der vollen Kaffeebecher sprang mit einem Satz auf den blankpolierten Boden der Gymnastikhalle. »Wenn Sie jetzt nicht sofort mit ihrer Geschichte loslegen, lasse ich Sie festsetzen. Wegen Behinderung der Ermittlungen. Ich habe die Schnauze voll«, brüllte er Hendrik an. »Wir müssen hier einen, wenn nicht zwei Mörder finden, und Sie liefern hier solch ein Theater ab. Mensch, uns läuft die Zeit unter den Füßen weg, und Sie labern nur dummes Zeug. Alkohol hin oder her, Sie reden jetzt.«

Das schien zu wirken. Als Röder mit Eimer und Feudel wieder den Raum betrat, hatte Hendrik Beyer gerade angefangen. Und er redete wie ein Wasserfall, berichtete von seinem ersten Treffen mit Britta, dem Wiedersehen mit Roland Lütjens und zuletzt auch von dem Saufgelage mit Hedda Kuhlmann.

»Ich habe mich so entsetzlich geschämt, Britta gegenüber. Ich finde die Frau doch toll. Die erste Frau, nachdem meine Frau abgehauen ist, die mich interessiert hat. Und dann kam Hedda daher und ich habe für den Moment die Britta völlig vergessen. Es tut mir so leid. Ich weiß gar nicht, wie ich das mit Britta noch ins Lot bringen soll.«

Die beiden Polizisten schauten sich an. Entweder war hier ein genialer Schauspieler am Werk oder sie setzten gerade tatsächlich aufs falsche Pferd.

»Besonders nach dem Streit letzte Nacht«, erklärte Hendrik. »Ich Idiot habe ihr auch noch alles brühwarm ins Gesicht gesagt. Scheißalkohol. Beinahe hätte mich der Marco auch noch verhauen. Ich habe mich benommen wie ein Elefant im Porzellanladen. Viel schlimmer, ich habe zwei besonders nette Menschen fürchterlich enttäuscht.« Hendriks Stimme stockte und er griff nach den Taschentüchern, die Kleemann vorsorglich bereitgelegt hatte.

»Erzählen Sie mir bitte noch einmal genau, was an Bord der *Achteran* passiert ist, Herr Beyer«, bat Kleemann.

Hendrik zögerte kurz und sagte dann: »Wie ich schon sagte, wir haben Kaffee getrunken, dann Whisky und wir haben miteinander geschlafen.«

»Und weiter?«

»Nichts weiter, will sagen: Ich weiß nichts weiter. Als wir fertig waren, ich meine, als wir mit der Flasche fertig … ich meine, als die Flasche leer war«, stammelte Hendrik, »muss ich mit meiner Thermoskanne wohl wieder in mein Boot gegangen sein.«

Arndt Kleemann trommelte mit den Fingern der rechten Hand auf den Tisch. »Was heißt: muss ich wohl?«

»Ja, da bin ich schließlich ja auch dann aufgewacht, also muss ich wohl …«

»Herr Beyer, wenn wir es etwas genauer haben könnten, wären wir sehr dankbar.« Kleemanns Stimme hatte sich bereits wieder merklich angehoben.

»Also, ehrlich gesagt, ich weiß es nicht mehr.« Hendrik zuckte ratlos mit den Schultern. »Der Whisky hat mich total umgehauen. Filmriss. Tut mir leid.«

»Kommen wir zu dem Streit in der gestrigen Nacht. Was geschah nach dem Streit zwischen Ihnen und Britta?«

»Ich bin gegangen.«

»Wohin? Genauer bitte!« Jetzt schrie Kleemann seine Fragen fast und Hendrik zuckte erschrocken zusammen.

»Zum Hafen, glaube ich.«

»So, das glauben Sie. Und woran meinen Sie das erkannt zu haben?«

»Ich bin im Pferdestall von der Spedition aufgewacht. Aber wie ich da hingekommen bin, weiß ich beim besten Willen nicht. *Sturmeck*, verstehen Sie?«

»Sie wollen uns also sagen, dass Sie Hedda Kuhlmann nach dem Gelage verlassen haben, aber Sie wissen nicht mehr, wann und wie, und dass Sie Britta Saathoff in der Nacht allein auf der Straße haben stehen lassen, auch nicht mehr wissend, wann und wie?«

Hendrik nickte. »Nur mit dem Unterschied, dass Hedda

jetzt tot ist und Britta nicht.« Er schaute den Kommissar ratlos an.

»Herr Beyer, ich nehme Sie vorläufig fest unter dem Verdacht, zwei Frauen getötet zu haben. Bitte kommen Sie mit.«

Jetzt sah der Kommissar nur noch Fassungslosigkeit und Angst in Hendriks Augen.

*

Normalerweise freuten sich Wolf und Jannis Arnken stets auf das Frühstück bei den Kanters, wo vom Müsli bis zum Rührei alles liebevoll auf der alten Anrichte im Frühstückszimmer aufgebaut wurde. Aber heute standen die beiden entsetzt bei ihrem Wirt und ließen sich die neuesten Nachrichten mitteilen.

»Stellt euch vor, da bin ich doch in die *Backstube* gegangen wie jeden Morgen und was meint ihr, was der Bäcker, der Andreas, dort erzählt hat! Also, eigentlich wollte der gar nichts sagen, aber es war richtig viel los da. Insulaner, die ich sonst noch nie in dieser Bäckerei gesehen habe, und so ein Raunen und Tuscheln ging durch den Laden, da ist es dem Andreas plötzlich herausgerutscht: *Ja, Mensch, ist schon gut. Hier ist was passiert. Wieder 'ne Tote. Hier auf dem Hof. – Weiß man schon, wer das ist?*, hat dann einer von uns gefragt. Ich glaube, das war der Hausdiener vom *Seehof. – Die hieß Britta und gehörte zu den Sportlern*, hat Andreas dann gesagt, aber mehr wusste er auch nicht.«

Wolf merkte, wie sein Sohn zusammenzuckte. »Aber Papa, das ist doch die von gestern. Ich habe dir doch erzählt, dass wir sie gestern noch am Strand getroffen haben. Das muss ich der Polizei erzählen, oder? Das könnte doch wichtig sein?«

Er nickte. »Ja, das solltest du wirklich tun. Aber erst lass uns etwas essen. Damit der Tag nicht ganz verkorkst beginnt.«

»Aber Papa, wie kannst du jetzt ans Essen denken? Erst einmal ist mir sowieso der Appetit vergangen und zweitens sind wir mitten im Schauplatz eines Verbrechens. Das kann dich doch nicht unberührt lassen?« Mit weit aufgerissenen Augen schaute Jannis seinen Vater an.

»Jannis, komm wieder auf den Teppich. Du weißt doch, Ruhe ist die erste Bürgerpflicht, und mit leerem Magen ist der Tag kein Tag.« Er legte den Arm um die Schultern seines Sohnes und schob ihn sachte zum Frühstücksraum.

Die anderen Gäste saßen bereits an ihren Tischen und ließen es sich schmecken. Noch hatte ihnen ihr Wirt nichts von den traurigen Vorfällen erzählt. Wolf fragte sich, wie viele Gäste die Insel wohl in Panik oder begründeter Sorge verlassen würden. Er hoffte, die Polizei würde schnell Erfolg haben.

»Du kennst doch den Freund von der Britta, was ist denn das für einer?«, fragte Jannis.

»Das kann ich schlecht beurteilen. Gestern Morgen, als wir uns zum ersten Mal trafen, war er ein ganz normaler, netter und freundlicher Mensch. Als ich ihn gestern Abend sah, hatte ich einen stinkenden, nach Alkohol lechzenden Mann vor mir, der mich bezüglich seines Alibis um eine Falschaussage bat. Jetzt kannst du dir aussuchen, was ich von ihm halten soll.«

»Auf jeden Fall solltest du auch mit der Polizei sprechen. Wie sagst du immer: Jeder Hinweis kann nützlich sein.«

Jannis biss gerade von seinem Schinkenbrötchen ab, als in seiner rechten hinteren Hosentasche leise aber vernehmlich *Lebenslang grün-weiß*, das Vereinslied seiner Fußballmannschaft, ertönte. Wolf lächelte. Er wusste, dass es kaum einen größeren Wunsch für seinen Sohn gab, als dass sein Lieblingsverein Werder Bremen sein Sommertrainingslager einmal auf Baltrum und nicht immer auf Norderney aufschlagen würde. Dafür würde Jannis sogar die Schule schwänzen und mit auf die Insel reisen.

»Mama will dich sprechen.« Jannis schob Wolf das Telefon über den Tisch.

»Hallo, Anke«, sagte Wolf. »Schön, dass du anrufst. Uns

geht es super. Sitzen gerade beim Frühstück. … Nein, Anke, wir sind da in nichts reingerutscht. Jannis ist auch nicht in Gefahr. Nein, wirklich nicht. Dass sich das schon so schnell in den Medien verbreiten würde, hätte ich nicht gedacht. Warum die Polizei bei dir angerufen hat und mich sprechen wollte? Vielleicht, weil ich gestern einen kennengelernt habe, dem auch ein Boot im Hafen gehört.«

Wolf merkte, wie es um ihn herum im Frühstücksraum still wurde. Offensichtlich hatten die meisten Gäste das Kauen und Schlucken eingestellt, damit ihr Gehör ungestört arbeiten konnte. Auch Jannis war die plötzliche Stille nicht entgangen. Er warf seinem Vater einen warnenden Blick zu. Wolf stand auf und verließ den Raum, während er sich weiter bemühte, seine besorgte Frau zu beruhigen.

Nachdem Wolf sein Gespräch mit seiner Frau beendet hatte, schlenderte er langsam zurück zu seinem Sohn. Es ist, als ob sich eine Wolke vor die Sonne geschoben hätte, dachte er betrübt. Baltrum – das hatte für ihn bisher für Ausspannen, Spaßhaben und Abkehr von der täglichen Arbeit gestanden.

Nicht, dass er das Gefühl hatte, etwas mit den beiden Todesfällen zu tun zu haben. Auch nicht im weiteren Sinne. Das hatte er auch versucht, seiner Frau klarzumachen. Aber er wusste, dass sich die Stimmung auf diesem kleinen Fleckchen Erde innerhalb von wenigen Stunden rapide verändern würde. Unsicherheit und Sorge würden sich breitmachen. Der eine oder andere würde einen ersten fragenden Blick auf jemanden werfen, der ihm schon länger suspekt vorkam. Der nicht ins Schema passte. Sich nicht den Gepflogenheiten auf der Insel angepasst hatte. Das Schwierigste an der Sache aber würde tatsächlich sein, den Gästen das Vertrauen in einen gefahrlosen Aufenthalt auf der Insel wiederzugeben.

Gestern Nacht noch hatte Wolf versucht, Roland zu erreichen, aber nur dessen Frau erwischt. Zumindest hatte sie ihm versprochen, ihrem Mann den Namen von Wolfs Pension auszurichten. Und die Nummer von Jannis' Telefon.

In diesem Moment ertönte wieder Jannis' Lieblingslied. Noch einmal trat Wolf den Rückzug in den Garten an und hatte den Mann am Ohr, an den er gerade gedacht hatte.

»Mensch, Roland, wo steckst du?«, fragte er gespannt.

»Ich bin gleich wieder auf Baltrum. Wir fahren gerade an der Norderneyer Seehundsbank vorbei. Sollen wir uns treffen? Ich muss allerdings kurz noch eben bei den Kollegen vorbei. Das habe ich dem Inselpolizisten versprochen. Komm doch mit. Du warst schließlich gestern Morgen auch dabei, als wir mit Hendrik unterwegs waren. Soll ich dich abholen?«

»Brauchst du nicht, ich werde dich am Hafen in Empfang nehmen. Dann können wir gemeinsam dort hingehen. Vielleicht ist unsere Aussage ja noch ganz hilfreich.« Gerade wollte Wolf dem Polizisten aus Bad Zwischenahn noch mitteilen, dass inzwischen eine zweite Leiche aufgetaucht war, da hatte der schon aufgelegt.

Dann eben später, dachte Wolf und ging zurück in den Speiseraum, in dem sein Sohn derweil entdeckt hatte, dass Quark mit selbstgemachtem Sanddornsaft ein idealer Abschluss für ein Inselfrühstück war.

*

Hendrik war nach dem Verhör zusammengebrochen und hatte willenlos die Fahrt mit dem Jeep der Feuerwehr zur Polizeiwache über sich ergehen lassen. Sie hatten ihn in der einzigen Zelle untergebracht, die es auf der Insel gab. Sandra Röder hatte versprochen, ein Auge auf ihn zu werfen, und das war fast wörtlich zu nehmen: In der Tür der gekachelten Zelle befand sich ein Guckloch zur gefahrlosen Überwachung der Einsitzenden.

Nun standen die vier Kommissare wieder in ihrem provisorischen Besprechungszimmer und beratschlagten.

»Ich werde jetzt zum Hafen fahren und die Leute von der Spurensicherung abholen.« Michael Röder griff nach seiner Jacke. »So kann ich denen schon mal ein paar Fakten mitteilen. Und für uns alle noch einmal kurz zusammengefasst: Kann sein, dass auch Roland Lütjens auf dem Schiff ist. Er ist übrigens ein Kollege von uns. Erster Hauptkommissar aus Bad Zwischenahn. Die zweite Person, die uns Hendrik Beyer genannt hat, Wolf Arnken, betreibt ein Detektivbüro in Bremen. Er macht, wie bereits gesagt, hier gerade mit seinem Sohn Urlaub. Ihr seht, unser Hauptverdächtiger befand sich in illustrer Gesellschaft. Lütjens hat übrigens versprochen, sich aus unseren Ermittlungen herauszuhalten.«

Heino Deters verdrehte die Augen. »Hast du schon mal einen Kollegen gesehen, der sich an diese Aussage gehalten hat? Das geht gar nicht. Das liegt in den Genen! Ich hatte übrigens ein sehr aufschlussreiches Gespräch mit einem Herrn Otten. Der hat mir so allerhand Interna von den *Beachspielen* erzählt. Die Frau von Marco Schneider, Nadine, ist ein echter Drachen. Ich schließe nicht aus, dass sie etwas mit dem Mord an Britta Saathoff zu tun hat. Allerdings hat dir Marco Schneider ja bestätigt, dass er viel später aufs Zimmer gegangen sei als seine Frau und dass sie bereits geschlafen hätte, ist doch richtig, Arndt, oder?«

»Das stimmt«, bestätigte Arndt Kleemann, »und dass sie wach wird, wieder aufsteht, an ihrem schlafenden Mann vorbei aus dem Zimmer schleicht, die Saathoff meuchelt und wieder ins Bett geht, das kann ich mir nun beim besten Willen nicht vorstellen. Umgekehrt würde sicher eher ein Schuh draus: Schneider ist eifersüchtig, verfolgt die Saathoff und bringt sie im Affekt um.«

Heino Deters winkte ab. »Nur mag ich daran auch nicht so recht glauben. Passt auch irgendwie nicht zu seiner Ausstrahlung. Er scheint sehr beliebt zu sein bei den anderen Sportlern. Und nebenbei: Wer zehn Jahre lang Nadine ertragen hat, für den ist das Wort Affekt mit Sicherheit ein Fremdwort, das könnt ihr mir glauben.«

Ein vorsichtiges Klopfen ließ die vier Männer verstummen.

Die Tür öffnete sich langsam und Enno Lohmann steckte

seinen Kopf durch die Tür. »Entschuldigen Sie die Störung. Ich hoffe, es ist alles zu Ihrer Zufriedenheit?«

Verblüfft schaute Röder seinen Bürgermeister an. Was war denn mit dem los? So hatte er ihn ja noch nie kennengelernt.

»Danke, alles in Ordnung. Sonst noch was?« Arndt Kleemann war aufgestanden und machte ein paar Schritte auf den Mann zu. Jetzt war Röders Verblüffung kaum noch zu steigern. Was war das denn hier für eine Geschichte, die sich da gerade abspielte? Hatte er irgendwas nicht mitgekriegt?

»Es tut mir leid, aber offensichtlich haben einige Sender ihre Mitarbeiter auf den Weg zu uns geschickt.« Enno Lohmann tänzelte geziert durch den Besprechungsraum. »Sie sollen angeblich jetzt mit der Fähre kommen. Sie wissen schon. NDR, RTL und die alle. Ich fürchte, wir müssen eine Pressekonferenz abhalten. Oder soll ich die Reporter zu Ihnen schicken?«

»Ach, Herr Lohmann«, erwiderte Kleemann, »das können Sie doch sicher sehr gut, mit vielen Worten nichts sagen, oder?« Arndt Kleemann stand mit verschränkten Armen vor Enno Lohmann, der Zentimeter für Zentimeter zur Ausgangstür zurückwich. Kleemann folgte ihm unerbittlich, während seine Stimme bei jedem Wort lauter wurde. »Ich würde mich auch neben Sie setzen, um zu kontrollieren, dass bei Ihnen wirklich nur heiße Luft rauskommt. Allerdings muss ich erst mit meinem Chef in Oldenburg telefonieren, wie wir das Ganze handhaben wollen. Ich gebe Ihnen noch genau Bescheid, und bis dahin halten Sie sich bitte stille. Auch wenn's schwerfällt. Bis später.« Arndt Kleemann öffnete die Tür des Gymnastikraumes, schob den Bürgermeister auf die Straße und ließ sie mit einem lauten Knall wieder zufallen.

»Sag mal, was war das für ein Schauspiel?«, wunderte sich auch Heino Deters. »Was ist dir denn über die Leber gelaufen?«

Arndt Kleemann erzählte den beiden, was er am Morgen im Bürgermeisterbüro erlebt hatte. »Könnt ihr euch vorstellen, wie ich *den* Mann gefressen habe? Da ist es mir auch total egal, ob der sich über mich beschwert. Aber so viel Mumm hat der sowieso nicht. Wenigstens hat er sich erst mal andere Klamotten angezogen. Der sah ja entsetzlich aus heute Morgen.«

Röder nickte. »Vor der Wahl hatten wir uns alle so viel von ihm versprochen. Aber nachdem er sich auf seinem Dienstsessel breitgemacht hatte, ist ihm sein Posten wohl dermaßen zu Kopf gestiegen, dass seitdem mit dem Mann rein gar nichts mehr anzufangen ist. Jetzt warten wir darauf, dass die restlichen vier Jahre seiner Amtszeit schnell vorbeigehen.«

Seine Kollegen lachten und Heino Deters warf skeptisch ein: »Vier Jahre können aber verdammt viel Zeit sein, um Unheil anzurichten.«

»Das stimmt«, sagte Röder. »Aber ihr wisst ja, wer nichts tut, macht auch nicht viele Fehler. Allerdings gibt es einen Platz, da ist er richtig fleißig. Wenn ihr ihn mal in absoluter Höchstform sehen wollt, müsst ihr auf eine der Buhnen gehen. Er angelt nämlich! Und das so oft, dass wir uns manchmal fragen, wann der Mann eigentlich noch arbeitet. Und wenn er mit seinen Petri-Heil-Brüdern Erfahrungen austauscht, dann sind seine Fische grundsätzlich die größten, die jemals aus dem Wasser gezogen worden sind.« Michael Röder deutete mit seinen Händen eine Spannweite von mindestens einem Meter an und schüttelte den Kopf. »Nee, nicht zu ertragen ist das. Aber lassen wir das. Ich fahre jetzt zum Hafen. Thomas, kommst du mit? Dann können wir den Erfahrungsaustausch aufteilen. Oder möchtet ihr lieber mit euren Kollegen sprechen?«

Aber Kleemann winkte ab. »Ich muss jetzt dringend mit Müller und der Staatsanwaltschaft telefonieren. Durchsuchungsbeschluss und so.«

Michael Röder und Thomas Zahn machten sich auf den Weg zum Hafen. Bei der Polizeiwache hielten sie an und Michael Röder hängte eine Wippe an sein Fahrrad. Sie wussten, dass die Männer aus Aurich einiges an Gepäck dabei haben würden. Er sprach kurz mit Sandra und fragte nach Hendrik Beyer.

»Es geht so«, antwortete seine Frau. »Ich schaue immer nach ihm. Vorhin war er mal sehr durch den Wind. Ich wollte dich gerade anrufen, da hat er sich aber wieder ganz ruhig auf die Pritsche gesetzt. Es wäre wohl trotzdem sehr sinnvoll, wenn sich einer von euch nachher wieder um ihn kümmern würde.«

Er versprach, so bald wie möglich wiederzukommen, und die beiden setzten ihren Weg fort.

Überall sahen sie kleine Gruppen von Menschen stehen, die sich angeregt unterhielten. Auf der Höhe des *Bücherwurms* stellte sich ihnen ein älterer Herr in den Weg und fuchtelte aufgeregt mit den Armen. »Halt, stehen bleiben. Bitte bleiben Sie doch mal stehen.«

Die beiden Polizisten waren im Nu von einer Traube Menschen umringt.

»Können Sie uns was sagen?« – »Man hört so fürchterliche Dinge ...« – »Ist das alles wahr mit den Toten?« – »Haben Sie den Täter schon gefasst?« Eine Frage jagte die nächste, Röder und Zahn hatten für einen Moment keine Chance, zu Wort zu kommen. Doch allmählich beruhigten sich die Umstehenden.

»Leider muss ich Ihnen sagen: Ja, es hat zwei Tote gegeben«, antwortete Röder. »Wir sind auf der Suche nach dem Täter, können aber noch nichts Näheres sagen. Am Mittag wird eine Pressekonferenz stattfinden. Des Weiteren werde ich dafür sorgen, dass an der Rathaustür Aushänge gemacht werden, wenn sich neue Anhaltspunkte ergeben. Bitte entschuldigen Sie uns jetzt, wir müssen dringend weiter.« Er versuchte, wieder auf sein Fahrrad zu steigen, aber um ihn und seinen Kollegen erhob sich energischer Protest, der immer lauter wurde.

»So kommen Sie mir nicht davon!« – »Wir alle haben Angst.« – »Wie sollen wir uns verhalten?« – »Sie müssen uns doch was erzählen können.«

Fünf Urlauber versuchten, einen menschlichen Riegel vor den Rädern der Polizisten aufzubauen: Sie hatten sich an den Händen gefasst und versperrten die Straße. Einer von ihnen griff nach Michael Röders Lenker.

»Lassen Sie sofort mein Fahrrad los.« Röders Stimme glitt leise aber messerscharf durch die Luft. »Auf der Stelle!«

Der Mann gehorchte sofort. »Entschuldigung, wir sind nur alle so nervös. Man traut sich nicht mehr auf die Straße, wissen Sie? Wir werden mit der Abendfähre fahren, aber was machen wir bis dahin? Wir können doch nicht in unseren Ferienwohnungen sitzen bleiben die nächsten Stunden.«

»Das verstehe ich. Am besten gehen Sie in Gruppen, mindestens zu zweit, das dürfte die sicherste Methode sein. Aber nun müssen wir wirklich los. Geben Sie die Straße frei!«

Der Inselpolizist atmete erleichtert auf, als sich die Gruppe teilte und ihnen den Weg frei machte.

Thomas schaute seinen Kollegen fragend an. »Warum hast du denen nicht gesagt, dass wir bereits eine Person festgenommen haben?«

»Ach komm, Thomas, das hättest du auch nicht getan. Möchtest du schuld sein, wenn ein aufgewühlter Mob sich der Wache bemächtigt und die Herausgabe des Mannes fordert? Du ahnst ja nicht, wozu inselbegeisterte Dauergäste fähig sind, wenn jemand versucht, ›ihrem‹ Baltrum in welcher Form auch immer Schaden zuzufügen. Diesen Nebenkriegsschauplatz müssen wir uns nicht auch noch an den Hals holen. Außerdem, ich gebe gerne zu, dass der Beyer immer noch mein Hauptverdächtigter ist, aber stell dir vor, der Mörder läuft wirklich noch frei rum und wir erzählen den Leuten, dass alles in Ordnung ist. Nicht auszudenken, was die dann mit uns veranstalten.«

Zahn nickte. »Du hast völlig recht. Sollen doch die anderen Amtsträger während der Pressekonferenz darüber Auskunft geben. Wir tun unsere Arbeit.«

In diesem Moment legte die *Baltrum I* an.

*

Ihm war schlecht vor Angst, Scham und übermäßigem Alkoholgenuss. Zweimal hatte er schon gegen die verschlossene Tür seiner Zelle geklopft, aber keiner hatte reagiert. Hendrik zuckte mit den Schultern. Warum auch. Er hatte eigentlich keinen konkreten Grund, jemanden zu sich zu bitten. Er fühlte sich nur so verdammt allein. Allein mit seiner Übelkeit, dem Nichtwissen um die schnapsvernebelten Stunden der letzten zwei Tage, allein mit dem Wissen, dass auch Britta nicht mehr lebte. Sie hatten ihm nicht gesagt, wie oder woran Britta gestorben war, wohl immer noch auf ein Geständnis seinerseits hoffend.

Immer wieder ließ er die Erinnerung an die letzten Tage an sich vorübergleiten. Irgendetwas, das merkte er, versuchte durch den Nebel an die Oberfläche zu steigen. Ein Gedanke, eine Information. Er grübelte verzweifelt.

Es half alles nichts. Hendrik machte sich auf der harten Pritsche lang, wenigstens ließ sich so seine Übelkeit einigermaßen im Griff behalten. Er schloss die Augen und ließ noch einmal jeden Moment, an den er sich erinnern konnte, vorüberziehen. Das erste Treffen am Strand. Die Nächte mit Britta auf seinem Boot. Das Gefühl, endlich wieder jemanden gefunden zu haben. Bis hin zu dem Punkt, als er sich bereit erklärt hatte, mit Schnucki einen Kaffee zu trinken.

Von da ab war sein Leben völlig aus dem Ruder gelaufen. Alles war nur noch verkehrt seitdem. Alles hatte er kaputt gemacht. Und nun waren zwei Frauen tot. Frauen, mit denen er kurz zuvor noch zu tun gehabt hatte. Frauen, die er begehrt hatte. Mit denen er geschlafen hatte. Die er, volltrunken, sich selbst überlassen hatte. Er war gegangen und jetzt waren sie tot.

Hendrik sprang hoch und hämmerte mit beiden Fäusten gegen die gekachelte Wand. »Ich war es nicht! Ich war es nicht!« Er schrie, bis ihm die Stimme versagte. Er sah den tiefen Kratzer an seiner Hand und dachte: oder doch?

*

Michael Röder schaute aufmerksam in den Himmel. Noch war es früher Vormittag, aber bereits jetzt zeigte das Thermometer über 20 Grad an. Kein Lüftchen regte sich, doch von Nordwesten schob sich eine dunkle Wolkenwand über die Insel. Das sah nach Gewitter aus. Damit war es wohl vorbei mit den ungewöhnlich warmen Frühsommertagen. Er hoffte, dass die Sonne noch ein wenig durchhielt, denn Regen würde die Suche nach verwertbaren Spuren sehr erschweren.

Es war ruhig am Anleger. Nur wenige Insulaner standen mit ihren Handwagen bereit, um neue Gäste abzuholen. Die Polizisten stellten ihre Fahrräder ab und warteten auf das Herablassen der Gangway, als ein Mann lächelnd auf sie zutrat: »Guten Morgen, mein Name ist Arnken, Wolf Arnken. Ich möchte Herrn Lütjens vom Schiff abholen. Sie wissen schon.« Die drei machten sich miteinander bekannt und verabredeten sich für einen späteren Zeitpunkt im Gymnastikraum des *Sindbades*.

Kurz darauf nahmen die beiden Polizisten die Kollegen von der Spurensicherung wieder in Empfang.

»Sagt mal, was ist denn eigentlich hier los?«, rief Martin Brinkmann, der Leiter des Beweissicherungsteams. »Dornröschen der Nordsee! Bald sind keine Dornröschen mehr da, die diese Insel bevölkern können, wenn das Morden in diesem Tempo weitergeht.« Er verstaute seine Taschen in Röders Wippe.

Der tut auch, als wäre er von der ganz harten Sorte mit seinen markigen Sprüchen, dachte Röder. Aber anders konnten die Männer die Grausamkeiten, mit denen sie sich konfrontiert sahen, wohl nicht verarbeiten. »Dornröschen konnte man wenigstens den Apfel noch aus der Luftröhre klopfen«, antwortete er, »und das schöne Kind zum Leben erwecken. Aber bei unseren zwei Opfern wäre Klopfen verlorene Liebesmüh. Müssen jetzt nur noch herausfinden, wie, warum und wer. Und das möglichst zügig, sonst setzt hier die große Gästeflucht ein.«

»Röder, stell dich nicht so an. Erst mal vorweg: Du solltest Dornröschen nicht mit Schneewittchen verwechseln.« Brinkmann lachte. »Und: Jetzt passiert endlich mal was auf diesem Sandhaufen, und da willst du möglichst schnelle Aufklärung?! Wir zeigen dir an diesem Fall erst einmal, was gründliche, sorgfältige und zeitaufwändige Recherche bedeutet. So, und jetzt erzähl mir, was sich in den Stunden seit unserer Abreise Neues ergeben hat.«

Michael Röder nickte, schloss sein Fahrrad auf und wollte gerade mit seinem Bericht anfangen, als er von der Seite freundlich aber bestimmt angesprochen wurde. »Immel, NDR, können Sie uns was zum Kajütenmord sagen?«

Irritiert schaute Michael Röder sich um. Schon gesellten sich drei weitere Reporterteams dazu. Röder war erleichtert, dass Thomas Zahn sofort reagierte: »Meine Herren, es wird eine Pressekonferenz stattfinden. Heute 14 Uhr 30 im Rathaus. Dort werden Sie alles Weitere erfahren. Und nun entschuldigen Sie uns bitte.«

Inzwischen hatte auch Roland Lütjens das Schiff verlassen und begrüßte die Polizisten. Er versprach, sich in der nächsten Stunde zu melden. Dann vertiefte er sich in ein angeregtes Gespräch mit Wolf Arnken.

*

Auf dem Weg ins Westdorf erzählte Michael Röder den Kollegen von der Spurensicherung, was sich seit ihrer Abfahrt zugetragen hatte. Hin und wieder schaute er sich prüfend um, ob ihnen nicht einer von den Fernsehleuten auf den Fersen war, um doch noch ein paar Neuigkeiten aufzuschnappen, aber nichts rührte sich. Die Hafenstraße war schon fast wieder menschenleer. Ein paar Pferde, die noch keinen Dienst vor dem Wagen tun mussten, grasten friedlich und träge auf den Hellerwiesen. Nur das unruhige Zucken ihrer Schweife zeigte, dass auch einige Pferdebremsen auf Futtersuche waren.

Die Luft wurde immer stickiger. Röder und Zahn freuten

sich auf die Kühle des Gymnastikraums. Zumindest konnten sie sich dort ihrer Jacken entledigen, deren Material ausschließlich für niedrigere Temperaturen geeignet war, und in denen den beiden Männern jetzt bereits der Schweiß als Rinnsal vom Haaransatz den Rücken hinunter Richtung Unterhose lief.

So'n Wetter im Mai, das kommt auch nicht häufig vor, dachte Röder. Sicher, die Insulaner sagten oft ›Der Mai ist unser Sommer‹, weil dann häufig stabile Hochs die Wetterlage bestimmten und die Inselbewohner mangels großer Gästezahlen die Zeit für einen ausgedehnten Strandspaziergang fanden. Aber die Hitze, die sich im Moment über Norddeutschland legte, schrie förmlich nach einem kühlenden Gewitter.

Im Gymnastikraum stand Arndt Kleemann, das Telefon am Ohr. »Nein, Herr Müller, das ist ja eben die Krux, wir haben den Beyer festgesetzt, aber ein Motiv, ein hieb- und stichfestes Motiv fehlt uns einfach noch. Natürlich können wir einiges konstruieren. So könnten wir sagen, er habe Frau Kuhlmann in seinem besoffenen Kopf umgebracht, damit sein nachmittäglicher Beischlaf nicht aufflog. Und Frau Saathoff habe er wegen des vorausgegangenen Streits getötet. Aber bedenken wir eines: Die beiden Opfer wurden grausam zugerichtet. Ob das unbedingt zu seiner Handschrift passt, ist die große Frage.« Michael Röder wunderte sich. War sein Kollege aus Aurich etwa nicht von Hendrik Beyers Schuld überzeugt? Verfolgte der eine ganz andere Spur? Aufmerksam hörte er weiter zu, was Arndt Kleemann seinem Chef zu sagen hatte.

»Natürlich könnte auch Alkohol der Auslöser gewesen sein. Würde mich mal interessieren, warum seine Ehe in die Brüche gegangen ist. Ob da eventuell auch schon Gewalt im Spiel war. Vielleicht kommen wir dann der Sache etwas näher. Kümmern Sie sich darum? Danke. Aber ich sehe gerade, dass unsere Verstärkung angekommen ist. Ich rufe Sie nachher wieder an. Dann können wir auch noch den genauen Wortlaut für die Pressekonferenz absprechen.« Er legte auf und begrüßte die Männer von der Spurensicherung. Dann machte er sie mit den Gegebenheiten des Ortes vertraut, an dem die Leiche der jungen Frau am frühen Morgen entdeckt worden war.

»Sag mal, habe ich das eben richtig mitbekommen?«, fragte Röder. »Du glaubst nicht so recht an Beyers Schuld?«

»Ehrlich gesagt, nein. Würde mich nicht wundern, wenn er wirklich nur eine traurige Figur in einem ganz anderen Spiel wäre. Ich hoffe mal, dass der Zwischenahner Kollege etwas Licht auf den Charakter unseres Verdächtigen wirft. Ist er überhaupt mitgekommen?«

Röder nickte. »Sowohl er als auch der zweite Mann, mit dem Beyer gestern Morgen unterwegs war, werden in der nächsten Stunde hier auftauchen. So zumindest haben wir es abgesprochen.«

Aus dem Keller unter dem Schwimmbad hatten Mitarbeiter des Bauhofes einen weiteren Zinksarg geholt und am Fundort der Leiche abgesetzt.

*

Na, jetzt kommt ja richtig Leben in die Bude. Die einen fahren ab, die anderen kommen an. Dürfte für unsere Insulaner ein ordentlicher Denkzettel gewesen sein. Die Sportler lassen die feinen Ratsherren im nächsten Jahr bestimmt nicht wieder her. Was haben die sich nur dabei gedacht? Erst wollen diese Möchtegernpolitiker alle gewählt werden und dann ruhen sie sich auf ihren Entscheidungen aus. Die meisten jedenfalls. Aber nicht mit mir. Wenn denn nichts hilft, ist eben mal einer von denen dran. Aber Frauen bestrafen macht irgendwie mehr Spaß. Schade, dass die auf dem Boot zu betrunken war, um richtig Angst zu haben. Aber einmal schaffe ich das noch: Zuzustechen und ihr dabei in die Augen zu sehen. Die Angst in ihren Augen zu sehen.

Dann habe ich es **richtig** *gemacht. Alles richtig machen, das sollte ich doch immer!*

*

»Aber Erwin, du glaubst doch wohl selbst nicht, dass ich am heiterhellen Vormittag vom Fahrrad geholt werde, während ich auf dem Weg zur Apotheke bin.« Henriette Kanter lachte ihre Mann liebevoll an. »Nun mach mal einen Punkt. Oder möchtest du mich jetzt auf Schritt und Tritt begleiten? Dann musst du allerdings auch heute Nachmittag mit zur Generalprobe der Bauchtanzgruppe kommen.« Sie stieg auf ihr Fahrrad, das griffbereit am Gartenzaun stand. »Mach dir keine Sorgen, bin gleich wieder da.«

Erwin Kanter schaute stirnrunzelnd hinter ihr her, wie sie mit Schwung um die Ecke ins Westdorf einbog. Er haderte mit der Welt. Wie sollte das alles bloß werden? Die Vermietung lief eh nicht mehr so gut in den letzten Jahren, die Gästezahlen waren stetig zurückgegangen, und nun auch noch so ein Drama. Gut, sie hatten viele Stammgäste, so wie die Arnkens, aber sie hatten auch viel für die Modernisierung ihres Hauses getan. Ihr Glück war, dass es kaum noch Frühstückspensionen auf der Insel gab. Fast alle hatten auf Ferienwohnungen umgerüstet, so konnten seine Frau und er diese Nische fast alleine ausfüllen.

Aber gleich zwei Morde? Diesem Szenario waren sie hilflos ausgeliefert.

Er schaute die Straße hinunter und sah Wolf Arnken mit einem Fremden auf sich zukommen.

»Erwin, darf ich dir Roland Lütjens vorstellen, einen Bekannten, der eben mit dem Schiff gekommen ist. Roland, das ist Erwin Kanter, unser Vermieter seit Generationen.«

Die beiden Männer schüttelten sich die Hand.

Der Vermieter schaute Wolf an und fragte mit einem Blick auf Lütjens: »Weiß er …?«

Arnken nickte. »Eigentlich ist er deswegen hier. Aber das erzähle ich dir vielleicht später einmal, okay? Ich will nur eben nachsehen, ob Jannis oben auf dem Zimmer ist. Kann Roland so lange auf deiner Gartenbank warten?«

»Na klar, und eine Tasse Kaffee habe ich auch noch für ihn.« Erwin Kanter ging rein und kam kurz darauf mit einem gut gefüllten Tablett wieder raus. »Habe auch noch ein Stück vom selbstgebackenen Sanddornkuchen meiner Frau dazu gelegt. Wolfs Freunde sind auch meine Freunde, wie die Indianer immer zu sagen pflegen.«

Während der Bremer Detektiv oben nach seinem Sohn sah, kamen die beiden im Garten ins Gespräch. Aufmerksam hörte Roland Lütjens zu, als Erwin Kanter ihm von der Stimmung auf der Insel erzählte. »Vielleicht mache ich mir auch zu viele Sorgen. Wenn die Geschichte erst vorbei ist, wird sie vermutlich genau so schnell wieder aus den Köpfen der Leute heraus sein wie alles andere auch, was uns täglich in den Nachrichten umspült. Was glauben Sie, wird die Polizei schnellen Erfolg haben?« Er schüttelte den Kopf und winkte ab. »Ach, vergessen Sie es. So eine blöde Frage kann man nur zurücknehmen. Nun trinken Sie erst einmal ihren Kaffee, bevor er kalt wird.«

Er ging ins Haus. Henriette würde es bestimmt nicht lustig finden, wenn bei ihrer Rückkehr das Frühstücksgeschirr der Gäste noch immer auf den Tischen stand. Außerdem war es eine Abmachung, die seit langem gut zwischen ihnen funktionierte: Sie deckte in der Frühe die Tische und bereitete das morgendliche Mahl zu, und er räumte nach dem Frühstück alles wieder ab und sortierte das Geschirr in die Spülmaschine. Dann putzten beide gemeinsam die Gästezimmer.

Als er seine Arbeit fast fertig hatte, sah er Klaas Bengen auf sein Grundstück einbiegen. Das wird wohl wieder eines der schwierigeren Gespräche, dachte er, bevor er die Verandatür öffnete. »Moin, Klaas, wo geiht di dat?«

»Gar nicht gut. Kann ich heute frei haben? Zu viel Leute.« Der Hafenaufseher drehte unaufhörlich am untersten Knopf seiner ölbefleckten Weste.

»Aber Klaas, jetzt, wo gerade so viele Boote im Hafen liegen, ist das wirklich ein bisschen schlecht. Geht das nicht nächste Woche?«

»Dann sind die Leute auch weg. Dann brauch ich kein frei

mehr.« Klaas Bengen sprach den zweiten Satz schon mit fast geschlossenen Lippen, vom nächsten verstand Erwin Kanter kein Wort mehr.

»Was hast du gesagt, Klaas?«

»Kann ich jetzt gehen?!«, schrie Klaas Bengen ihn an.

»Nun mal sachte, ist ja schon gut. Dann mach doch frei. Aber morgen bist du wieder da, verstanden? Braucht die Polizei dich denn nicht mehr?«

»Mir egal. Bin auf meinem Boot.« Er drehte sich um und verschwand hinter den Dünenrosen, die ihr erstes noch helles Grün zeigten.

*

Draußen hatte Roland Lütjens gerade sein zweites Frühstück beendet und schaute nachdenklich hinter Klaas Bengen her. Was gibt es doch für schräge Vögel unter der Sonne, dachte er.

Es dauerte nicht lange, da stand Wolf mit Jannis in der Tür und stellte ihm Roland Lütjens vor. Sie brachten das Tablett in die Küche, unterhielten sich kurz mit ihrem Gastgeber und machten sich auf den Weg zur Polizei.

»Hast du mitbekommen, was der Herr Kanter eben in der Küche gesagt hat? Über den Bengen? Fand ich bemerkenswert.« Roland Lütjens blickte nachdenklich rüber zu Wolf.

»Du meinst, dass er ihn schon seit vierzig Jahren kennt und ihn nie richtig kennengelernt hat? Auch nicht, als sie noch zusammen zur Schule gegangen sind? Ja, das ist wirklich merkwürdig. Aber solche Menschen gibt es nun mal. Die lassen keinen an sich ran. Ist bestimmt nicht immer einfach für die.«

»Wir hatten auch mal so einen in der Familie«, warf Jannis ein. »Einen Urgroßonkel mütterlicherseits. Geboren in Oberhammelwarden. Aufgewachsen ...«

»Jannis, was glaubst du, was uns im Moment weniger interessiert?«, sagte Wolf gereizt.

»Ist ja schon gut.« Jannis hüpfte von einem Bein auf das

andere. »Aber es wäre psychologisch mal total wertvoll, da Vergleiche anzustellen. Mein Urgroßonkel ist nämlich als Kind …«

»… in den Zaubertrank gefallen, ja, ja, ich weiß. Johannes, halt jetzt bitte die Klappe oder wende dich einem anderen Thema zu. Das ist ein Befehl.«

»Jawoll, Sir! Darf ich heute Abend noch mal auf Tour?«

Roland Lütjens lachte aus voller Kehle. »Jetzt weiß ich, wie es sich anfühlen wird, wenn meine Kinder erst groß sind!« Er wurde aber gleich darauf wieder ernst. »Jetzt erzähl mir doch noch einmal genau, was du bis hierhin von dem ganzen Geschehen mitbekommen hast.«

Wolf folgte seiner Bitte und Jannis fügte auch noch hinzu, was er am Abend vorher mit seinen Kumpels am Strand erlebt hatte.

»Das alles passt so gar nicht zu Hendrik«, sagte Lütjens, »aber was soll das schon heißen. Ich habe so viel erlebt in meinem Beruf, da kann ich diese Geschichte meinem Lernprozess nahtlos hinzufügen. Wir sollten auf jeden Fall versuchen, eine Gesprächserlaubnis von den Kollegen zu bekommen. Könnte ja auch den Ermittlungen dienlich sein. Was meinst du?«

Wolf nickte. »Wir werden erst einmal eine Runde mit den Herren reden und unsere Aussagen machen. Vielleicht ergibt sich eine Möglichkeit.«

Als sie den Hof des *Insel-Marktes* erreichten, sahen sie vier Leute in weißen Schutzanzügen in konzentrierter Arbeit.

»Das wäre auch ein Job für mich, Papa. Ich glaube, ich werde Spurensicherung.«

Bevor Wolf seinem Sohn eine Antwort geben konnte, kam Michael Röder auf sie zu. »Bitte kommen Sie mit in den Gymnastikraum. Da redet es sich in Ruhe. Draußen muss man doch nur ständig zufällig vorbeiflanierenden Gästen irgendwelche vagen Auskünfte geben.« Er hielt den dreien die Tür zu dem provisorischen Vernehmungsraum auf.

»Oh, hier kann man gleich mehrere Fliegen mit einer

Klappe schlagen«, schmunzelte Roland Lütjens. »Vernehmungen durchführen, zwischendurch eine akrobatische Einlage an der Kletterstange absolvieren …«

»Leider fehlt uns für sportliche Betätigung im Moment die nötige Muße.« Michael Röder lächelte. »Bitte nehmen Sie doch Platz und berichten mir mal alles, was Sie von unserem Verdächtigen wissen. Kindheit, das Treffen gestern und so weiter und so weiter. Ich erzähle Ihnen nichts Neues.«

Jannis hatte sich mit gekreuzten Beinen auf einen Stapel Gymnastikmatten gesetzt und sprudelte los. »Also, ich habe die Britta gestern noch am Strand …«

»Langsam, Johannes, eines nach dem anderen. Lass doch erst einmal Herrn Lütjens anfangen, dann kommen wir ganz bestimmt noch zu deiner Geschichte, okay?«

Jannis nickte ergeben, wandte sich dann aber voller Aufmerksamkeit Roland Lütjens' Bericht zu.

Danach bestätigte Wolf, wie sich der vorherige Morgen abgespielt hatte, und dann endlich durfte Jannis die Geschichte seiner Bekanntschaft erzählen.

Michael Röder schaute die drei nachdenklich an. »Ich weiß nicht, was ich von der Sache halten soll. Wenn Sie sein Verhalten erlebt hätten, Sie wären fest von der Schuld des Mannes überzeugt. Genau wie ich. Nur passen Ihre Erzählungen überhaupt nicht in das Schema. Na ja, wie auch immer. Jetzt sitzt er jedenfalls erst einmal hoch und trocken in der Zelle unter Aufsicht meiner lieben Frau und kann sich den Restalkohol aus dem Körper schlafen. Dann sehen wir weiter.« In diesem Moment klingelte sein Telefon. »Ja, was ist, Sandra? Ach du Schande. Nein wir kommen sofort. Ich bin in zwei Minuten da.« Röder sprang auf. »Beyer tobt wie ein Wilder. Meine Frau macht sich Sorgen, dass er versucht, sich was anzutun.«

»Sollen wir mitkommen und mit ihm reden?«, fragte Lütjens. »Ich kenne ihn schon lange, wie Sie wissen. Es wäre einen Versuch wert.«

»Ich kläre das eben mit Kommissar Kleemann ab, halte es für eine gute Sache, kommen Sie.«

Die drei standen auf, aber Wolf hielt seinen Sohn zurück. »Jannis, ich glaube, da hast du nichts zu suchen. Entweder bleibst du hier, bis wir wiederkommen, oder du gehst so lange in die Pension. Ich hole dich dann da ab.«

Jannis verzog das Gesicht. »Immer wenn's spannend wird, darf ich nicht mit. Dann gehe ich jetzt zu meinen Freunden. Zumindest zu denen, die noch auf der Insel sind. Handy habe ich dabei, falls ihr mich wenigstens zum Essen mitnehmen wollt!«

»Ich habe deine Nummer ja eingespeichert. Großes Ehrenwort, wir melden uns.«

Roland Lütjens war bereits auf dem Weg, und auch Michael Röder stieg auf sein Rad. »Alles okay, Kleemann hat gesagt, wir sollen unser Glück versuchen. Er will aber nachher auch noch mit Ihnen sprechen. Er ist jetzt nur gerade mit der Spurensicherung vollauf beschäftigt.«

*

Die Männer von der Beweissicherung hatten die Leiche von Britta Saathoff untersucht, in den Zinksarg gebettet und dafür gesorgt, dass sie bis zum Abtransport mit dem Schiff in der Leichenhalle unter der evangelischen Kirche aufgebahrt wurde. Jetzt waren sie damit beschäftigt, die Umgebung weiträumig und akribisch nach verwertbaren Spuren abzusuchen. Ein schwieriges Unterfangen, waren doch inzwischen viele Leute trotz der Absperrung mehr oder weniger nah an den Fundort der Leiche herangekommen.

Arndt Kleemann wusste, dass die mühsame Arbeit bei seinen Kollegen in guten Händen war, außerdem verlangte es ihn dringend nach einer Pause und einer Tasse Kaffee. Auf dem Weg zur *Backstube* sah er Andreas Brandt, der bewegungslos neben einem der Kühlhäuser stand und auf die Erde starrte.

»Kann ich helfen, junger Mann?«, fragte er den Bäcker besorgt.

»Herr Kommissar, schauen Sie doch mal«, sagte der Bäcker, und seine Stimme klang völlig entsetzt. »Von mir ist das aber nicht. Dass das mal klar ist.«

In der einer Ecke hinter dem Kühlhaus lag ein Messer. Die Klinge war etwa fünfzehn Zentimeter lang, sehr spitz und mit dunkelbraunen Schlieren überzogen.

»Oder? Ach du Schande, das ist, glaube ich, doch meins. Aber warum …?« Der Bäcker bückte sich, um das Messer aufzuheben, wurde aber von Arndt Kleemann nachdrücklich daran gehindert.

»Nee, mein Lieber, schön liegen lassen. Damit werden sich unsere Kollegen erst einmal befassen. Andere Frage: Haben Sie das Messer schon vermisst? Wann haben Sie es zum letzten Mal gesehen? Liegen bei euch immer Messer so in der Gegend rum?«

Andreas Brandt war mit jeder Frage blasser geworden. »Ich weiß es nicht, ich weiß es wirklich nicht. Normalerweise haben wir unsere Sachen in der Backstube. Könnte sich ja auch mal jemand Unbefugtes auf dem Hof herumtreiben. Aber dieses benutze ich immer, um die leeren Kartons fürs Altpapier kaputt zu schneiden. Aber heute Morgen habe ich ein anderes Messer genommen. Natürlich kann das schon mal passieren, dass so ein Teil draußen liegen bleibt. Oh, Mann, wenn ich jetzt schuld bin, dass die Britta … Das würde ich mir nie verzeihen.« Er setzte sich auf eine leere Getränkekiste und schlug die Hände vors Gesicht.

»Nun mal langsam, erst einmal müssen wir feststellen, was es mit dem Messer überhaupt auf sich hat. Ob es wirklich Blut ist, was daran klebt, und wenn ja, von wem. Und schuld ist wohl immer noch der Mörder und nicht Sie. Oder wollen Sie mir noch was erzählen, was Sie bisher vorsorglich verschwiegen haben?«

Fassungslos schaute Andreas Brandt den Polizisten an. »Sie wollen doch nicht ernsthaft behaupten, dass ich …? Und dann führe ich Sie noch auf die Spur des Messers? Dann hätte ich es besser abwaschen und wieder in die Besteckschublade legen können.«

»Sie ahnen gar nicht, was Menschen für idiotische Dinge machen, wenn sie sich in einer Zwangslage fühlen«, sagte Arndt Kleemann. »Da haben wir schon andere Erlebnisse gehabt, das können Sie mir glauben.«

Gerade als er den Männern in Weiß Bescheid sagen wollte, klingelte sein Handy. Ein Fachkollege aus Aurich war dran. Das konnte wichtig sein. Er meldete sich und dirigierte gleichzeitig die Spurensicherung mit Handzeichen zum Fundort, bevor er sich noch einmal in den Gymnastikraum zurückzog, um sich ungestört auf die Ermittlungsergebnisse seines Kollegen konzentrieren zu können. Nach dessen Bericht war Hendrik Beyers Frau mit dem Nachbarn durchgebrannt. Daran war nichts Ungewöhnliches. Zumindest nicht auf den ersten Blick. Auf den zweiten war ihre Aussage interessant, dass sie es satt gehabt hätte, die Probleme wieder auszubügeln, die ihr Mann nach reichlichem Alkoholgenuss angehäuft hatte. Er hatte zwar nicht regelmäßig getrunken, und nüchtern war er ihrer Aussage nach »der liebste Kerl der Welt«. Aber im Suff knallten dann immer wieder einige Sicherungen durch, hatte sie erzählt. So hatte er zum Beispiel bei einem Nachbarn, den er nicht ausstehen konnte, den großen Walnussbaum in einer Nacht- und Nebelaktion mit der Kettensäge zerlegt. Sie hatte gerade noch erreichen können, dass der Mann von einer Anzeige absah. Aber nur, weil zufällig der Baum einige Tage später sowieso hätte gefällt werden sollen.

Sie hatte betont, dieser Nachbar sei nicht *der* Nachbar gewesen, mit dem sie, na, »Sie wissen schon ...«

Die Recherchen bei Hendrik Beyers Exarbeitgeber hatten nur ergeben, dass ihr Verdächtiger sich seit der Trennung von seiner Frau nicht gerade positiv entwickelt hatte. Der Chef konnte dies aber nicht an konkreten Situationen festmachen.

Mehr hatten die Kollegen in der kurzen Zeit nicht herausfinden können, wollten aber am Ball bleiben.

Hinter dem Fahnenmast mit der großen Flagge tauchte die Gestalt von Klaus Kuhlmann auf. Arndt Kleemann ging ihm entgegen und schüttelte seine Hand. »Herr Kuhlmann, wie geht es Ihnen?« Im gleichen Moment wurde Kleemann klar, dass er wieder einmal die unnötigste Frage der Weltgeschichte gestellt hatte. Eine Antwort erübrigte sich. Man sah sie an den eingefallenen Wangen des Mannes, an den heruntergezogenen Schultern und an der Tränenspur, die sich in sein Gesicht gegraben hatte.

»Ich werde heute Abend ans Festland fahren«, sagte Kuhlmann leise. »Muss mich doch um meine Frau kümmern. Alles in die Wege leiten. Würden Sie wohl den Schlüssel zu meinem Boot hierbehalten? Darum wollte ich Sie bitten. Und wenn die Untersuchung abgeschlossen ist, könnte dann jemand da saubermachen? Ich kann da nicht mehr rein. Will das Boot auch gar nicht mehr haben.« Kuhlmann fing wieder an zu weinen. »Wuffel darf noch ein paar Tage bei Frau Röder bleiben. Das hat sie mir versprochen. Ich hole ihn nächste Woche wieder ab, wenn alles vorbei ist, und bitte finden Sie den Mörder. Bitte finden Sie ihn, bevor er noch mehr Unheil anrichtet.«

Kleemann nickte. Offensichtlich war Kuhlmann noch nichts von der neuesten Entwicklung zugetragen worden, auch er sagte ihm nicht, dass das Unheil bereits geschehen war. Er versprach nur, sein Möglichstes zu tun, und wusste, dass dies auch wieder nur eine der üblichen Floskeln für solche Momente war.

Als Kleemann zurück zu seinen Kollegen ging, ließ er sich das Gespräch noch einmal durch den Kopf gehen. Es stimmte nicht, das mit der Floskel. Nein, er hatte es genauso gemeint. Er würde alles tun, um die Person aus dem Verkehr zu ziehen, die diese Verbrechen begangen hatte. Und das war immer so. Auch wenn vieles, was er und seine Kollegen zu tun hatten, von Routine geprägt und vom Alltag abgeschliffen war, war es sein Bestreben im tiefsten Inneren, diese Menschen, die so viel Unheil in die Welt brachten, zu suchen und zu finden.

Es kostet halt oft ein großes Maß an Kraft, dachte er, als

er Bürgermeister Lohmann aus dessen Amtssitz heraus auf sich zukommen sah.

»Herr Kleemann, gut, dass ich Sie treffe. Ich wollte nur fragen, ob ich etwas Neues bekannt geben kann in einer Stunde bei der Pressekonferenz. Ich hörte, dass die Sendung bundesweit übertragen wird. Und hatten Sie wohl schon Kontakt mit den Reporterteams? Wo stecken die nur? Man könnte vorher doch noch ein paar schöne Aufnahmen vom Strand und ein paar romantischen alten Insulanerhäusern bringen. Was halten Sie davon?«

»Raus!« Kleemanns Stimme überschlug sich fast. »Machen Sie, dass Sie rauskommen. Sind Sie eigentlich nur bescheuert? Wir haben hier zwei brutale Morde aufzuklären und Sie kommen mir mit diesem unsäglichen Touristengewäsch. Gerade stand hier noch der Mann vor mir, der auf schlimmste Weise seine Frau verloren hat, und Sie haben nichts anderes im Sinn, als diese Insel dem Rest der Welt im Zuckerbäckerstil zu präsentieren.«

Wenn ich jetzt nicht gehe, schlage ich ihm eine in seine idiotische Fresse, dachte er aufgebracht. Arndt Kleemann drehte sich um und ließ den Bürgermeister stehen. Er lief am *Sindbad* vorbei bis zu den Tennisplätzen, kletterte kurz entschlossen über den Zaun und setzte sich auf eine der Dünen, die das Sportgelände umschlossen. Er atmete tief ein und aus. Langsam normalisierte sich sein Puls und sein Kopf wurde wieder klar. Fast ärgerte er sich jetzt bereits, dass er sich hatte hinreißen lassen, Enno Lohmann derart anzuschreien. Er hätte seine Meinung auch ruhig, aber nicht minder scharf formulieren können.

Es kam nicht oft vor, dass er so ausrastete, aber ein Mann wie der Bürgermeister konnte ihn zur Weißglut treiben.

Er blieb noch eine ganze Weile sitzen, bevor er wieder zum Vernehmungsraum ging. Gerade als er die Tür öffnen wollte, sah er die Leiterin des Supermarktes, Kerstin Pauli, zielstrebig und winkend auf ihn zueilen. Das ist hier wirklich wie im Taubenschlag, dachte er. Bitte kein neuer

Messerfund oder eine weiter Sachlage, mit der wir uns auseinandersetzen müssen.

»Mein Chef, also der Vorstand der Genossenschaft, die diesen Laden hier betreibt«, haspelte Kerstin Pauli atemlos, »möchte gerne mit Ihnen sprechen. Geht das? Oder soll ich die Herren vertrösten? Nicht, dass ich glaube, dass das etwas nützt, aber versuchen kann ich das ja mal.«

»Das wäre wirklich nett. Denn solange wir hier noch unsere Untersuchungen durchführen, geht das schlecht. Aber wir haben die Pressekonferenz, und im Anschluss will ich mich gerne mit den Herren unterhalten.« Nicht, dass er viel Lust dazu gehabt hätte, aber immerhin war es ihr Geschäft, so hatte sie wohl alles Recht der Welt, etwas über die momentane Sachlage zu erfahren.

Kerstin Pauli drehte wieder ab, doch im Umdrehen fragte sie noch: »Stimmt es, dass die Frau mit unserem Brotmesser so zugerichtet wurde?«

Kleemann nickte. »Das könnte stimmen. Aber bitte reden Sie nicht darüber. Ist bestimmt auch in Ihrem Sinne. Es wird sich auch ohne Ihr Zutun schnell herumsprechen.«

Die Marktleiterin nickte voller Verständnis und verschwand im Hintereingang des Marktes.

Wenn ich nicht gleich und auf der Stelle eine Tasse Kaffee bekomme, dann ... Weiter kam er mit seinem Gedanken nicht, denn es näherte sich, beladen mit Kamera und Mikrofon, das erste Reporterteam.

*

»Gott sei Dank, dass ihr kommt.« Sandra Röder, die sonst nicht leicht aus der Ruhe zu bringen war, kam ihnen aufgelöst entgegen. Aus der Wohnung, die gleich neben den Wachräumen lag, drang lautes Hundegebell. »Wuffel«, sagte sie, und »Der tut nichts, der will nur spielen«, mit einem kläglich scheiternden Versuch, sich zu beruhigen.

Die Männer ließen sich kurz Bericht erstatten, bevor sie sich Hendrik zuwandten. Je näher sie der Zelle kamen, desto lauter hörten sie sein Schreien. Michael Röder klopfte energisch an die Tür, bevor er sie einen Spalt öffnete. »Herr Beyer, bitte beruhigen Sie sich. Herr Beyer!« Nur mühsam drang Röders Stimme zu dem Mann in der Zelle durch. »Herr Beyer, nun beruhigen Sie sich doch mal. Ich habe Besuch für Sie mitgebracht. Wollen Sie den sehen?«

Plötzlich schwieg Hendrik und schaute die drei Männer erstaunt an. »Rolle, Wolf, was macht ihr denn hier?«

Lütjens antwortete: »Wir haben die Erlaubnis der Polizei, mit dir zu sprechen. Das hat auch seinen Grund. Hendrik, ich bin nicht mehr bei der Verwaltung beschäftigt, sondern seit vielen Jahren bei der Polizei und Wolf ist Detektiv in Bremen. Wir haben uns bei einer Ermittlung kennengelernt. Wenn du mich fragst, warum ich dir das nicht früher gesagt habe, nun, betrachte es so, dass es sich einfach nicht ergeben hat, bitte.«

Hendrik schaute seinen Bekannten ungläubig an. Dann sprang er auf und packte Roland Lütjens am T-Shirt. »Rolle, du musst mich hier rausholen. Du musst! Ich halte das hier nicht mehr aus. Bitte, bitte mach was – du auch, Wolf.«

Gerade wollte Michael Röder einschreiten, da hatte Roland Lütjens seinen Jugendfreund an den Armen gepackt und hielt ihn im sicheren Abstand fest.

»Hendrik, nun mal ganz langsam. Ruhe im Dom. Wir müssen jetzt ein paar Sachen klären. Herr Röder, können wir uns dafür in etwas gemütlichere Gefilde begeben? In dieser Enge bekommt man ja keine Luft.«

Röder nickte und führte die drei in den Wachraum, allerdings nicht ohne eine freundliche Warnung an Hendrik, sich möglichst unauffällig zu verhalten.

Sandra brachte Kaffee und die vier gingen die ganze Geschichte noch einmal durch. Immer wieder versicherte Hendrik, dass er an den Morden unschuldig war. Wo er sich allerdings zum vermuteten Todeszeitpunkt der beiden Frauen aufgehalten, und woher der Kratzer an seiner Hand stammte, darauf wusste er keine Antwort.

Plötzlich sprang er auf. »Jetzt weiß ich's, jetzt weiß ich's!

Die ganze Zeit war es weg. Aber gerade ist es mir wieder eingefallen! Britta hat mir erzählt, dass ihr Ex auf die Insel kommen wollte. Der ist gewalttätig, und sie hatte panische Angst vor dem. Der war das bestimmt. Den müsst ihr unbedingt finden.« Seine Stimme war immer lauter geworden, doch seine Zuhörer schauten sich nur ratlos an.

»Warum erfahren wir das bitteschön jetzt erst, zu so passender Stunde?«, fragte Michael Röder mit einem Sarkasmus, der auch Hendrik nicht entging.

»Wirklich, das hat sie mir erzählt. Sie müssen mir unbedingt glauben. Ich habe mir das nicht ausgedacht. Bitte!«

Roland Lütjens schaute ihn gespannt an. »Hendrik, du wirst doch wohl selber zugeben, dass diese Aussage zum jetzigen Zeitpunkt etwas seltsam wirkt, oder?«

»Ja, aber wenn's doch stimmt. Darum war sie doch morgens auch nicht in der Mehrzweckhalle, aber das wusste ich da noch nicht. Er hatte angerufen und sie wollte ihm auf keinen Fall begegnen.«

»Wir werden Marco Schneider befragen. Wenn einer davon weiß, dann er.« Michael Röder stand auf. »Herr Beyer, ich muss Sie auffordern, uns noch etwas Gesellschaft zu leisten. Ich komme in Kürze mit dem Mittagessen. Es wäre schön, wenn Ihnen bis dahin noch ein paar Einzelheiten zu diesem oder jenem Thema einfallen würden. Sie wissen doch, mit reinem Gewissen isst es sich viel besser.«

Roland Lütjens schaute seinen Kollegen an, der die Zellentür hinter Hendrik fest verschloss. »Sie scheinen sich wirklich auf Hendrik als Täter festgelegt zu haben?«

Michael Röder nickte. »Sieht doch alles danach aus, oder?«

*

Wiebke Hassler, die Sekretärin des Bürgermeisters, stellte gerade eine Vase mit Blumen auf den Konferenztisch, als Lohmann den Lesesaal betrat. Es war der größte Raum im Rathaus. Im Winter diente er dem Gemeinderat als Sitzungsraum, im Sommer stand er für kleine Veranstaltungen zur Verfügung. »Wiebke, denken Sie auch wohl an den Baltrum-Wimpel aus meinem Büro? Der Zuschauer muss doch wissen, wo er sich befindet.«

Sie nickte und dachte: Den hätte er auch gleich mitbringen können, er kommt schließlich gerade von dort.

»Ach ja, Getränke, wir brauchen Getränke. Sprudel, Cola und Wasser in kleinen Glasflaschen. Und Kühlbehälter, Sie wissen schon, solche, die die Politiker auch immer auf den Tischen haben bei Pressekonferenzen.«

Sie konnte ein Stöhnen nicht unterdrücken. Würde sie eben auch noch zum *Strandhotel Wietjes* rübergehen und Behälter für die kleinen ansprechenden Glasflaschen ausleihen. Der sollte sich man lieber um andere Dinge Gedanken machen.

»Ach, und die Fenster müssen noch geputzt werden. Die Herren von der Presse sollen doch einen ungestörten Ausblick zum Strand haben.«

Da platzte Wiebke Hassler der Kragen. »Herr Bürgermeister Lohmann. Ich habe die Nase voll. Können Sie sich nicht *einmal* während Ihrer Amtsperiode wie ein normaler Mensch benehmen? Erzählen Sie den ganzen Mist ihren zwei Meeräschen, die seit drei Stunden stinkend in ihrem Büro rumliegen, aber nicht mir. Die können sich nämlich nicht mehr ärgern. Eines ist doch wohl klar, und das wissen Sie auch ganz genau: Wenn Sie mich und mein Fachwissen nicht hätten, wären Sie verraten und verkauft. Ihre Wahl zum Bürgermeister lief definitiv unter dem Motto ›denn sie wissen nicht, was sie tun‹. Aber zur Entschuldigung der Insulaner muss gesagt werden, dass Sie sich vor der Wahl entschieden besser präsentiert haben als nachher. Ich bin immer noch erstaunt, wie ein Mensch dermaßen sein Umfeld blenden konnte. So, und jetzt entschuldigen Sie mich. Ich muss die Flaschenkühler holen. Denken Sie dran: 14 Uhr 30. Und tun Sie mir den Gefallen und halten Sie sich ein wenig zurück. Ach ja, falls Sie mir eine Kündigung auf den Schreibtisch legen wollen, Sie wissen ja, wo der steht.«

Sie ließ ihren völlig verblüfften Chef stehen und lief die

Treppe hinunter. Noch ganz in Gedanken öffnete sie die Glastür und prallte mit Arndt Kleemann zusammen. »Entschuldigen Sie, ich habe Sie nicht gesehen. War gerade leicht weggetreten. Sie sind doch der Kommissar aus Aurich, nicht wahr? Gibt es etwas Neues?«

»Nein, leider nicht. Darf ich fragen, wer Sie sind?« Arndt Kleemann musterte sein Gegenüber neugierig.

»Wiebke Hassler, Sekretärin des Chef und in Eile.«

»Trotzdem muss ich Sie eben fragen, ob Sie wissen, wo der sich rumtreibt. Ich wollte ihm ein paar grundsätzliche Informationen zukommen lassen, und ihn gleichzeitig um Zurückhaltung bitten. So wie ich ihn kennengelernt habe, ist das dringend vonnöten.«

Die Sekretärin nickte heftig: »Meinen Teil habe ich gerade schon dazu beigetragen. Den habe ich zusammengestaucht ohne Rücksicht auf Konsequenzen. Mir auch egal. Am Ende der Saison wollte ich sowieso zurück ans Festland. Wieder nach Aurich. Zehn Jahre auf der Insel sind genug.«

»Ist der Mann denn immer so schlimm?«

»Noch viel schlimmer. Der hat zwei Gesichter. Auf der einen Seite macht er den jovialen Bürgermeister, aber wenn Sie den abends in der Kneipe erleben, dann sollten Sie mal zuhören, wie er mit seinem besten und einzigen Freund Dierk über die Insulaner und das Leben an sich herzieht. Die beiden stehen immer in der äußersten Ecke, trinken ein Bier nach dem anderen, flüstern sich die übelsten Dinge zu, und es ist ihnen offensichtlich völlig egal, ob das jemand mitbekommt. Bei dem Dierk wundert es mich nicht, der ist inzwischen so ziemlich bei jedem Arbeitgeber hier wegen Suff rausgeflogen, aber dass sich der Lohmann auf so ein Niveau begibt, ist doch eigentlich unbegreiflich, oder?« Sie schüttelte missbilligend den Kopf. »Warum hat der sich nur um den Posten beworben, wenn er die Insel und ihre Einwohner so schrecklich findet? Muss wohl am Gehalt gelegen haben. Na ja, wer's braucht.« Und nach einer kurzen Pause: »Und wenn man genommen wird …« Sie schaute

Arndt Kleemann ernst an. »Ich hoffe, dass es nur noch eine Frage der Zeit ist, bis die Insulaner die Notbremse ziehen und ihn wieder verabschieden.«

»Danke für Ihre Offenheit. Unangenehme Sache, wenn man mit solch einer Führung geschlagen ist. Hoffentlich habe ich in der nächsten Zeit nicht allzu viel mit ihm zu tun. Allerdings werde ich bei der Pressekonferenz anwesend sein. Könnten Sie es nicht einrichten, dass Sie auch dabei sind? Dann können wir Ihren Chef von zwei Seiten in die Zange nehmen und ruhigstellen. Wie wäre das?«

»Wenn der Mann jetzt noch mit mir spricht, werde ich mein Möglichstes versuchen. Versprochen. Aber jetzt muss ich Kühlbehälter für kleine Konferenzfläschchen besorgen. Bis später.«

*

Wiebke Hassler eilte an der blau melierten Walskulptur, die seit einigen Jahren zum Bild des Marktplatzes gehörte, und am *Sturmeck* vorbei zum Hintereingang des *Strandhotels*. Arndt Kleemann schaute hinter ihr her. Zurück nach Aurich wollte sie also am Ende dieser Saison … Kleemann erwischte sich dabei, dass diese Aussage bei ihm ein leichtes Wohlgefühl auslöste, obwohl er Wiebke Hassler erst seit etwa zwei Minuten kannte.

Er ging ins Rathaus, rief laut nach Lohmann und hatte Erfolg: An der Tür zum Lesesaal erschien das hochrote Gesicht des Bürgermeisters.

»Na, alles klar, Herr Lohmann?«, fragte Kleemann leutselig und redete weiter, ohne den Mann zu Wort kommen zu lassen. »Wir müssen uns eben ein paar Minuten darüber unterhalten, was während der Konferenz sein darf und was nicht. Kommen Sie, nehmen Sie Platz und hören Sie gut zu. Sie dürfen sich auch gerne Notizen machen.«

Kleemann führte den Bürgermeister zurück in den großen Saal, als wäre er selber der Hausherr, und Enno Lohmann nahm das anstandslos hin. Der Schock über den Ausbruch seiner Sekretärin musste noch tief sitzen, vermutete der Kripobeamte. Außerdem war es auch nicht der erste Anpfiff, den der Mann am heutigen Tage hatte über sich ergehen lassen müssen, schmunzelte er innerlich. Er berichtete kurz über den Ermittlungsstand und bat Enno Lohmann noch einmal eindringlich darum, knapp und sachlich zu referieren und sich nicht auf Spekulationen festnageln zu lassen. »Wenn Sie nicht wissen, was Sie antworten sollen, geben Sie das Wort weiter an mich. Ach, ja, bitte keine Werbung, keine Angelgeschichten und nicht auf fröhliches Inselleben machen. Das gehört zu diesem Zeitpunkt nicht zum Thema. Haben Sie das verstanden?«

Als Kleemann das Rathaus verließ, sah er die drei Männer gerade von der Befragung Hendrik Beyers zurückkommen.

»Schön, dass ihr da seid«, rief er. »Wir sollten uns mit alle Mann zu einer Besprechung zusammensetzen und die bisher ermittelten Fakten auf den Tisch legen.« Er bat die Leute von der Spurensicherung dazu, und bald war jeder Stuhl in dem holzvertäfelten Gymnastikraum besetzt.

Auch Roland Lütjens und Wolf Arnken wurde es erlaubt, an der Sitzung teilzunehmen. »Wir brauchen jede Kleinigkeit, meine Herren«, sagte Kleemann, »aber wem erzähle ich das. Von meiner Seite aus ist zu sagen, dass Beyer auch schon früher durch Gewalt aufgefallen ist. Speziell dann, wenn er betrunken war.«

Röder nickte heftig. »Seht ihr, dass ich doch gar nicht so verkehrt liege mit meiner Ansicht? Habt ihr schon sein Boot auseinandergenommen? Ich wette, dass wir dort noch Spuren finden.« Er erzählte, wie das Gespräch mit Hendrik Beyer verlaufen war, und auch die anderen fügten die Bausteine zusammen, die sie im Laufe ihrer Ermittlungen eingesammelt hatten. Eine Liste der noch zu klärenden Angelegenheiten brachte Ordnung in die Arbeiten, die noch vor ihnen lagen. Sie beschlossen, eine Suche nach dem Exmann des zweiten Opfers einzuleiten, um sich Klarheit darüber zu verschaffen, ob von ihm wirklich Gefahr ausging.

»So – Beyer ist nach Lage der Dinge unser Hauptverdächtiger«, fasste Kleemann schließlich zusammen. »Wir werden aber weitere Befragungen durchführen. Das Ergebnis der Obduktion steht noch aus. Die Bevölkerung wird darum gebeten, Vorsicht walten zu lassen und sich nachts möglichst in Gruppen zu bewegen. Damit werden wir die Presseheinis füttern. Das muss zum jetzigen Zeitpunkt reichen. Alles andere später.« Arndt Kleemann schob seinen Stuhl zurück und stand auf. »Auf geht's. Wollen wir den Herrn Bürgermeister nicht warten lassen. Er ist bestimmt schon ganz zappelig, endlich vor die Kameras treten zu dürfen.«

*

Nach der Besprechung beschlossen Wolf und Roland Lütjens, Familie Ebeling einen Besuch abzustatten.

»Wenn du mir dein Handy leihst«, bat Wolf, »werde ich mal feststellen, ob es um diese Uhrzeit noch etwas Vernünftiges zu spachteln gibt. Dann könnte ich auch gleich Jannis anrufen.«

Mit der Aussicht auf ein leckeres Steak mit Böhnchen und Bratkartoffeln machten sie sich anschließend auf den Weg ins Ostdorf. Jannis wollte an der *Teestube* zu ihnen stoßen.

»Was hältst du von der ganzen Aktion?«, fragte Wolf neugierig den Zwischenahner Kripobeamten, dem der Schweiß an den Schläfen herunterlief.

»Erst einmal finde ich es viel zu warm für eine Insel im Mai«, antwortete Lütjens. »Dann fürchte ich, dass uns gleich ein Gewitter erwischt, und drittens: Ich habe keine Ahnung. Mein Bauch und mein Kopf sagen: Nein, er war's nicht, aber die Fakten sprechen eine ganz andere Sprache.«

»Warten wir mal die Obduktion ab. Kann sein, dass die uns mehr verrät. – Schau mal da rüber«, sagte Wolf, als sie die Kreuzung an der Schule erreicht hatten. »Siehst du die vielen Jugendlichen mit ihrem Gepäck auf den Wippen? Da ist wohl große Abreise angesagt. Mensch, was tut mir das leid für die *Beachspiele* und für die Insel.« Er schaute betrübt hinter der Karawane her, die schon auf dem Weg zum Hafen war, obwohl das Schiff erst sehr viel später fahren würde. »Dieses Wochenende wird den Sportlern sicher nicht gut in Erinnerung bleiben. Wenn man mit dieser Brutalität aus dem Sommer-Sonne-Strand-Feeling gerissen wird, ist das doppelt schlimm.«

Sie waren gerade an der Abzweigung unterhalb der *Teestube* angekommen, als sie auf der Straße, die zum Strand führte, Jannis rufen hörten. Sie lehnten sich an die aufgewärmten Klinkersteine des Deichschartes und warteten auf den Jungen, der mit schnellen Schritten auf sie zukam.

»Mensch, Leute, ist das doof. Alle hauen ab. Bis auf Anna und Jens. Die Eltern wollen sich nicht abschrecken lassen, haben sie gesagt. Wir dürfen heute Abend auch noch raus, hat Jens' Papa gesagt. Findest du doch auch gut, nicht?« Mit vertrauensvollem Augenaufschlag schaute Jannis seinen Vater an. »Annas Mama sagt auch ja, und das als Frau.«

Wolf protestierte: »Was soll das denn heißen? Willst du meine Männerehre locken? Da bist du aber schief gewickelt, wie du vermutlich sehr genau weißt. Deine Mutter lässt sich scheiden, wenn ich dich laufen lasse. Wir werden später noch mal darüber sprechen. Nach dem Essen. Und nun los, wir wollen Ebelings nicht warten lassen.«

»Besonders die überaus sinnliche und stimmerotische Doro Ebeling, nicht, Vater?«

Roland Lütjens sah, wie Wolf ausholte und seinem Sohn eine Kopfnuss zu verpassen versuchte. Der hatte sich aber schon weggeduckt und hielt sich den Bauch vor Lachen.

Lütjens grinste. »Leute, ihr seid ganz schön albern, aber sei's drum. Das Leben geht weiter. Also nichts wie hin zum Steak und der stimmerotischen Frau Ebeling.« Er wusste zwar nicht, was er unter stimmerotisch verstehen sollte, aber er wollte sich überraschen lassen.

Eine Kakophonie aus den Kehlen tausender Ringelgänse, die auf dem Heller nach Nahrung suchten, begleitete die drei Männer auf ihrem Weg ins Restaurant.

Hier war es ruhig geworden. Nur an einem der Eichentische saßen noch Gäste, und die drei wählten den Tisch mit der besten Aussicht auf die Dünen. Draußen war kaum ein Mensch zu sehen. Direkt an das Grundstück der Ebelings schloss sich das Naturschutzgebiet an, das nur auf ausgewiesenen Wanderwegen betreten werden durfte, und außerdem war das Dünengebiet so weitläufig, dass man einander selten über die Füße lief.

»Wollt ihr Rehe und Fasane beobachten?«

Auf der Stelle war Roland Lütjens klar, was Jannis mit stimmerotisch und sinnlich gemeint hatte. Er drehte sich um und blickte wie in einen tiefen grünen See. Doro Ebelings Blick schien ihn zu fesseln.

»Wen haben wir denn da? Ein neues Gesicht? Herzlich willkommen, wenn du ein Freund von Wolf bist. Darf ich deinen Namen erfahren?«

»Roland, man nennt mich auch Rolle. Also, wenn Sie, ach quatsch, ich heiße Rolle.«

Von Jannis ertönte ein Glucksen, weil er mühsam ein unbändiges Gelächter zurückzuhalten versuchte.

Der denkt auch, dass ich mich gerade wie ein Jugendlicher in der Hochphase der Pubertät benehme, dachte Lütjens belustigt. Aber wo er recht hat …

»Und du, Jannis, alles unter Kontrolle? Was macht die Ahnenforschung?«

»Mensch, Doro«, schaltete Wolf sich ein, bevor sein Sohn auch nur das erste Wort sagen konnte, »das war ein völlig falscher Satz, es sei denn, du bringst mehrere Stunden Zeit und echtes Interesse mit, sonst ist der Nachmittag gelaufen.«

Jannis schaute seinen Vater empört an. »Ich könnte auch Schlagzeug spielen lernen. Das wäre viel nerviger. Und außerdem versuche ich dir schon seit heute Morgen etwas von dem Mann aus Oberhammelwarden zu erzählen. Es könnte wirklich wichtig sein.«

»Okay, lass uns erst essen, dann rückst du mit deiner Geschichte raus.«

Jannis nickte zufrieden und fragte Doro Ebeling, ob sich

die neuesten Ereignisse bereits bis zum Restaurant rumgesprochen hätten.

»Nun, wir leben hier schließlich nicht hinterm Mond«, sagte sie und verdrehte die Augen. »Auch wenn die Westdorfler das manchmal meinen. Aber das ist auch kein Wunder, so selten wie deren Weg in unsere Richtung führt.«

»Dabei kommt irgendwann alles einmal im Ostdorf an.« Bernhard Ebelings Stimme füllte den Gastraum ohne Rücksicht auf die anderen Gäste, die drei Tische weiter noch mit ihrem Mittagessen beschäftigt waren. »Schließlich befinden sich hier die Kläranlage und der Friedhof!« Er senkte seine Stimme, als er sich hinunterbeugte und sagte: »Also, ich halte den Mörder für einen Spinner, einen gemeingefährlichen Spinner. Und wenn nicht bald eine Festnahme stattfindet, dann können wir alle hier über kurz oder lang einpacken.«

»Aber die haben doch schon einen in der Zelle«, warf Jannis ein.

»Na, dann wollen wir mal hoffen, dass es der Richtige ist.«

»Wieso? Weißt du etwas, oder hast du eine Vermutung oder irgendwas gesehen?« Wolf wandte Bernhard Ebeling seine ganze Aufmerksamkeit zu.

»Nein, nicht direkt, also, ich meine ... Ach, das ist Quatsch, vergesst einfach, was ich gesagt habe. Blödsinn. Muss jetzt auch wieder in die Küche. Das Essen für euch kommt in einer Minute.« Bernhard Ebeling winkte und verschwand.

»Kannst du dir denken, was er damit gemeint hat?«, fragte Roland Lütjens, doch Doro Ebeling schüttelte den Kopf.

»Nein, nicht direkt. Er hat neulich nur mal erwähnt, dass er eine Gestalt hat ums Haus schleichen sehen. Die hat dann wohl noch lange auf der nächsten Düne gesessen und geraucht. War aber schon ziemlich dunkel und er hat sich dann, glaube ich, nicht weiter drum gekümmert. Er sagte nur: Da sitzt wohl jemand auf Beobachtungsposten.«

Wolf fiel eine Stelle in den Randdünen ein, wo er bei seinem gestrigen Spaziergang einen Haufen Bierdosen und jede Menge Kippen entdeckt hatte. Ob die auch dem unbekannten Beobachter gehört hatten? War das ein Mann, der sich seine Opfer gezielt aussuchte, oder schlug er im Affekt zu? Wie passte Hendrik in das Bild?

Seine Gedanken wurden durch das Auftragen des Essens unterbrochen. Eine Platte mit drei auf den Punkt gebratenen Steaks vom Black Angus, garniert mit heimischem Gemüse, und eine große Schüssel kross gebratener Kartoffeln erforderte seine ganze Aufmerksamkeit.

»Na, Männer, dann will ich euch mal alleine lassen. Ihr habt ja doch keine Augen mehr für mich.« Trotz eines Protestes, der allerdings etwas halbherzig klang, verschwand auch Doro Ebeling in der Küche.

Nach dem Essen und einem Gläschen Holunderlikör blieben Roland Lütjens, Wolf und Jannis noch zusammen sitzen und genossen die Gemütlichkeit des Restaurants.

Gerade, als Jannis seinen Vater wieder einmal auf seinen Vorfahren von der Weser ansprechen wollte, klingelte sein Handy.

»Ja, Jens, wo seid ihr? Alles klar, ich komme. Dauert keine Viertelstunde.«

»Moment, alter Junge«, schaltete Wolf sich energisch ein. »Was hast du vor?«

»Wir wollen uns noch einmal treffen. Jens und Anna sind auf dem Weg zum Cobigolfplatz. Wir wollen eine Runde spielen. Ich darf doch, oder? Ich melde mich dann später.« Schon war Jannis aufgesprungen und nach einem lauten »Tschüss«, zur Küche gewandt, aus dem Lokal verschwunden.

»Na, haste da Töne.« Wolf blickte seinem Sohn nur resigniert hinterher. »Aber was soll's, er ist schon fast groß und eigentlich ganz vernünftig.«

»Ich finde, du hast einen sehr verständigen, tollen Sohn. Ich kann nur hoffen, dass meine sich ebenso entwickeln.«

Roland Lütjens und Wolf blieben noch eine ganze Zeit am Tisch sitzen und beleuchteten die Lage noch einmal von allen Seiten.

»Fährst du eigentlich heute wieder zurück«, fragte Wolf, »oder müssen wir dir noch ein Zimmer besorgen?«

Roland Lütjens überlegte kurz. »Ich denke, ich kann hier nicht mehr viel tun. Meine Familie ist sicher auch froh, wenn sie mich wiederhat. Nein, ich werde wohl zurückfahren. Hendrik wird dann unter Umständen auch an Bord sein auf dem Weg zur JVA in Aurich. Falls sich nicht bis dahin neue Tatsachen ergeben. Werde ihn dann dort besuchen. Komm, lass uns noch eine Runde laufen.«

»Okay, wir bezahlen. Aber erst werde ich Bernhard noch nach seiner Beobachtung fragen, die er in den Dünen gemacht hatte.«

Doch der Chef des *Bliev Sitten* konnte Wolf auch nicht mehr berichten, als seine Frau bereits erzählt hatte. Wer der Mann gewesen war, hatte er nicht erkennen können. »Ich hatte zwar das Gefühl, dass die Person mir irgendwie bekannt vorkam, hatte aber nicht genügend Energie, um noch rauszugehen und nachzusehen. Dazu war mir die ganze Geschichte nicht wichtig genug. Aber ihr könnt die Stelle von hier aus sehen.«

*

»Setzen Sie sich, meine Herren. Ich stehe zu Ihrer Verfügung. Enno Lohmann ist mein Name, ich bin der Bürgermeister dieser schönen Insel. Übrigens der kleinsten ostfriesischen Insel. Aua, was soll denn das?« Verstört drehte Lohmann sich nach links und schaute seine Sekretärin erstaunt an, die ihm mit voller Wucht ihren Ellenbogen in die Seite gerammt hatte.

Er hatte sich die Sache so schön vorgestellt. Es passte alles. Seine leicht erhöhte Sitzposition – er hatte extra seinen klobigen Bürosessel in den Lesesaal tragen lassen –, die drei Mikrofone vor ihm, die Sonne, die den Blick auf den Strand durch die großen Fenster so traumhaft romantisch wirken ließ. Wie gemalt für ein Interview mit den Herren von Funk und Fernsehen. Und nun so was. Rechts funkelte ihn ein Polizeibeamter wütend an, von links wurde er gestoßen und auch die Sonne ließ sich langsam von dicken schwarzen Wolken einhüllen.

Enttäuscht wischte er sich mit einem seiner großkarierten Stofftaschentücher den Schweiß von der Stirn.

»Können wir mal ein Fenster öffnen? Hier erstickt man ja.« Dirk Immel, der Reporter vom NDR, schaute genervt auf die Szenerie. Man sah ihm an, was er dachte: Immer das Gleiche, Provinzpolitiker, die ihre große Stunde gekommen sehen. Als ob er und seine Kollegen nichts Wichtigeres zu tun hätten. Sie alle hofften nur, möglichst schnell zum Kern der Sache vorstoßen zu können. Schließlich handelte es sich hier um zwei Mordfälle – deshalb waren sie hier. Schöne Werbebilder für Norddeutschlands Landschaften, dafür waren andere in der Redaktion zuständig!

Der Lesesaal des Rathauses war gestopft voll. Außer den Fernsehteams hatten viele Gäste und Insulaner versucht, an der Pressekonferenz teilzunehmen. Sogar auf den Fensterbänken hatten Zuhörer dicht gedrängt Platz genommen. Die meisten Interessierten mussten jedoch draußen bleiben. Sie warteten jetzt vor dem Rathaus und hofften auf Einzelheiten. Und allen stand die Sorge ins Gesicht geschrieben.

Im Rathaus mühte sich der Bürgermeister an einem Sachstandsbericht ab, aber als immer häufiger Worte fielen wie »passiert nie wieder« und »bedauerliches Unglück«, machte sich Unruhe und Missmut unter den Zuhörern breit.

»Enno, könntest du jetzt mal Klartext reden? Ist schließlich kein Wahlkampf!«, erhob sich eine Stimme aus den Reihen der Insulaner über die Köpfe der anderen. »Wir wollen wissen, was los ist.«

Arndt Kleemann sah seine Zeit gekommen. Er hatte Lohmann gewarnt. Ehe der Bürgermeister die Chance hatte, wieder das Wort zu ergreifen, begann Kleemann knapp und präzise von den Vorfällen zu berichten, die die Menschen auf der Insel so sehr bewegten. Er nahm sich Zeit für die vielen Fragen und beantwortete sie nach bestem Wissen und Gewissen.

Ein Mann war aufgestanden. »Also, wenn ich das recht verstehe, erzählen Sie uns hier eine ganze Menge über das ›Was‹«, rief er, und fuchtelte mit den Händen in der Luft herum, »aber so gut wie nichts über das ›Wie‹ und ›Wer‹, sehe ich das richtig?«

»So kann man es sagen«, bestätigte Kleemann, »und damit werden Sie sich fürs Erste auch begnügen müssen. Und mit unserem Versprechen, weiter intensiv an der Aufklärung zu arbeiten. Mehr kann ich Ihnen im Moment nicht bieten.«

Wiebke Hassler versprach, wichtige Neuigkeiten per Aushang bekannt zu machen, und kurz danach löste sich die Versammlung auf. Enno Lohmann, der während der Konferenz so gut wie gar nicht mehr zu Wort gekommen war, erklärte sich freudig bereit, den draußen Wartenden von der Sitzung zu berichten. Bei den Insulanern konnte er, so hofften Arndt Kleemann und Wiebke Hassler, nicht so viel Schaden anrichten. Die kannten ihn inzwischen.

Die beiden standen noch kurz beisammen am Fenster und sahen zu, wie der Mann zur Höchstform auflief. »Ich würde jetzt gerne mit Ihnen einen Kaffee trinken«, hörte sich Arndt Kleemann plötzlich sagen.

Wiebke Hassler sah ihn an. »Müssen Sie denn nicht weiter ermitteln?«

Er lächelte. »Och, so ein halbes Stündchen werde ich wohl erübrigen können. Wenn Sie Zeit und Lust haben?«

»Ich schließe nur noch eben mein Büro ab. Dann können wir.«

Im gleichen Moment klingelte Kleemanns Handy. Er wusste gleich, das bedeutete das Ende der Kaffeestunde mit seiner neuen Bekanntschaft. »Tja, das ist nun mal so, wenn Sie sich mit einem Polizisten abgeben«, sagte er bedauernd.

»Notfalls werde ich mich dran gewöhnen. Sie wissen ja – aufgeschoben … Ich bin heute Abend um acht im *Strandcafé*. Tschüss.«

Kleemann blieb verblüfft stehen. So was war ihm noch nie passiert. Im Dienst, ja, da war er immer der taffe Kommissar, aber sonst? Wow, das war der Hammer.

*

Kriegen die denn gar nichts gebacken? Da eiern die mit den Reportern rum und versuchen alles, um nur keine Panik aufkommen zu lassen. Ich will aber Panik. Ich will, dass die Leute hier verschwinden und mir meine Ruhe lassen. Muss ich denn immer und immer wieder zuschlagen? So lange, bis die es begriffen haben? Ein dicker Sprengstoffanschlag. Das gäbe dann wirklich einen Aufstand. So wie ich es mir wünsche. Dann würde die nächsten drei Jahre keiner mehr von den Gästen hier Urlaub machen. Urlaub, wenn ich das schon höre. Urlaub kann man nur machen, wenn man Arbeit hat. Wenn man keine hat, wird man doch immer nur blöde angestarrt. Kenn ich doch alles.

*

Auf dem Cobigolfplatz, der unter alten Bäumen neben den Tennisplätzen lag, war nicht mehr viel los. Eine Woche zuvor hatten hier die Deutschen Meisterschaften im Kleingolf stattgefunden, denn der Platz galt unter der Elite der Cobigolfer als ganz besonders reizvoll zu bespielen. Er lag geschützt, war immer in Top-Zustand und die einheimischen Spieler sorgten stets für eine reibungslose Organisation solcher Veranstaltungen.

»Mensch, Leute, drei Schlag an Bahn acht ...« Jens stand wie ein Götterstandbild neben dem kleinen Loch, in dem sein Golfball gerade Pause machte. »Das ist mir in meinem ganzen Urlauberleben noch nicht passiert. Würdet ihr bitte demutsvoll vor mir niederknien und mich anbeten? Noch ein paar Trainingseinheiten und ich werde diese Bahn beherrschen wie kein Zweiter.«

»Nun mach mal halblang. Dürfte ich dich an die zehn Schläge auf Bahn drei erinnern?« Reinstes Bedauern spiegelte sich in Annas Augen, als sie ihren Freund auf den Boden der Tatsachen zurückbrachte. »Da wollte und wollte dieses kleine böse Ding doch einfach nicht dahin, wo du es gern platziert hättest.«

»Na gut, dann will ich jetzt mein Glück versuchen.«

Jannis holte aus, traf den Ball und dieser landete in einem Dreimeterabstand links von der Bahn.

»Wo nimmt dieser Junge bloß seine Energie her? Der arme Ball, er kann doch nichts dafür.« Anna bückte sich und legte den Ball wieder auf den Ausgangspunkt. »Bitte noch mal, der Herr. Und diesmal mit Gefühl. Du bist doch sonst so sportlich.«

Jannis nahm den Schläger, holte aus und ließ ihn wieder sinken. »Wusstet ihr eigentlich, dass mein Großvater einer der ersten Tennisspieler in Bremen mit Meisterschaftserfahrung war? Das war ... ja: Das war vor genau sechzig Jahren, also kurz nach dem Krieg, da hat er auf einem Platz im Bremer Ortsteil Schwachhausen ...«

»Lass es, bitte lass es, lieber Jannis«, sagte Anna. »Schreib es auf, dann können wir es lesen, wenn wir alt sind. Ich muss sowieso gleich kurz nach Hause. Also lasst uns weiterspielen. Ich will schließlich noch beweisen, dass ich besser bin als alle männliche Konkurrenz.«

Anna schaffte es tatsächlich. Jens und Jannis mussten sich mit den hinteren Plätzen zufriedengeben, ließen es sich aber nicht nehmen, Anna bis zu ihrer Ferienwohnung zu begleiten.

»Wir sehen uns dann heute Abend zum Abschied der restlichen Clique an der Fähre«, rief Jannis ihr noch zu, bevor sie im Haus verschwand. Dann drehte er sich zu seinem Freund um. »Ich glaube, ich muss mich auch um meine Familie kümmern. Die Frage ist nur, wer jetzt wen nach Hause bringt. Wir dürfen doch nicht alleine.« Die beiden sahen sich an und prusteten los.

»Dann kannst du ja mich, und ich dann dich, und dann du wieder mich.«

»Okay, wir sind schon fast groß. Du gehst jetzt zu dir und ich gehe zu mir, und Gnade Gott dem, der sich uns zu nähern wagt. Der kann was erleben!«

Sie lachten noch immer, aber es hatte sich ein Unterton trauriger Bitterkeit eingeschlichen. Jannis schaute seinen Freund an und wusste, dass Jens dasselbe dachte: Noch am

Vortag um die gleiche Zeit wäre für sie alle so ein Gespräch noch nicht einmal im Bereich des Denkbaren gewesen.

Er winkte Jens zu. »Mach's gut. Bis heute Abend.«

Jannis war trostlos zumute, als er zur Pension ging. Er wollte dort auf seinen Vater warten. Was bleibt mir auch sonst anderes übrig, dachte er betrübt.

Auf dem Weg nach Hause pfiff er laut vor sich hin. Fast war es so, als wollte er damit die bösen Geister fernhalten, die sich in diesen Stunden der Insel bemächtigt hatten.

Als er die Gartenpforte öffnete, sah er Erwin Kanter intensiv im Blumenbeet werken. »Hallo, Herr Kanter, ich wusste gar nicht, dass an Ihnen ein Hobbygärtner verloren gegangen ist. Fehlt Ihnen nur noch die rote Zipfelmütze, dann können Sie sich nach getaner Arbeit auf Ihren Spaten stützen und die Welt auf der anderen Seite des Gartenzaunes unbemerkt beobachten. Hat übrigens auch mal eine Tante, die Schwester meiner Mutter, mitten im Sommer ...«

»Jannis, aufhören, auch wenn meine Gäste fast alles dürfen, jetzt ist Schluss!« Erwin Kanter richtete sich auf und lachte. »Ich leihe dir gerne mein Arbeitszeug. Dann kannst du die restlichen Pflanzen ins Beet setzen. Wo steckt eigentlich dein Vater?«

»Der ist sicher noch mit Roland unterwegs. Wir werden uns nachher am Hafen treffen, wenn ich meine Freunde verabschiede.«

»Du, Jannis, wenn du zum Hafen gehst, würdest du mir wohl einen Gefallen tun und Klaas Bengen die neuen Kurtaxformulare bringen? Er hat heute frei und ist bestimmt bei seinem Boot.

»Klar, mache ich. Wenn die Fähre abgelegt hat, werden wir da mal vorbeischlendern.«

Gerade als Jannis reingehen wollte, fielen die ersten Tropfen. Er blickte hoch und sah dicke schwarze Wolken, die sich innerhalb von Sekunden vor die Sonne schoben. In der Ferne fing es an zu grummeln und ein erster Blitz zuckte am Nordwesthimmel.

*

»Dunner, nun geiht dat los.« Erwin Kanter schnappte sich Schaufel und Gartenschere und lief zum Schuppen, so schnell es seine Gummistiefel erlaubten. Natürlich hätte er es auch bis ins Haus geschafft, aber er hatte in Anbetracht des drohenden Gewitters vorsorglich zwei gut gekühlte Flaschen Bier hinter der alten Truhe versteckt. Nun wollte er in aller Ruhe ein Fläschchen trinken, während sich draußen alle Wehre öffneten und der Regen mit voller Wucht auf die Teerpappe des Schuppendaches pladderte. Da werden sicher wieder einige Keller voll Wasser laufen, dachte er. Viele der neueren Häuser waren sehr tief gebaut worden, denn sie standen in den ehemaligen Gärten der Insulaner. Früher musste, wer etwas anbauen wollte, die Flächen tiefer legen, damit die Pflanzen vor dem oftmals starken Wind geschützt waren. Es hatte Kartoffeln gegeben und Gemüse, eigentlich alles, was der Boden zur Selbstversorgung hergab. Weißkohl wurde dann im Herbst in großen Steintöpfen, den Püllpötten, zu Sauerkraut vergoren.

Jeder Insulaner hatte eine Kuh oder Schafe auf dem Heller gehabt, und die im Sommer im Watt gefangenen Schollen wurden auf der Wäscheleine für den Winter getrocknet.

Diese Zeiten waren lange vorbei. Wie hatte sein Nachbar neulich gesagt: »Früher haben wir Kühe gemolken, heute haben wir Kurgäste!« Na, ja, wenn der Spruch auch nicht ganz neu war, so stimmte er dennoch. Ohne Gäste gäbe es kein Auskommen und damit keine Lebensgrundlage mehr für die Insulaner.

Er öffnete die zweite Flasche Bier und lehnte sich in seinem etwas wackeligen, aber gemütlichen Campingstuhl zurück, den er extra für diesen Zweck vom Spitzboden seines Schuppens geholt hatte. Er schloss die Augen, streckte die Beine, die trotz der Wärme noch immer in grau-grünen Gummistiefeln steckten, und ließ sich vom monotonen Prasseln des Regens langsam in eine unruhige Traumwelt begleiten. Er schaffte es gerade noch, die Flasche abzustellen, dann fiel sein Kopf nach vorne und er begann geräuschvoll zu schnarchen.

*

Heino Deters war bei der Bestandsaufnahme in Britta Saathoffs Zimmer im Hotel *Seehof* fündig geworden. Er hatte ihr Handy entdeckt und darauf die Nummern einiger eingegangener Anrufe. Eine davon passte zeitlich zu Hendrik Beyers Aussage. Bei einer anderen Rufnummer handelte es sich tatsächlich um die ihres Exmannes. Sie hatten sofort versucht, mit ihm Kontakt aufzunehmen, aber leider war nur die Mailbox eingeschaltet. Es bestand also noch immer die Möglichkeit, dass der Mann sich tatsächlich auf dieser Insel aufhielt.

In der Zwischenzeit waren drei weitere Kollegen mit dem Hubschrauber eingeflogen worden. Sie würden Hendrik Beyer abends der Gerichtsbarkeit in Aurich überführen und ließen sich gerade von Arndt Kleemann auf den neuesten Stand bringen.

»Tatsache ist, dass wir bis auf das Wissen um die zwei Morde keine wesentlichen Erkenntnisse haben.«

»Und was ist mit dem Mann in der Zelle?«, fragte einer der Männer von der Spurensicherung mit erstauntem Gesicht.

»Gut, Hendrik Beyer ist nach wie vor unser Hauptverdächtiger, aber ich möchte mal sagen: aus Mangel an anderen Ideen.«

»Mensch, Arndt, siehst du denn nicht die Zusammenhänge?« Michael Röders Stimme hallte laut über die Köpfe der Kollegen vom Festland hinweg. »Wir haben die Aussage der Exfrau. Die kann ja noch von Glück sagen, dass sie unbeschadet aus der Beziehung rausgekommen ist. Wenn denn alles stimmt, was sie sagt und sie nicht doch ab und zu Prügel bezogen hat. Wieso glaubst du diesem Mann eigentlich? Etwa das viel beschworene Bauchgefühl? Vergiss nicht, dass der Kerl im besoffenen Kopp auch Marco Schneider angegriffen hat. Selbst dem Staatsanwalt reicht die Sachlage aus, um den Mann nach Aurich bringen zu lassen. Was willst du denn noch?« Der Baltrumer Ortspolizist setzte sich mit einem Kopfschütteln auf einen der großen roten Gymnastikbälle, die eine Ecke des Raumes ausfüllten.

Ungemütliche Stille verbreitete sich. Einige der Männer

hatten ihren Blick auf ein nur für sie wahrnehmbares Ereignis weit hinter den dicht zugezogenen Vorhängen des Raumes eingestellt, Thomas Zahn inspizierte intensiv den Bodensatz, der sich in seiner Kaffeetasse abgesetzt hatte, obwohl sein Blick anzudeuten schien, dass sich ihm auch dort keine Lösung offenbaren würde.

Heino Deters bewegte unruhig die Schultern. Sein schweißdurchtränktes Hemd klebte am Oberkörper.

Kleemann ließ sich Zeit. Eine Szene von der Pressekonferenz schoss ihm durch den Sinn. Auf die Frage eines *Sat1*-Reporters, wie sicher sie sich wären, dass der Mann in der Zelle der Täter sei, hatte er nur ein hoffnungsvolles »wahrscheinlich« herausbringen können. Dabei hatten sie wirklich gute Arbeit geleistet bis jetzt. Von der umfassenden Befragung des Umfeldes der Toten bis zur peniblen Durchsuchung der Leichenfundorte. Auch Beyers Boot hatten sie förmlich auseinandergenommen. Aber da ließen die genauen Untersuchungsergebnisse noch auf sich warten.

Trotz alledem, ihm war die Spur ›Beyer‹ irgendwie nicht heiß genug. Zwar hatte der Staatsanwalt umgehend der Festnahme zugestimmt, und auch der Haftrichter war, nachdem Kleemann ihm den Sachverhalt geschildert hatte, unbedingt der Meinung, dass Beyer weiter in Haft bleiben müsse. Er hatte außerdem ohne zu zögern die drei Kollegen von Kleemann in Marsch gesetzt, die Beyer nach Aurich bringen sollten. Dort wollte sich der Haftrichter noch einmal eingehend mit dem Mann auseinandersetzen.

So leicht von der Hand zu weisen war es schließlich nicht, dass der Mann der Mörder sein konnte. Immerhin war er mit beiden Frauen bekannt, hatte für beide Tatzeiten kein Alibi. Und die Motive? Die könnten, mit der nötigen Menge Alkohol aufgeschaukelt, tatsächlich vorhanden gewesen sein. Ganz abgesehen von seinem aufbrausenden Charakter.

Doch irgendwie glaubte Kleemann dem Typen. Es war wohl diese Arglosigkeit, mit der Hendrik Beyer sich beim Verhör um Knopf und Faden geredet hatte.

Die Fahndung nach Britta Saathoffs Exmann hatte noch nichts ergeben und auch die Autopsie der ersten Leiche hatte keine neuen Erkenntnisse gebracht.

Sein Chef hatte ihn gebeten, noch auf der Insel zu bleiben und weitere Erkundigungen einzuziehen, in der Hoffnung auf die berühmte Nadel im Heuhaufen.

An ihm sollte es nicht liegen. Sein einziger Wunsch war, den Mörder zu greifen, bevor noch ein weiterer Mensch in dessen Hände fiel. Kleemann wusste allerdings auch, dass die Erfüllung dieses Wunsches zur Zeit von vielen Zufällen abhing.

»Michael, ich gebe dir recht«, sagte er schließlich. Arndt Kleemann schaute seinen Kollegen von der Insel an und spürte sofort, wie sich die Spannung der anderen lockerte. »Doch wir müssen«, seine Stimme hatte einen neuen, intensiven Tonfall angenommen, »wir müssen uns auch nach allen Seiten offen um weitere Lösungswege kümmern. Und ich möchte, dass wir uns jederzeit dieser Tatsache bewusst sind.«

Alle nickten, auch Michael Röder. Allerdings fiel dessen Zustimmung etwas verhaltener aus.

»Und wie soll es nun weitergehen?«

Die Antwort ging in einem lauten Donnerknall unter. Zwischendurch erhellten Blitze den Raum, deren gleißende Helligkeit nicht einmal vor den geschlossenen Vorhängen Halt machte. Röders Handy klingelte.

»Michael, du musst sofort kommen. Hendrik Beyer …«

»Ich komme.« Er sprang auf, griff nach seiner Jacke und lief zur Tür. »Muss nach Haus. Irgendwas ist mit Beyer. Hat sicher Angst bei Gewitter.«

Röder hatte das Ende des Satzes, den Sandra ihm ins Telefon gesprochen hatte, schon nicht mehr gehört. Es lautete: »… ist weg.«

*

Fassungslos starrte Michael Röder erst in die leere Zelle und dann auf seine Frau. Sie saß zusammengesunken auf einem der hölzernen Bürostühle und hielt sich einen mit einem Handtuch umwickelten Kühlbeutel an die linke Wange.

Er konnte es nicht fassen. Hendrik Beyer weg. Tausend Gedanken schossen ihm durch den Kopf. Allen voran der, was der Staatsanwalt wohl zu dieser Situation sagen mochte. Und dass die Männer ihren Hauptverdächtigen quasi in der Obhut seiner Frau zurückgelassen hatten. Ganz in Ordnung war das sicher nicht gewesen. Während Röder versuchte, seine klatschnasse Jacke auszuziehen, griff er zu seinem Handy und wählte die Nummer seiner Kollegen.

»Beyer ist weg, verdammte Scheiße, was sollen wir tun?«

»Ich komme.« Das war alles, was er hörte, bevor Kleemann die Verbindung unterbrach.

»Mensch, Sandra, wie konnte das passieren?«, fragte er resigniert.

»Er war die ganze Zeit so unruhig, rannte wie ein Tiger in seiner Zelle rum, und als er dann das Donnergrollen hörte, hat er wie verrückt an die Zellentür gehauen. Ich bin dann hin und habe gefragt, was los ist und er hat gefragt, ob es draußen dolle regnet. Ich habe ›ja‹ gesagt und da ist er völlig ausgeflippt. Hat geschrien, er müsse unbedingt zu seinem Boot. Da liefe Wasser rein, weil die Kajütentür oben nicht ganz dicht wäre, und das Boot würde sinken. Er gab einfach keine Ruhe. Da habe ich versucht, dich anzurufen. Im gleichen Moment klingelte aber das andere Telefon und als ich danach wieder zu Herrn Beyer schaute, saß er ganz still auf seiner Pritsche und bat um eine Flasche Wasser. ›Ich bin so durstig‹, hat er gesagt, und ich habe ihm eine geholt. Dann habe ich Kamel die Zellentür aufgeschlossen und ihm das Wasser gereicht. Im gleichen Moment hat er gegen die Tür getreten. Mir flog die Flasche aus der Hand und gegen den Kopf. Und er war weg. Es tut mir so leid, ich hätte das nicht machen dürfen, aber es war doch so schwül in der Zelle und irgendwie hatte man sich schon, ach, weiß auch nicht, wie ich das sagen soll, irgendwie hatte man sich schon an den Mann gewöhnt. Schließlich habe ich ihm ja auch schon das Mittagessen durch die offene Tür gegeben. Da ist doch auch nichts passiert.«

Sandra Röder hielt sich noch immer die verletzte Wange und schaukelte langsam mit dem Oberkörper hin und her. »Ich bin doch sonst nicht so blöde. Was ist nur in mich gefahren. Wenn nun noch mehr passiert. Dann hätte ich die Schuld.«

»Meinst du nicht, es wäre jetzt an der Zeit, deine Frau mal in den Arm zu nehmen und zu trösten?«

Michael fuhr herum und sah Arndt Kleemann in der Tür stehen. »Schließlich ist eine gewisse Sorglosigkeit unsererseits auch nicht von der Hand zu weisen, oder?«

Michael Röder nickte und stand langsam auf. Allerdings musste er feststellen, dass auch sein Diensthemd völlig vom Regen durchgeweicht war und somit die Umarmung wohl im wahrsten Sinne des Wortes ins Wasser fallen würde. Hilflos stammelte er: »Aber, verdammt noch mal, wo will der denn hin. Bei dem Wetter ...«

»Das hat er uns, beziehungsweise deiner Frau, ja laut und deutlich mitgeteilt. So, jetzt los. Michael, du fährst zum Hafen. Ich alarmiere die Kollegen. Auf die wartest du vor Ort aber gefälligst. Keine Alleingänge, klar?«

Der Inselpolizist verdrehte die Augen. »Ist klar. Wir sind doch nicht im Fernsehen.«

»Entschuldige, Michael, war nicht so gemeint«, antwortete Kleemann. »Ich erkläre den anderen, was passiert ist, und dann suchen wir so lange, bis wir fündig geworden sind. Auch wenn die Kollegen von der Spurensicherung sich hier die Nacht um die Ohren schlagen müssen. Frau Röder, ich möchte Sie bitten, das Haus nicht zu verlassen. Ich glaube es zwar nicht, aber sollte der Mann nach seiner ›Ich rette mein Boot‹-Aktion hier wieder auftauchen, sollte doch besser jemand da sein, der die Zellentür hinter ihm abschließt.« Es klang fast, als könne sich Kleemann eine gewisse Ironie nicht verkneifen. »Und bitte, Frau Röder, es wäre schön, wenn die Nachricht von der Flucht hier auf der Insel nicht unbedingt die Runde machen würde. Das wäre sehr wichtig für uns und für die Ruhe an Bord sozusagen.«

Sandra Röder schaute Arndt Kleemann an. »Keine Sorge, ich werde mit den eigenen Fehlern schon nicht hausieren gehen.«

»Und Michael, rufe bitte deine neuen Freunde an, den Kommissar und den Detektiv, sie sollen zur Gymnastikhalle kommen. Wollen doch mal sehen, dass wir den jungen Mann schnell wieder in Gewahrsam bekommen.«

*

Arndt Kleemann zog sich seine Jacke bis über die Ohren, als er aus der Tür des Dienstgebäudes trat. Noch immer regnete es in Strömen und neben den Gehwegen hatten sich große Pfützen gebildet. Schöner Mist, dachte er, jetzt bin ich schon nass bis auf die Knochen und muss wieder raus. Und diesmal wohl für länger.

Sein Blick fiel auf *Juttas Modeladen*. Im Fenster waren Regenjacken und -hosen ausgestellt. Sein Entschluss war gefasst. So viel Zeit musste sein. Er lief über die Straße und ließ sich mit Hilfe der netten blonden Ladenbesitzerin trocken und neu einkleiden.

Als sie die Quittung ausschrieb, um die er sie gebeten hatte – man konnte ja nie wissen, ob der Staat sich großzügig zeigte –, sah er durch das Schaufenster zwischen tief hängenden Wolken einen kleinen blauen Abschnitt am Himmel. »Das ist mal wieder typisch. Kaum kaufe ich Regenklamotten, scheint die Sonne wieder. Das darf doch wohl nicht wahr sein«, stöhnte er.

»Zum Ersten ist noch nicht aller Tage Abend, und zum Zweiten ist so eine Regenhose nie weg.« Die Chefin von *Juttas Modeladen* schaute ihn lächelnd an. »Die können Sie immer gebrauchen. Unkaputtbar sozusagen. Und außerdem, von diesen Wetterumschwüngen leben wir doch. Warten Sie mal ab. In einer halben Stunde stehen Sie bei mir und wollen eine Badehose kaufen.«

Kleemann steckte seine EC-Karte ein und verließ die Boutique. Das wäre zu schön, um wahr zu sein. Strand. Sich hier einfach an diesem wunderschönen Strand aufhalten zu können. Mit einem netten Mädchen im Arm. Es wunderte ihn nicht, dass das Bild von Wiebke Hassler plötzlich vor ihm auftauchte. Was hatte sie gesagt? Abends um acht im *Strandcafé*? Dann musste er sich wohl oder übel ranhalten mit der Suche nach seinem flüchtigen Verbrecher. Schwer abzusehen, ob sie ihn bis dahin wieder sicher in der Zelle hatten. Dazu gab es auch für einen Inselneuling wie Beyer hier zu viele Verstecke. Wenn der Mann aber wirklich nur Angst um seine *Antje* hatte und ansonsten eine weiße Weste, würde er vielleicht doch noch zur Vernunft kommen und mit der Polizei zusammenarbeiten.

*

Weltuntergangsstimmung. Ha, so nennen die Leute das Wetter. Aber ehrlich, die würden sich gern an dieses bisschen Regen zurückerinnern, wenn sie wirklich mal den Weltuntergang vor sich hätten. Ein wenig davon habe ich denen ja schon vor die Füße geworfen. Wenn ich sehe, wie die alle zum Hafen rennen … Als ob der Teufel hinter ihnen her wäre. Aber gut so, sollen sie doch alle abhauen und nie wiederkommen. Ich bin der Teufel, ich bin der Teufel und noch lange nicht fertig. Ein paar nehme ich noch mit in die Hölle. Sicher.

*

Wolf Arnken und Roland Lütjens hatten es gerade noch bis zur *Teestube* geschafft. Sie waren nicht die Einzigen, die sich vor dem Gewitter in Sicherheit bringen wollten. Eine dichte Masse dampfender Körper drängte sich durch den Eingang des gemütlichen Cafés. Die beiden Männer, im normalen Leben von ausgesuchter Rücksichtnahme, vergaßen kurzfristig ihre gute Erziehung und verschafften sich mit energischen Ellenbogenbewegungen einen ausreichenden Vorsprung, so dass sie den letzten freien Tisch am Fenster ergatterten. Auch die Aufmerksamkeit einer netten Bedienung war ihnen schnell sicher, als Wolf sein charmantestes Lächeln aufsetzte.

»Haben Sie schon gewählt?« In ihrem Gesicht zeigten sich zwei tiefe Grübchen.

»Zwei Kaffee bitte.«

Sie nickte und verschwand in der Küche.

Inzwischen hatte es angefangen zu regnen. Wobei der Ausdruck ›regnen‹ nicht annähernd das beschrieb, was draußen an Wassermassen den Himmel verließ. Hatten die beiden eben noch den freien Blick über Wattenmeer und Heller bis nach Neßmersiel genossen, so schob sich jetzt eine graue Wolkenwand vor die großen Fenster und ließ den Rest der Welt in der Dunkelheit verschwinden.

»Ich weiß beim besten Willen nicht, was ich von der ganzen Sache halten soll.« Wolf schaute gedankenverloren in die graue Masse, die sich draußen aufgebaut hatte. Plötzlich zuckte ein Blitz über den Himmel, gefolgt von einem ohrenbetäubenden Donnerschlag. »Ist er nun schuldig oder treibt sich hier noch ein anderer rum, der jederzeit wieder zuschlagen könnte?«

»Du hast recht, so oft wir das Ding auch drehen und wenden, wenn sich nicht bald ein entscheidender Hinweis in die eine oder andere Richtung ergibt, stehen wir weiterhin mit ziemlich leeren Händen da«, überlegte Roland Lütjens.

»Aber was sollen wir machen? Wir haben nur das Vermutungseinmaleins der Polizisten, die Aussage von Hendrik und kaum Spuren. Und der Rest dieser Spuren wird gerade vom Unwetter weggespült.«

»Bitte, zwei Kaffee für die Herren. Darf ich sofort kassieren, bitte? Meine Pause fängt gleich an. Meine Kollegin übernimmt dann.«

»Ist die Kollegin denn genauso hübsch wie Sie?« Wolf grinste verwegen.

Das junge Mädchen nickte fröhlich. »Macht vier Euro sechzig, bitteschön.«

Roland Lütjens nahm sein Portemonnaie aus der Tasche und bezahlte. »Der Rest ist für Sie.«

Am Nebentisch versuchte jemand unermüdlich, auf sich aufmerksam zu machen. »Hallo, Mädel, könnste ma hier rübber kommen. Haste 'n Stück Kuchen für Muttern und für mich?«

»Danke, die Herren, und einen wunderschönen Tag noch trotz des Wetters.« Sie drehte sich um und bevor die Herren antworten konnten, lächelte sie bereits den älteren Mann am Nebentisch an, was ihr allerdings ein böses Funkeln in den Augen von »Muttern« einbrachte.

Wolf lächelte. »Na, wenn der Tag so weitergeht, wie er sich eben angelassen hat, dann wird es bestimmt noch ganz nett.«

»Und wenn der Regen auch noch nachlässt, ist es wahrscheinlich vor lauter Nettigkeit gar nicht mehr auszuhalten.« Roland Lütjens schlürfte genüsslich an seinem Kaffee, als er ein leises Geräusch hörte. »Hat hier doch wieder jemand ein Handy an. Dass die Leute nicht ohne können. Jeder meint, er sei unersetzlich und müsse ständig erreichbar sein, dabei ist das eine riesengroße Täuschung.« Der Ton wurde stetig lauter. »Hör mal, der Radetzkymarsch, den Ton hat mein Handy auch.«

»Vielleicht solltest du mal in Erwägung ziehen, dass es auch dein Telefon ist, was dort hinten in deiner Hosentasche rumjault. Ich habe keins mit, das steht jedenfalls fest.« Wolf hatte einen überheblich-amüsierten Gesichtsausdruck angenommen, der Roland Lütjens allerdings überhaupt nicht erschütterte, als der feststellen musste, dass es tatsächlich sein eigenes Handy war, das diese störenden Geräusche von sich gab. Er nahm es aus der Tasche und schaute auf das Display. »Es ist Michael Röder«, sagte er, dann ging er ran. »Lütjens. Was ist los?«

Wolf sah, wie Lütjens' Gesicht im Laufe des kurzen Gesprächs zuerst einen fassungslosen, dann einen resoluten Ausdruck annahm. »Natürlich kommen wir. Dauert nicht lange.« Er steckte das Handy ein.

»Was war das denn?«

»Erzähl ich dir unterwegs. Wir müssen zum Gymnastikraum. Die Kollegen verlangen nach uns.«

Wolf schüttelte seinen Kopf, blieb sitzen und griff nach seiner Tasse. »Aber nicht bei diesem Regen. Kommt gar nicht in die Tüte. Und der Kaffee ist auch noch nicht alle.«

Lütjens beugte sich zu ihm hinüber und flüsterte: »Hendrik ist weg. Ausgebüxt. Kommst du nun?«

»Überredet. Bezahlt haben wir und schau mal, der Regen hat auch fast aufgehört. Kurz, aber heftig, kann ich da nur sagen. Sollte mich nicht wundern, wenn gleich über diesem Eiland wieder machtvoll die Sonne erscheint.«

Und als ob der Himmel diese Worte gehört hätte, riss die Wolkendecke auf und ein Strahl fiel direkt in den Kinderspielteich, der, am Rande der Hellerwiesen gelegen, an schönen Tagen ein Paradies für kleine Holzbootkapitäne war. Aber die beiden hatten nur kurz Augen für das Naturschauspiel. Schnellen Schrittes machten sie sich auf den Weg zu den Kollegen.

*

Hendrik war binnen Sekunden bis auf die Haut nass. Er musste zum Hafen, und es war ihm in diesem Moment völlig egal, ob ihn jemand erkannte. Das hieß, ganz egal war es ihm natürlich nicht – es war nur für diesen Gedanken im Moment einfach kein Platz in seinem Hirn, denn er wollte unbedingt zu seinem Boot. Retten, was zu retten war. Er ahnte, dass seine *Antje* ohne eine Abdeckung nicht lange durchhalten würde. Und das musste er unbedingt verhindern. Schließlich war das Schiff seine momentane Heimat. Außer dem Namensschild am Briefkasten seiner Mutter.

Am *Seehund* bog er links ab und bahnte sich einen Weg durch die Menschen, die mit voll beladenen Wippen zum Schiff strömten. Er schaute sich verwirrt um. Was soll das, dachte er, wieso fahren alle weg? Ist doch noch gar nicht Sonntag. Vor ihm tauchte eine Gruppe junger Leute mit orangefarbenen T-Shirts auf. *Postsportverein Leer* las er im Überholen und in diesem Moment drohten ihm die Beine zu versagen. Seinetwegen, seinetwegen hauten die alle ab. Er hielt an und setzte sich auf die Buhnensteine, die vor dem Nationalparkhaus lagen. Mensch noch mal, nein, nicht seinetwegen. *Er hatte doch nichts getan!*

Am liebsten hätte er es über die ganze Insel geschrien. *Ich habe nichts getan!* Immer und immer wieder. *Ich bin unschuldig!* Aber er durfte nicht. Er musste sein Boot retten und dann ein sicheres Versteck finden. Und zwar schnell, bevor die anderen ihn fanden. Er stand auf und lief weiter. Das Wasser strömte links und rechts der Hafenstraße in die Gräben, die die Hellerwiesen durchzogen. Einige Pferde, die auf der Weide standen, suchten notdürftig Schutz, indem sie sich mit ihren dicken Hinterteilen in den Wind stellten. Als Hendrik am Bootshafen angekommen war, überfielen ihn jäh heftige Seitenstiche. Er blieb kurz stehen und versuchte, tief durchzuatmen.

Es gelang ihm nur halbwegs. Immer wenn er Luft einsog, verstärkten sich die Schmerzen in der Seite. Unvermittelt fiel ihm Sandra Röder ein. Der Moment, als sie die Zellentür geöffnet hatte, war ihm wie die Rettung aus größter Not vorgekommen. So hatte er sich gegen die schwere Tür gestemmt, ohne Rücksicht auf die Frau des Polizisten zu nehmen. Dass sie dabei einen Schlag mit der Wasserflasche ins Gesicht abbekommen hatte, tat ihm leid. Allerdings – gehörte sie nicht auch zu denen, die sich gegen ihn gestellt hatten? Genau wie sein alter Kumpel Rolle? Kommissar in Bad Zwischenahn. Kein Wort hatte der davon gesagt. Und dann, auf der Wache, da hatte Hendrik fast das Gefühl gehabt, Rolle wolle ihm helfen, aber sie hatten ihn einfach wieder abgeführt und eingesperrt in diese scheußliche enge Zelle.

Mit anderen Worten: Die Röder hatte selbst Schuld, wenn sie sich so dämlich anstellte. Sein Glück.

Im gleichen Moment wurde ihm wieder klar, warum er hier auf dem Hafengelände im Regen herumstand. Er musste dringend zu seinem Boot. Rennen ging im Moment nicht, also ging er so schnell, wie es seine Schmerzen zuließen, weiter.

Kurz darauf erreichte er den Bootssteg. Durch den dichten Regen konnte er die Umrisse seines Schiffes ahnen. Doch je näher er kam, desto mulmiger wurde ihm. Irgendwas hatte er vergessen. Leichte Panik kam in ihm auf. Er fasste in seine Hosentasche, und dann war ihm klar, was er die ganze Zeit nicht bedacht hatte. Er hatte gar keinen Schlüssel für das Boot. Den hatte er ja bei der Polizei abgeben müssen. Wie sollte er denn nun bloß da reinkommen? Ich könnte mal anrufen, ha, ha, ob die mir den Schlüssel bringen, dachte er verzweifelt. Wäre doch ein super Gag.

Er kletterte in die Plicht und sah sofort, dass nicht unerhebliche Wassermengen durch die defekte Kajütentür den Niedergang hinunter in das Boot liefen. Ratlos schaute er sich um. Kein Mensch war weit und breit zu sehen, was ihn zwar einerseits beruhigte, andererseits auch verzweifeln ließ. Er konnte nichts, aber auch gar nichts tun. Nicht mal eine Jacke hatte er dabei, die er in den Einlass stopfen konnte. Er schaute an sich herunter. Blieb also nur noch sein nasses T-Shirt. Das aber würde bedeuten, dass er sich in nächster Zeit nur noch mit bloßem Oberkörper zeigen konnte. Eine Vorstellung, die ihm überhaupt nicht behagte.

Resigniert schaute er in den Himmel, dann sah auch er das blaue Viereck, das die dunklen Wolken plötzlich teilte.

*

»So, meine Herrschaften, jetzt müssen wir uns erst einmal mit der neuen Situation vertraut machen.« Arndt Kleemann saß auf einem der Tische im Gymnastikraum und wippte in einem leichten Anfall von Nervosität mit dem rechten Fuß. Dabei stieß er in einem gleichmäßigen Takt gegen eines der Tischbeine, was zu einem monotonen Dauerklopfen führte. »Was wir haben, beziehungsweise was wir nicht haben, ist Hendrik Beyer. Der hat die Zelle soeben auf eigenen Wunsch verlassen.«

Ein ungläubiges Raunen glitt durch den Saal, wurde aber sofort von Kleemanns Stimme unterbrochen. »Er hat geäußert, dass er unbedingt zum Hafen wollte, da sein Boot undicht sei. Michael, Heino und Thomas sind bereits am Hafen, und ihr zwei«, er nickte kurz in die Richtung, wo zwei der Männer von der Spurensicherung auf einer Massageliege saßen, »geht jetzt bitte gleich zur Verstärkung hinterher. Ich hoffe, ihr überrascht Beyer dort noch bei seinen Reparaturarbeiten, auch wenn die Hoffnung sehr gering ist. Und denkt dran, bringt keine Unruhe unter die Gäste, soweit es sich vermeiden lässt.«

Die Polizisten verließen den Raum und Arndt Kleemann wandte sich an Wolf und den Kommissar aus Zwischenahn. »Ich möchte auch um Ihre Mithilfe bitten. Sie kennen den Mann, daher wäre es sehr hilfreich, wenn Sie sich an der Suche beteiligen würden. Aber bitte, wenn Sie ihn sehen, keine vorschnellen Aktionen. Rufen Sie uns. Das gilt besonders für sie, Herr Arnken. – Martin …« Er wandte sich an den Leiter der Spurensicherung. »Ihr habt doch ein Foto von dem Beyer gemacht, bevor wir ihn weggebracht haben, nicht wahr?«

Der Mann nickte. »Ist nicht so ganz scharf, aber es sollte gehen.«

»Kannst du damit ins Rathaus gehen und Kopien machen lassen?« Kleemann zögerte. »Ach, gib man her, das mache ich schon selber. Schließlich kenn ich mich schon ein wenig aus. Ihr könnt euch dann gleich dem Suchtrupp anschließen, wenn ich mit den Abzügen wieder da bin.«

So kann man auch der heikelsten Situation noch etwas Positives abgewinnen, dachte er, und er hatte Glück. Obwohl im Rathaus bereits die Wochenendruhe des Freitagnachmittages eingekehrt war, fand er Wiebke Hassler auf ihrem Platz im Vorzimmer des Bürgermeisters. Arndt Kleemann war sich nicht sicher, aber er glaubte zu sehen, dass ihr Gesicht aufleuchtete, als sie ihn erkannte. Wenn es denn man so wäre, dachte er und deutete mit dem Daumen auf die geschlossene Bürgermeistertür. »Ist der da drin?«

»Nee, der sitzt, glaube ich, schon wieder auf der Buhne und angelt.«

»Na gut, dann bekommt er die Neuigkeiten eben nicht zu hören. Selber schuld.« Er erzählte ihr, was vorgefallen war, und bat sie um die Kopien.

»Dann können wir unser Treffen heute Abend wohl vergessen?«, fragte sie bedauernd.

»Ich weiß es nicht. Wir müssen jetzt erst einmal sehen, dass wir den Mann wieder einfangen. Aber wie heißt das schöne Sprichwort: Aufgeschoben ist nicht ...«

»Ja, ja, ich weiß«, unterbrach sie ihn, »dieser Satz stand vor Kurzem schon mal im Raum, wenn ich mich nicht irre. Okay, eine Chance hast du noch. Nun hau schon ab mit deinen Bildern. Und viel Glück bei der Suche.«

Auf dem Weg zum Gymnastikraum dachte Arndt Kleemann kurz darüber nach, ob Wiebke Hassler sich bei dem »Du« wohl nur versehen hatte oder nicht, und stellte fest, dass Kriminalfälle zu lösen viel einfacher war, als Frauen zu verstehen.

Nachdem er die Suchtrupps mit Kopien versehen und losgeschickt hatte, griff er zum Telefon und wählte die Nummer seines Chefs. Den Anschiss würde er stellvertretend für alle anderen entgegennehmen. Da konnte er hundert Mal mit der Insellage und fehlenden Kräften argumentieren. So etwas hätte einfach nicht passieren dürfen. Und doch, es war passiert.

*

Er lief und lief. Linkerhand flog die Müllumschlagstation mit ihrem beißenden Geruch nach Abfall und Verwesung an ihm vorbei, rechts der ausgetretene Pfad, der die Wattwandergruppen in den Nationalpark führte. Er lief an der Landebahn des kleinen Flugplatzes vorbei und jagte tausende von Möwen hoch, die auf ihren Nestern saßen. Ein unbeschreibliches Geschrei erhob sich und automatisch zog er den Kopf ein. Er hätte einen Knüppel mitnehmen sollen. Die Biester konnten gefährlich werden, wenn sie sich oder ihren Nachwuchs bedroht sahen.

Sollte er rechts abbiegen? Ins Wattenmeer, das sich langsam mit Wasser füllte? Einfach stehen bleiben auf einer der Sandbänke und warten, bis das Wasser ihn einholen und nach kurzer Zeit völlig umschließen würde? Ein gnädiger Tod. Oder? Irgendwann hatte er mal was darüber gelesen. Ging das schnell, oder war der Tod durch Ertrinken doch eine grausame Quälerei? Er wusste es nicht mehr. Sein Atem ging stoßweise, als er sich dem Ostdorf näherte. Hinter ihm stieg eine einmotorige Maschine in den Himmel. Na, waren sie auf der Suche nach ihm? Andererseits stiegen ständig irgendwelche Maschinen auf und landeten wieder. Piloten auf Kaffeepause beim Abfliegen der Inseln. Sollten sie ihn doch alle in Ruhe lassen. Langsam ließen seine Kräfte nach. Dort, wo der Weg zum NTB-Heim abbog, hielt er an. Seine Seitenstiche machten sich wieder schmerzhaft bemerkbar.

Wenn es wenigstens nur die anderen wären, auf die man wütend sein könnte, dachte er verzweifelt, von mir aus auch auf das Wetter, den Alkohol und alle widrigen Umstände, die sich einem entgegenstellten, ja dann wäre man fein raus. Dann könnte man denen alles in die Schuhe schieben und stände als Sieger da. Aber so, so weiß ich ganz genau, dass alles mit mir und diesem verfluchten ersten Schluck Whisky angefangen hat.

Je mehr er über seine Situation nachdachte, desto lauter wurde eine Stimme in seinem Hinterkopf, die ihm klarmachte, dass übermäßiger Alkoholgenuss ihn nicht zu seinem Besten veränderte. Andere, die wurden lustig, oder schliefen ein. Er aber konnte auch schon mal ausrasten. Nicht umsonst war seine Frau abgehauen. Und doch hatte er nicht die Reißleine gezogen. Hatte mit Schnucki Whisky getrunken und jetzt fehlt ihm eine ganze Zeitspanne jenes Nachmittages. Dann hatte er weitergetrunken, sich mit Britta gestritten und nun war seine Britta auch tot. Er war auf dieser Insel in einen Albtraum geraten, der ihn völlig überrollt hatte. Die genaue Erinnerung an die Ereignisse war noch nicht in sein Gedächtnis zurückgekommen. Nur der tiefe Ratscher an der Hand und sein von Restalkohol immer noch nicht befreiter Kopf zeugten von den letzten vierundzwanzig Stunden.

Wo sollte er jetzt hin? Gut, er konnte sich wieder der Polizei stellen, in der Hoffnung, dass sich die Dinge schnell aufklären würden. Aber wenn sich nun herausstellte, dass er doch was mit den Morden zu tun hatte, was dann? Oder noch schlimmer, wenn die sich jetzt auf ihren Fahndungserfolgen ausruhten und ihm den Prozess machten? Und ein lustloser Staatsanwalt die Beweise für ausreichend hielt? Dann würde er für den Rest seines Lebens hinter Gittern landen.

Er stand auf und lief weiter. In seinem Magen machte sich ein leichtes Hungergefühl bemerkbar.

Langsam kamen die Umrisse des BK-Heims in Sicht, das sich in direkter Nähe zur Kläranlage in ein Dünental schmiegte. Ein paar junge Leute spielten zwischen zwei aufgestellten Toren Fußball. Er bog auf den rot geklinkerten Pfad ein, der in die Dünen führte. In der Ferne sah er eine Gruppe Menschen auf sich zukommen. Da er eine Begegnung unbedingt vermeiden wollte, bog er links ab in der Hoffnung, dass das hügelige Dünengelände ihm Schutz bieten würde. Er musste aufpassen. Unzählige Kaninchenlöcher durchsetzten den dicht mit Moosen bewachsenen Boden. Vor ihm flog ein Fasan auf. Nationalpark. Ruhezone, schoss ihm durch den Kopf. Hier darf ich mich nicht von einem der Ranger erwischen lassen. Sonst muss ich bestimmt noch zehn Sozialstunden ableisten, bevor ich »lebenslänglich« kriege, dachte er sarkastisch.

Die Seitenstiche zwangen ihn erneut, stehen zu bleiben. Als er aufblickte, stellte er fest, dass er sich kurz vor dem Hof eines alten, aber tipptopp renovierten Insulanerhauses mit einer großen Veranda befand. Er duckte sich hinter einen dicht gewachsenen Sanddornbusch. Alles war ruhig dort, nichts regte sich. Auf der anderen Seite des kleinen Hofes fiel ihm ein Häuschen auf, das fast nur aus einer mächtigen Metalltür bestand und beinahe zur Gänze in die Düne hineingebaut war. Ein Kühlhaus! Und wo ein Kühlhaus war, gab es auch was zu essen! Nicht, dass er sehr hungrig gewesen wäre, aber wenn er sich verstecken wollte, musste er vorsorgen.

Vorsichtig schlich er sich näher, die Umgebung nach allen Seiten beobachtend. Plötzlich öffnete sich eine Tür, und ein Mann in schwarz-weiß karierten Hosen erschien. Er zündete sich eine Zigarette an und rief in das Haus: »Ich schaue noch eben nach dem Fisch für morgen und dann mache ich Feierabend.«

Hendrik hatte es gerade noch geschafft, mit einem gewagten Sprung hinter der Hausecke zu verschwinden. Dann ist dies wohl die Rückseite des Restaurants *Bliev Sitten*, dachte er. Er war noch nie hier gewesen, hatte aber die Werbeplakate in den Schaukästen gesehen.

Was hatte der Koch gesagt? Feierabend? Sollte er an diesem Tag tatsächlich einmal Glück haben? Das wäre zu schön, um wahr zu sein. Er robbte zurück in das nächstgelegene Dünental und wartete, dass der Mann seinen Kontrollgang beendete. Er schaute an sich herunter. Noch immer waren seine Sachen kladdernass, und obwohl die Sonne schon wieder Kraft aufgenommen und sein Versteck erreicht hatte, lief ihm ein kalter Schauer über den Rücken.

Er würde versuchen, unbemerkt in die Küche zu gelangen. Irgendetwas musste sich dort doch finden lassen, was ihm über die nächsten Stunden hinweghelfen würde.

Aber noch war es nicht so weit. Er konnte zwar nichts sehen, aber er hörte, wie der Koch fröhlich vor sich hin pfiff.

Dann schlug eine Tür, und plötzlich war es still auf dem Hof. Er wartete zehn Minuten, zwanzig Minuten, eine halbe Stunde, aber nichts rührte sich mehr.

Langsam stand er auf und schlich zur Hintertür. Sie ließ sich ohne das geringste Geräusch öffnen. Ein schmaler, dunkler Flur wies ihm den Weg in die Küche. Hier blitzte alles vor Sauberkeit. Drei große Herde standen in der Mitte des Raumes, darüber sah er eine riesige Abzugshaube. Nicht ein Stück Lebensmittel lag irgendwo auf einer der Arbeitsplatten. Die Messerleiste an der Wand funkelte im Sonnenlicht. Suchend glitt sein Blick weiter durch den Raum. Der Kühlschrank. Schnell bewegte er sich auf das Gerät zu, in der Hoffnung, sich dort mit Proviant eindecken zu können. Doch gerade, als er die Tür öffnen wollte, hörte er ein Geräusch. Er drehte sich um und sah, dass ein Mann zwischen ihm und der rettenden Außentür Posten bezogen hatte.

»Können Sie mir mal sagen, was Sie hier vorhaben? Sie können sich doch nicht an meinem Kühlschrank vergreifen! Wenn Sie was essen wollen, kommen Sie von vorne in mein Restaurant und bestellen was. Wie sich das gehört.« Die Stimme des Mannes war bedrohlich angeschwollen.

»Ich ... ich wollte nur, ach, vergessen Sie es. Ich gehe schon. Lassen Sie mich einfach raus.« Hendrik machte einen Schritt auf den Mann zu.

»Nee, mein Freundchen, so nicht. Du bleibst hier und ich rufe die Polizei. Da wird ein Schuh draus.«

Polizei. Wie von einer Keule getroffen stoppte Hendrik seinen Abgang. Polizei. Da wollte er *nie* wieder hin. Nie wieder in diese düstere, enge Zelle.

Er sah, dass der Mann sein Handy aus der Tasche zog. Voller Wut riss er eine der blankpolierten, schweren Pfannen, die neben der Abzugshaube über dem Herd hingen, vom Haken und holte aus. Es war, als wären alle Dämme bei ihm gebrochen. Der Mann versuchte zwar noch, seinen Körper aus dem Schlagradius zu bekommen, doch er war den Bruchteil einer Sekunde zu spät dran und es gelang ihm nur zum Teil. Die Pfanne traf ihn an der rechten Kopfseite, gerade oberhalb des Ohres, und er ging wie ein Mehlsack zu Boden.

Hendrik Beyer schaute konsterniert auf das leblose Bündel Mensch. Dann auf die Pfanne. Was um alles in der Welt hatte er getan? Das konnte doch alles nicht wahr sein. Hatte er wirklich auf diesen Mann, den er nicht einmal kannte, eingeschlagen? Er sah, wie sich unter dem Kopf des Mannes eine schmale rote Spur entwickelte. Blut. Auch das noch.

Er kniete sich zu dem Mann, nahm dessen Kopf und sah eine etwa fünf Zentimeter lange Platzwunde, an der Stelle, wo ihn die Pfanne getroffen hatte.

Sein Blick fiel auf das Handy, das dem Mann während des Sturzes aus der Hand gerutscht war. Das war eine Möglichkeit. Mit verstellter Stimme die 112 anrufen und dann abhauen. Das war's. Er griff zu und wollte gerade wählen, als er vom Flur aus Schritte hörte. Bitte nur jetzt das nicht, dachte er verzweifelt, aber da öffnete sich schon die Tür, die zum Restaurant führte.

Ein junger Mann stand auf der Schwelle und schaute sich völlig verwirrt um. »Was ist denn hier los? Was ist mit meinem Vater?« Er machte ein paar Schritte auf den reglos am Boden liegenden Mann zu, verharrte aber dann auf der Stelle. Hendrik sprang auf und riss eins der langen Messer von der Wand.

»Bleib bloß, wo du bist!«, schrie er. »Oder besser, geh ganz nach hinten. – Los, geh schon!« Er hatte sich neben den Mann gekniet, den er niedergeschlagen hatte, und fuchtelte wild mit dem Messer an dessen Hals herum. »Komm mir bloß nicht zu nahe«, schrie er. »Ich haue jetzt ab, dann kannst du Hilfe holen. Es war ein Unfall, weißt du, ein Unfall. Nichts anderes. Aber ich kann gar nicht gehen, dann hetzt du mir die Bullen auf den Hals. Das geht gar nicht, aber ich will doch nur einfach nie wieder in diese Zelle, verstehst du das denn nicht? Ich muss weg, aber gleichzeitig muss ich auch hier bleiben, scheiße, scheiße, scheiße …«

Angstschweiß hatte sich auf seine Stirn gesetzt, und die Hand mit dem Messer zuckte unkontrolliert. Er warf die Waffe auf den großen Küchentisch, drehte sich um und rannte den Weg zurück, den er bei seiner heimlichen Ankunft gekommen war. Auf dem Hinterhof blieb er kurz stehen, nur um sich dann noch schneller in Bewegung zu setzen. Wohin, das wusste er nicht. Nur weg, einfach nur weg. Warten, bis es dunkel wurde, und dann mit seinem oder irgendeinem Boot nur weg von dieser Scheißinsel.

*

Er war dagewesen.

Michael Röder wusste nicht genau, an welchem Umstand er seine Meinung festmachen sollte, aber er war sich ganz sicher: Hendrik Beyer war auf dem Boot gewesen, und sie waren zu spät gekommen. Er schaute sich um. Die Reihen der Bootslieger hatten sich im Vergleich zum gestrigen Tag kräftig gelichtet. Andere Gäste waren gerade damit beschäftigt, ihre Boote startklar zu machen. Ist auch nur natürlich, dachte er. Warum sollten die ausgerechnet hier bleiben und ihre schönsten Tage an einem Ort verbringen, wo ein Verbrecher gewütet hatte? Die anderen Inseln waren nur eine kurze Segel- oder Motorstrecke entfernt. Ohne Mörder!

»He, hallo, Sie da hinten, wenn Sie den Mann suchen, der vorhin auf dem Boot war, der ist rechts runter gelaufen, dahin, wo die Müllstation liegt.«

Der Polizist drehte sich um und sah einen kleinen dicken Mann mit einer Badehose, die sich über seine Kilos spannte, auf dem Bug eines schnittigen Motorseglers stehen, der noch fest vertäut am Steg lag.

»Der war vielleicht komisch, war völlig aus der Puste und irgendwie sah der fix und fertig aus. Der ist dann auf sein Boot, ich glaube zumindest, dass das sein Boot ist, weil, einen Schlüssel hatte der nämlich nicht dabei, und dann ist der wie von der wilden Emma gehetzt wieder abgehauen. Keine Ahnung, was der da wollte. Hat er was angestellt?«

»Schon gut«, fiel ihm Heino Deters ins Wort. »Wann war das ungefähr? Können Sie mir die Uhrzeit sagen?« Und zu Michael Röder gewandt sagte er: »Schaut doch mal ins Boot, ob dort alles in Ordnung ist. Schlüssel habt ihr ja.«

»Also«, der Mann schaute auf seine in der Sonne glänzende Uhr. »Wenn mich mein Rolexchen nicht betrügt, muss das so vor einer guten halben Stunde gewesen sein. Wat is denn nun, wat hatter denn gemacht? Geht mich ja nichts an, aber wissen möchte man dat schon gern, verstehn Se?«

»Können Sie alles morgen in der Zeitung lesen, aber bitte tun Sie mir einen Gefallen, wenn der Mann hier wieder auftaucht, benachrichtigen Sie uns bitte sofort. 110, Sie wissen ja.«

»Gebongt, Meister, wird gemacht. Woll'n doch ma sehen, dass wir unserem Freund und Helfer unter die Arme greifen können.«

Heino Deters drehte sich entnervt zu seinen Kollegen um. »Wie sieht es aus da drin?«

Röder steckte seinen Kopf aus der Kajüte: »Hier stehen ungefähr zehn Zentimeter Wasser drin, müsste gelenzt werden, ist aber nicht bedrohlich. Wir sollten jetzt erst einmal vorrangig sehen, dass wir die Spur vom Beyer aufnehmen. Vielleicht haben ihn ja noch andere Leute gesehen.«

Sie schlossen das Boot wieder zu und Michael sagte: »Dann wollen wir uns mal auf den Weg machen, den uns der kleine Möchtegern-Onassis eben beschrieben hat.«

»Eines ist mal klar, dieser Akt hier gleicht einer Suche nach der berühmten Nadel im Heuhaufen.« Ratlos schüttelte Thomas Zahn den Kopf. »Wo sollen wir mit den paar Mann, die wir zur Verfügung haben, nur anfangen?«

»Beim letzten großen Einsatz auf der Insel hatten wir zur Suche achtzig Mann vom Festland nebst Hundeführern.« Heino Deters erinnerte sich noch lebhaft daran, wie die beschauliche Winterruhe damals durch Polizeiaufmarsch und Hundegebell jäh gestört worden war. »Könnte mir gut vorstellen, dass Arndt mit seinem Chef eine ähnliche Aktion verabredet, wenn wir nicht in Kürze fündig werden. Nur war es damals Winter und die Gegebenheiten etwas überschaubarer. Jetzt wuseln hier so viele Menschen rum, das erschwert die Sache natürlich erheblich.«

Sie schlossen ihre Fahrräder an den Zaun der Müllstation und teilten sich auf. Thomas Zahn und die beiden Männer von der Spurensicherung gingen an der Wattkante entlang, Michael Röder und Heino Deters wollten die Gebäude am Hafen noch einmal näher unter die Lupe nehmen. Immerhin war die Möglichkeit groß, dass der Mann sich in der Halle des Getränkehandels *Lüppen* oder wieder im Pferdestall der Spedition versteckt hielt.

*

Roland Lütjens und Wolf Arnken waren noch immer wie vor den Kopf geschlagen. Wie hatte das bloß passieren können: Hendrik – einfach weg!

Sie hatten sich auf eine Bank in der Nähe der Inselglocke gesetzt und beratschlagten, wie sie ihren Kollegen am sinnvollsten helfen konnten.

»Erst einmal: Willst du nun wirklich gleich fahren?«, fragte Wolf, »oder sollen wir dir ein Zimmer besorgen? Wir können bei Kanters fragen. Vielleicht haben die noch was frei. Ein leckeres Frühstück inklusive.«

Roland Lütjens überlegte kurz. »Lass mich eben mit meiner Frau telefonieren. Das dürfte besser sein. Ansonsten bin ich durchaus der Meinung, dass meine Hilfe hier im Moment sinnvoll eingesetzt werden könnte.«

»Gut, ich gehe derweil mal kurz in den *Frischemarkt*, 'ne Kleinigkeit einkaufen.«

Als Wolf wiederkam, hatte Roland Lütjens sein Telefonat schon beendet. »Sie hat gesagt, dass sie sich das schon fast gedacht hat. Und ich soll dich unbekannterweise schön grüßen.«

»Danke, dann lass uns doch erst einmal zur Pension gehen, da kann ich auch gleich schauen, ob mein Sohnemann anwesend ist. Er wollte seine Freunde am Schiff verabschieden. Vielleicht können wir ihn begleiten und dabei ein Auge auf die abfahrenden Gäste haben. Nicht, dass nachher noch einer zu viel an Bord ist. Wäre verständlich, wenn er versuchen würde, sich abzusetzen.«

»Wie … meinst du, dass Johannes wegfahren will?«

»Quatsch, du hast mich schon richtig verstanden. Ich

meine, dass wir verhindern sollten, dass sich Hendrik im Kohlenbunker des Schiffes versteckt.«

Sie hatten Glück. Im *Ferienhaus Marianne* war noch ein Einzelzimmer frei und auch nach Jannis musste sein Vater nicht lange suchen. Er lag angezogen auf dem Bett, den Kopf auf viele engbeschriebene Din-A4-Seiten gebettet, und schlief den Schlaf des Gerechten.

Die Männer beschlossen, im Aufenthaltsraum der Kanters eine kurze Pause einzulegen.

Außer ihnen war kein Gast da, so überlegten sie laut, welche Richtung Hendrik bei seiner Flucht wohl eingeschlagen haben könnte.

»Eigentlich ist es müßig, darüber nachzudenken«, sagte Wolf. »Er kann überall und nirgends sein. Alle Häuser sind offen, er kann in jeder Ferienwohnung und in jedem Keller sitzen. Wo willst du anfangen?«

Wieder einmal klingelte Roland Lütjens' Telefon. Er hörte eine Weile zu. Wolf nahm deutlich wahr, wie die Spannung im Raum zunahm. ›Sag mir, was los ist‹, signalisierte er.

»Wir kommen«, sagt Lütjens in den Hörer und beendete das Gespräch. »Wolf, Kleemann war dran, wir müssen ins Ostdorf. Jemand hat Bernhard Ebeling eine Pfanne über den Kopf gezogen. Und es sieht ganz danach aus, als ob es sich um unseren gesuchten Freund handelt.«

Wolf wurde es übel. »Lebt er?«

»Soweit ich das verstanden habe, ja. Sein Sohn ist wohl aufgetaucht, und da hat Hendrik, wenn es denn Hendrik war, die Flucht ergriffen. Genaueres erfahren wir aber später. Sag mal, gibt es in diesem Haus eigentlich Leihfahrräder?«

»Erwin Kanter wird uns sicher welche geben, und wenn es seine eigenen sind. Aber ich muss jetzt Jannis wecken und ihm sagen, dass wir nicht mit zum Hafen gehen. Dürfte aber auch kein Problem sein, denke ich, es sind viele Leute auf der Straße. Das bietet Sicherheit genug. Oder meinst du, wir sollten trotz der Geschehnisse im *Bliev Sitten* unsere geplante Hafenwache halten?«

»Nein, ich denke, wir werden jetzt eher im Ostdorf gebraucht. Ich bin sicher, dass Hendrik sich in den Dünen versteckt hält. Und wir müssen jetzt alle Suchkräfte dort bündeln. Geh du man zu deinem Sohn, ich versuche Herrn Kanter und seine Fahrräder zu finden. Wir treffen uns in zehn Minuten wieder hier.«

*

Nach nicht einmal zehn Minuten standen ein Damen- und ein Herrenrad fahrbereit vor der Haustür. Roland Lütjens hatte den Chef des Hauses mit einem lauten Ruf aus den süßesten Träumen geholt, derer ein Mann auf einem Campingstuhl im Gartenhäuschen fähig war. Es dauerte einen Moment, bis sich Erwin Kanter in der Wirklichkeit wiedergefunden hatte, aber die Erkenntnis, dass er mit dem Ausleihen seiner Fahrräder unter Umständen wesentlich zur Aufklärung des Falles beitragen konnte, machte ihn dann umso schneller munter.

Wolf schüttelte inzwischen seinen Sohn sacht an der Schulter. »Jannis, aufwachen, ich muss dir was sagen.«

Jannis schlug die Augen auf, blickte in das Gesicht seines Vaters und wusste auf der Stelle, dass nun keine Zeit für Späße war. »Was ist passiert?«

Wolf erzählte seinem Sohn, was sich in den letzten Stunden zugetragen hatte. »Meinst du, ich kann dich auch alleine zum Hafen gehen lassen?«

»Na klar, ich rufe gleich Jens und Anna an. Die beiden können mich hier abholen. Also null Problemo. Geh du man auf Verbrecherjagd. Und grüß Onkel Bernhard von mir und wünsche ihm gute Besserung.«

»Mache ich, ganz bestimmt. Wir sehen uns dann heute um sieben Uhr hier, würde ich vorschlagen. Dann ist noch genügend Zeit, um eine Kleinigkeit zu uns zu nehmen. Wenn was ist, ruf bei Roland an. Tschüss, bis später.«

Wolf lief nach unten, die beiden bestiegen die Räder und fuhren zum Ostdorf. Sie versuchten, schnell voranzukommen und fuhren Schlangenlinien zwischen den immer noch zahlreichen Touristen, die auf dem Weg nach Hause waren.

Ruhiger wurde es erst, als sie links abbogen, um dem Weg über die Deichkuppe zu folgen, der zum Restaurant führte. Vor der Tür sahen sie den Krankenwagen stehen und befürchteten das Schlimmste. Aber beim Betreten der Küche atmeten sie erleichtert auf.

In einem schweren Lehnstuhl, der so gar nicht zu dem blinkenden, klinisch sauberen Inventar der Küche passen wollte, und den man extra für den Verletzten hereingeschoben hatte, thronte Bernhard Ebeling mit einem dicken Verband um den Kopf. Neben ihm, auf der Lehne, saß Doro und sog an einem kleinen, aber dennoch ziemlich stinkenden Stumpen.

Frau Dr. Neubert packte die letzten Utensilien in ihre Arzttasche. »Sie sollten zur Vorsicht ins Krankenhaus. Mit solch einem Schlag ist nicht zu spaßen. Sie werden doch nicht die Durchführung Ihrer Weltreise riskieren?«

»Ehrlich, glauben Sie mir, mir geht es gut, aber ich verspreche Ihnen, wenn ich merke, dass mir schlecht wird oder so, melde ich mich sofort.«

»Klar, nur dass dann das Schiff schon weg ist und wir aus Jux und Dollerei einen Hubschrauber bestellen müssen. Den zahlen Sie dann aber, und der wird nicht billig. Das wissen Sie ja wohl. Frau Ebeling, können Sie nicht Einfluss auf Ihren Mann nehmen? Es ist schon ein bisschen unverantwortlich von ihm.«

Doro Ebeling schüttelte den Kopf. »Ich fürchte, da habe ich schlechte Karten. Aber ich werde ein Auge auf ihn haben.«

»Na gut, warten wir ab. Kommt, Jungs.« Die Ärztin und die Besatzung des Krankenwagens verließen ihre Einsatzstelle.

Jetzt erst sah Bernhard Ebeling die beiden Männer, die sich zu den anderen Polizisten in der Küche gesellt hatten. »Mensch, Wolf, schön, dass ihr da seid. Was habt ihr vor?«

»Das solltest du besser Arndt Kleemann fragen. Er hat sich doch sicher schon vorgestellt.«

»Ja klar, ich habe ihm die ganze Geschichte auch schon in allen Einzelheiten erzählt. Also, alles, was ich noch weiß ,zumindest. Den Rest hat Joachim beigetragen.« Ebeling schaute zu seinem Sohn, der mit blassem Gesicht, noch sichtlich mitgenommen, auf der Arbeitsplatte saß.

*

»So. Ansage.« Arndt Kleemann verschaffte sich Gehör, indem er zweimal kurz auf die Tischplatte neben der Spüle schlug. »Um mal etwas Ruhe reinzukriegen. Wir denken, der Mann hat sich hier in den Dünen versteckt. Wir sind sechzehn Leute und teilen uns auf in fünf Gruppen zu drei Mann. Ich bleibe erst einmal hier und koordiniere die ganze Sache. Ich weiß, dass wir eigentlich zu wenige Leute sind, um effektiv zu arbeiten, aber im Moment muss es so gehen. Hilfe vom Festland kommt später. Der Hubschrauber mit der Wärmebildkamera ist angefordert. Irgendwann wird der Mann auch Hunger bekommen. Das war wohl der Grund, warum er hier eingestiegen ist. Das kann unsere Chance sein. Wir werden also jetzt die nähere Umgebung in Augenschein nehmen, dann weiter mit den Fotos von ihm durch den Ort gehen und die Insulaner warnen, ihn nicht hereinzulassen, und sie bitten, alles Auffällige zu melden. Die übliche Routine eben. Bitte macht doch mal die Einteilung.«

In kurzer Zeit hatten sich die fünf Gruppen gebildet. Arndt Kleemann wandte sich an Michael Röder. »Sag mal, hast du den Inselplan mit? Gib mal her, dann können wir eine grobe Aufteilung des Suchgebietes machen. Gott sei Dank ist es in dieser Jahreszeit lange hell draußen. Wenigstens dieser Umstand arbeitet für uns. Die Gruppen bleiben immer zusammen. Aber das muss ich sicher nicht extra erwähnen. Ach ja, Herr Arnken, Sie bleiben hier, nicht wahr? Könnte Sie da draußen wegen Ihrer Ortskenntnisse gut gebrauchen, das wissen Sie sicher, aber wie die Lage nun mal ist ... Der Mann ist gefährlich. Ich will mir nicht noch einen Generalanpfiff von meinem Chef abholen müssen.«

Alle beugten sich über die Karte und teilten das Dünengebiet, das sie absuchen wollten, in grobe Raster ein. Michael Röder verteilte die vorhandenen Funkgeräte, dann verließ eine Gruppe nach der anderen die Küche.

*

Jannis räkelte sich noch etwas auf seinem Bett, als sein Handy klingelte. »Hallo, Anna, wollte dich auch gerade anrufen. Kommt ihr bei mir vorbei? Super, dann können wir die anderen angemessen verabschieden. Ja, das ist echt Mist, du hast vollkommen recht. Bis gleich.«

Er war durchgeschwitzt und hatte das Gefühl, dringend unter die Dusche zu müssen, aber erst räumte er seine Papiere sorgsam in die blaue Plastikmappe, die ihn meistens begleitete. Sie enthielt alle schriftlichen Unterlagen, die er über die Herkunft seiner beiden Familien in den letzten zwei Jahren gesammelt hatte. Es war wirklich sein ganz großes Hobby, und er hatte noch einmal die Geschichte seines Verwandten aus Oberhammelwarden gelesen. Die Geschichte, die er unbedingt noch seinem Vater hatte erzählen wollen. Heute Abend beim Essen, da ist er dran, dachte er.

Er hüpfte unter die Dusche, zog sich frische Sachen an und hörte nach kurzer Zeit ein fröhliches Lachen auf der Treppe.

Jens und Anna waren da. »Na, du Familienforscher, bist du bereit?«

Jannis nickte. »Wir können los.«

Sie reihten sich ein in den Reigen derer, die auf dem Weg zum Hafen waren. »Hoffentlich ist das Schiff nicht überladen«, sagte Anna.

»Och, ich glaube, da passen tausend Leute drauf«, erwiderte Jens. »Das ist doch eine ganze Menge. Sonst muss das Schiff eben wieder zurückkommen und alle die holen, die nicht mitgekommen sind. Ich denke, die Tidenverhältnisse würden das heute zulassen.«

Als sie zum Anleger kamen, sahen sie trotz der Menschenmenge sofort ihre Freunde, die eine große Baltrum-Fahne schwenkten. Sie fielen sich in die Arme und ein trauriger Abschied begann. »Hast du meine Handynummer?« – »Wir sehen uns wieder.« – »Bis zum nächsten Jahr.« – »Schreib mal ...« – »Schade, die Zeit war so kurz.«

Erst als die Lautsprecherdurchsage über den Hafen tönte: »Fahrgäste nach Neßmersiel bitte einsteigen. Das Schiff legt sofort ab«, lösten sich die jungen Leute voneinander. Jannis, Anna und Jens sahen hinter dem Schiff her, wie es sich drehte und langsam den Baltrumer Hafen verließ.

Auf dem Nachhauseweg verabredeten sie sich noch für den Abend in der Hoffnung, dass die Eltern damit einverstanden wären. Doch da hatten alle drei ihre Zweifel.

Als Jannis die Tür seines Zimmers öffnete, sah er eine kleine Plastiktüte auf dem Nachttisch liegen. Au verdammt, dachte er, da habe ich doch die Kurtaxanmeldungen für den Bengen völlig vergessen. Er sah auf seine Uhr. Viertel nach sechs. Um sieben war er mit seinem Vater verabredet. Das konnte er noch schaffen. Er nahm die Tüte und lief ein zweites Mal zum Hafen. Diesmal war es auf der Straße schon bedeutend ruhiger geworden. Er lief am Haus der Reederei vorbei und dann rechts ab zum Bootshaus. Irgendwo musste Bengens Schiff stehen. *Hera* hieß es. Aber er konnte es noch nirgendwo ausmachen.

Doch als er näher kam, sah er das Boot direkt neben der Halle, aufgebockt auf einen Trailer. Eine Leiter lehnte am Heck. Na prima, dachte Jannis, dann werde ich den Umschlag gleich los sein, kann gemütlich wieder in mein Zimmer zurückkehren und noch eine Weile ein paar Studien betreiben, bevor Papa kommt.

Am Boot schaute er sich nach allen Seiten um, aber Klaas Bengen war nicht zu sehen. Sicher war er im Inneren seines Schiffes, vielleicht hielt er einen Spätnachmittagsschlaf. Jannis beschloss zu rufen. »Herr Bengen? Herr Bengen, sind Sie da?«

Nichts rührte sich. Er war sich nicht sicher, was er nun mit der Tüte in seiner Hand anfangen sollte. Wieder mit nach Hause nehmen war blöd. Einfach vor das Schiff legen ging auch nicht. Er lief die paar Schritte zum Bootshaus und schaute durch die Fenster. Nichts. Kein Mensch zu sehen. Einen Versuch wollte er noch wagen und ging zum Boot zurück. Wieder rief er laut: »Herr Bengen, sind Sie da? Ich hab was für Sie, von Herrn Kanter.« Aber wieder kam keine Antwort.

Vertrackt noch mal, ich lege dem Mann die Papiere einfach ins Boot, das wird schon richtig sein, beruhigte er sich selbst, als er die wenigen Holzstufen der Leiter erklomm. Als er über die Reling in das Innere der *Hera* schaute, sah er, dass die Kajütentür einen Spalt breit offen stand. Na bitte, geht doch, dachte er, als er seine Beine über die Schiffswand hob. Vorsichtig setzte er einen Fuß vor den anderen, denn er traute der Konstruktion ›Boot auf Trailer‹ nicht so ganz. Was wäre, wenn das Schiff nicht richtig festgelascht war? Aber dann fiel ihm ein, dass sich auch Klaas Bengen sicherlich öfter auf seinem eigenen Boot aufhielt, und der kippte mit dem Ding schließlich auch nicht um. Mutig machte er ein paar Schritte vorwärts und öffnete die Kajütentür.

Aus dem Raum kam ihm ein Schwall von aufgestauter Luft, gepaart mit abgestandenem Kaffeedunst und einem ganz eigenartigen, fast metallischen Geruch entgegen, den er seltsam und befremdlich fand, und den er nicht einordnen konnte. Bloß weg hier, dachte er und warf die Tüte auf den Kajütentisch. Zumindest war dies sein Wunsch, aber er hatte zu viel Schwung genommen. Die Tüte verfehlte knapp ihr Ziel und landete genau in einer Ecke zwischen Tisch und Koje.

Da findet der die bestimmt nie, überlegte er. Mist, jetzt muss ich da doch tatsächlich rein und die blöde Tüte aufheben. Hoffentlich kommt der Bengen jetzt nicht gerade wieder. Der würde sich ganz schön wundern, was ich hier in seiner Kajüte treibe.

Langsam, fast als würde er jemanden wecken, wenn er die Treppe zur Kajüte zu heftig berührte, ging er weiter. Als er in dem Raum stand, schlug ihm der seltsame Geruch noch unangenehmer in die Nase. Fast bekam er keine Luft mehr, daher bückte er sich schnell, um Umschlag aufzuheben und ordnungsgemäß auf dem Tisch abzulegen.

Als er unter dem Tisch kniete, fielen ihm einige Putzlappen auf, die in einer Ecke neben der rechten Koje lagen. Sie waren übersät mit rot-braunen Flecken und Schlieren. Er war sich sicher, dass von denen dieser intensive Gestank ausging, und krabbelte eilig rückwärts wieder unter dem Tisch hervor. Gerade als er sich aufrichten wollte, fiel von hinten ein Schatten durch die geöffnete Kajütentür auf ihn. Voller Schreck wollte Jannis sich umdrehen, da hatten ihn zwei kräftige Arme gepackt und auf die Koje geworfen. Das Letzte, was er bemerkte, war ein heftiger Schlag gegen seinen Hinterkopf.

*

In der Küche des *Bliev Sitten* wartete Arndt Kleemann angespannt auf Rückmeldungen seiner Suchtrupps.

Das Gespräch mit seinem Chef war seiner Karriere nicht eben förderlich gewesen. Und das Schlimme war: Alles, was sein Chef gesagt hatte, stimmte. »Sie hätten Hendrik Beyer nicht unter Sandra Röders Obhut zurücklassen dürfen. Personalnot hin oder her.« Außerdem wusste sein Chef, dass Arndt Kleemann nicht von der Schuld des Mannes überzeugt war. Im Gegensatz zum Inselpolizisten. »Nun suchen wir also mindestens zwei Verdächtige«, hatte Müller richtig gefolgert. »Dann sehen Sie man zu, wie Sie aus der Sache wieder rauskommen«, hatte er noch hinterhergeschickt. Nachdem er Kleemann laut und deutlich seine Meinung gesagt hatte.

Nervös schaute Arndt Kleemann zu Wolf Arnken und den Ebelings, die, mit einer Tasse Tee versorgt, zusammensaßen und die Erlebnisse immer wieder aufrollten.

Am liebsten wäre er selbst mit rausgegangen in die Dünen, aber er wusste, dass einer da sein musste, um die eingehenden Informationen auszuwerten und die daraus entstehenden Aufgaben zu koordinieren. Nur nicht jetzt noch ein Fehler! Er wünschte sich nichts sehnlicher, als dass die Männer Hendrik Beyer fanden und der auch der richtige Verdächtige in diesem Fall war. Er hörte, wie Bernhard Ebeling sagte: »Irgendwie hat der einen total verwirrten Eindruck gemacht. Gar nicht wie ein Schwerverbrecher. Aber was habe ich auch schon Ahnung von Schwerverbrechern.«

Und sein Sohn stimmte zu: »Der wollte, glaube ich, wirklich nur Vorräte für die Nacht bei uns klauen. Was ein Glück, dass ich zufällig noch einmal in die Küche gegangen war. Sonst hättest du schlechte Karten gehabt, da bin ich sicher.«

Doro Ebeling stand hinter ihrem Mann und hatte die Arme um seine Schultern gelegt. »Was wäre dann aus unserer Weltumsegelung geworden? Allein macht so eine Unternehmung nun überhaupt keinen Spaß.«

*

Wolf fiel wieder einmal auf, wie toll diese Familie miteinander umging. Man merkte auch jetzt, dass im Hause Ebeling Harmonie herrschte. Beim Gedanken an Familie fiel ihm Jannis ein. Er schaute auf die Uhr und stellte fest, dass er den vereinbarten Termin nicht würde einhalten können.

»Darf ich mal bei euch telefonieren? Ich müsste eben mit Jannis sprechen.«

Doro Ebeling nickte. »Im Flur. Du musst die Null vorwählen. Dann hast du das Freizeichen.«

Wolf kämpfte sich durch ein Gewusel von diversen Jacken, bis er das Tischchen mit dem Telefon gefunden hatte.

Als er die Handynummer anwählte, klingelte es zwar auf der anderen Seite, aber Jannis ging nicht dran. Wieder wählte Wolf die Nummer, für den Fall, sich versehen zu haben, aber auch diesmal klingelte das Gerät durch. Bis sich auf der anderen Seite die Mailbox meldete.

Er wunderte sich. Ungewöhnlich, dass Jannis nicht auf seinen geliebten Werder-Bremen-Klingelton reagierte. Er hat das Handy sicher auf dem Zimmer vergessen, als er zum Hafen gegangen ist, dachte Wolf ein wenig verstimmt und ging zurück in die Küche.

»Na, was gibt's Neues bei deinem Sohnemann?«, fragte ihn Doro.

»Er geht nicht ans Telefon. Und das, obwohl er sein Gerät so liebt, dass er nachts nicht schlafen kann, wenn es nicht neben ihm auf dem Tisch liegt. Er ist mit Freunden zum Hafen – er wird es vergessen haben.«

Arndt Kleemann schaute Wolf Arnken skeptisch an. »Meinen Sie, dass es richtig war, den Jungen allein laufen zu lassen? Gut, er ist nicht ganz allein, sondern mit seinen Freunden unterwegs. Und andere Menschen sind auch noch auf der Straße. Eigentlich kann wirklich nichts passieren. Außerdem will ich keine schlafenden Hunde wecken, und Sie können sicher am besten beurteilen, was Ihr Sohn darf und was nicht. Dazu kommt«, Kleemann lächelte leicht, »dass ich bis jetzt auf keinerlei Erfahrung mit eigenen Kindern zurückgreifen kann. Noch nicht.«

Wolf zögerte kurz, sagte dann aber mit fester Stimme: »Ich vertraue darauf, dass mein Sohn keinen Blödsinn macht. Er ist für seine vierzehn Jahre schon verdammt verständig. Sie haben demnach noch keine Familie?«

Arndt Kleemann schüttelte den Kopf. »In unserem Job nicht so einfach. Immer wenn man meint, da könnte sich was entwickeln, stehen die Worte ›Überstunden‹, ›Wochenendarbeit‹ und so weiter im Raum. So ist die Beziehung oft schon vorbei, bevor man es überhaupt gemerkt hat. Die soziale Komponente in unserem Job ist zwangsläufig nicht die beste.«

In diesem Moment schnarrte sein Funkgerät.

*

Klaas Bengen spürte nichts als eine unbändige Wut im Bauch. Jetzt verfolgten diese aufdringlichen Gäste ihn schon bis auf sein Boot. Nicht eine Minute konnte man sein

Eigentum allein lassen. Dieses neugierige Pack. Er schaute den bewusstlosen Jungen an. Gut gekleidet war der. Wahrscheinlich eines von diesen Kindern neureicher Eltern, die es sich erlauben konnten, so ziemlich jeden Urlaubstag auf der Insel zu verbringen. Die durch die Dünen liefen und alles in Unordnung brachten. Er wusste es genau. Er saß oft genug da und beobachtete die Umgebung. Alles war wunderbar ruhig, er rauchte sein Zigarettchen, und dann kamen sie und scheuchten Fasane und Kaninchen für nix und wieder nix.

Er würde ihn töten. Langsam und mit Akribie würde er diesen Schnösel büßen lassen für alles, was ihm in den letzten Jahren das Leben so unerträglich gemacht hatte. Aber jetzt, jetzt wollte er sich Zeit lassen. Darüber nachdenken, wie er es am besten machen könnte. Nicht wie bei dem Penner in Oldenburg – ein Tritt und das war's dann gewesen. Nein. Diesmal sollte es langsam gehen.

Aus seinem Handwerkskasten holte er eine Rolle Isolierband und verklebte dem Jungen damit die Hände auf dem Rücken. Aus der Eckbank nahm er einen alten ölverschmierten Baumwolllappen, steckte ihn dem ungebetenen Gast in den Mund, und umwickelte auch das Gesicht mit Klebeband. Der Junge rührte sich nicht.

Zum Schluss nahm er eine Festmacherleine und fixierte damit die Beine des Jungen.

»Herr Bengen, sind Sie wohl da, Herr Bengen?«

Klaas Bengen schob die Gardine vor dem Bullauge ein wenig zur Seite, um nachzusehen, wer da so dringend nach ihm rief.

»Herr Bengen, juchuu, ich habe Sie gesehen, am Bullauge.« Eine kleine, dicke Frau mit nassen Haaren, ein Handtuch um die gebräunten Schultern geschlungen, stand am Fuß der Leiter und winkte zu ihm herauf. »Ich brauche Ihre Hilfe. Ich habe gerade mit Herrn Kanter telefoniert. Der hat gesagt, Sie können mir helfen. In der Dusche vom Bootshaus ist das Wasser ausgefallen. Ich wollte gerade anfangen, da kam plötzlich aus dem Duschkopf nichts mehr raus. Können

Sie mal nachsehen? Die anderen Bootsleute wollen doch bestimmt heute Abend auch noch duschen. Mein Mann steht da auch schon, aber der hat auch keine Ahnung, woran das liegen könnte.«

Klaas Bengen schaute auf den Jungen, der noch immer bewusstlos auf dem Boden der Kajüte lag und keine Anstalten machte aufzuwachen. Den kann ich ruhig hier liegen lassen, bis ich die Sache erledigt habe, dachte er. Und dann werde ich mich ganz besonders intensiv um ihn kümmern.

Eine große Zufriedenheit machte sich in seinem Inneren breit, als er über die Reling stieg und hinabkletterte zu der Frau, die seine Hilfe benötigte.

*

Du hast mir das Werkzeug geschenkt, aber du hast nie gesagt, was ich damit anfangen soll. Als ich an Land wollte, eine Lehre machen, durfte ich nicht. ›Musst hier bleiben, hast du gesagt. Strandkörbe schleppen. Brauchst nichts lernen. Hier gibt's auch so genug Arbeit. Gäste kommen immer.‹

Mit meinem Marlspieker, da kann ich gut umgehen. Habe ich mir selbst beigebracht. Ohne dich zu fragen. Und nun bist du überrascht, was?

*

»Wir haben ihn«, schnarrte die Stimme von Heino Deters aus dem Funkgerät. »Kannst die anderen Trupps zurückrufen. Sind auf dem Weg ins *Bliev Sitten*.«

»Ist okay, wir erwarten euch.« Völlig überrascht starrte Arndt Kleemann das Gerät an. Eine Nadel im Heuhaufen, und die Männer hatten sie gefunden. Er war gespannt, was sie zu berichten hatten, wenn sie mit ihrem Gefangenen wieder in der Restaurantküche eintrafen.

»Sie haben den Mann«, wandte er sich an die anderen. »Sie werden gleich hier sein. Ich weiß nicht, wie Ihr inneres Befinden ist, Herr Ebeling, aber tun Sie mir einen Gefallen und gehen Sie dem Beyer nicht gleich an die Gurgel. Ich will hier in Ruhe erfahren, was passiert ist. Wäre das recht, wenn ich das erste Gespräch hier in der Küche führen könnte, bevor wir ihn zurück in die Zelle bringen?«

»Können Sie gerne tun. Da heute Abend die Küche nicht mehr in Betrieb genommen wird, und wir auch nicht vorhaben, zur Selbstjustiz zu greifen«, an dieser Stelle wurde Ebelings Stimme etwas schärfer, »dürfen Sie die Räumlichkeiten ruhig weiter nutzen.«

»Entschuldigen Sie bitte, ich wollte Ihnen nicht zu nahe treten. Aber allmählich geht mir die Sache ganz schön an die Nieren«, versuchte sich Kleemann mit einer Erklärung. »Zumal wir zur Zeit nicht wissen, was bei diesen Fällen noch alles auf uns zukommt.«

»Wieso, ist der Fall dann nicht aufgeklärt?«, wunderte sich Joachim Ebeling. »Sie haben Ihren Täter und wir unsere Ruhe.«

»Wenn es man so einfach wäre. Restzweifel bleiben, und bis die nicht ausgeräumt sind, wird der Fall auch noch nicht abgeschlossen.«

Vor der Hoftür wurden Schritte laut und gleich darauf traten Heino Deters und die zwei Männer von der Spurensicherung, die seine Gruppe bildeten, herein, in ihrer Mitte Hendrik. Er bot ein Bild des Jammers. Seine Kleidung war noch immer durchnässt. An Hemd und Hose hingen dicke Brocken Erde und seine Sachen waren mit grasgrünen Schlieren übersät.

»Da isser, Herr Hauptkommissar.« Heino Deters strahlte über das ganze Gesicht. »Ausgerechnet wir, die Truppe mit den wenigsten Ortskenntnissen, musste über den Mann fallen. Bin gespannt, was die anderen gleich sagen. Wir sind bis ganz zu den weißen Randdünen gelaufen, leider erfolglos. Aber auf dem Rückweg, in der Nähe von so einer Schutzhütte, sahen wir eine Bewegung im Gebüsch. Erst dachten wir, es handelte sich um ein Reh. Aber denkste. Schönes Reh. Unser Mann saß zitternd in einer Erdkuhle und wir konnten ihn ohne Gegenwehr festnehmen.«

»Setzen Sie sich erst einmal, Herr Beyer.« Arndt Kleemann zog einen Kunststofftritthocker unter dem Arbeitstisch hervor und schob ihn mit dem Fuß zu dem Gefangenen.

Der ließ sich mit einem Stöhnen auf das unbequeme Möbel sinken. »Bin ich froh, dass das vorbei ist. Von mir aus können Sie mich auch wieder in diese stickige Zelle sperren, da brauche ich wenigstens keine Angst zu haben, entdeckt zu werden, jedes Mal wenn sich Stimmen oder Schritte nähern.« Hendriks Stimme hatte sich in einen weinerlichen Singsang verwandelt. »Außerdem, was hätte ich denn heute Nacht machen sollen. So ganz ohne Essen und Trinken ... –« Abrupt brach er ab. Vorsichtig schaute er zu seinem Opfer, das mit seinem Verband um den Kopf eine äußerst beeindruckende Figur abgab.

»Keine Sorge«, brummelte Ebeling. »Ich habe dem Kommissar versprochen, Sie der staatlichen Gerichtsbarkeit zu überlassen. Mein Sohn wird Ihnen auch nichts tun, wenn ich ihn eindringlich bitte. Was bei meiner Frau natürlich wiederum ganz anders aussieht, die würde glatt ...«

»Herr Ebeling, ich glaube, es ist gut jetzt«, sagte Arndt Kleemann, der gesehen hatte, wie sein Gegenüber zusammengezuckt war. »Wollen wir uns doch mal ernsthaft an ein paar Fragen heranwagen, Herr Beyer, oder was meinen Sie?«

Hendrik nickte zaghaft, schaute aber immer wieder verstohlen zur Familie Ebeling.

Gerade als der Kommissar sein Notizbuch aus der Tasche seines durchgeschwitzten Oberhemdes ziehen wollte, ging die Tür auf, und Roland Lütjens mit seiner Truppe war zurück. Noch einmal erzählte Heino Deters seine Geschichte, und die anderen hörten ihm begeistert zu. Wieder bat Kleemann um Ruhe, doch vergebens. Ein Suchtrupp nach dem anderen trudelte ein und erst als alle in der Küche standen, gelang es Kleemann, Hendrik ein paar Fragen zu stellen.

Der erzählte, immer wieder unterbrochen durch lautes Schniefen, wie er sich aus der Zelle hatte befreien können. Als er beschrieb, wie er gegen die Zellentür getreten hatte und dadurch Sandra Röder die Wasserflasche ins Gesicht geschlagen worden war, zuckte der Inselpolizist zusammen. Er ballte die Fäuste, doch ein warnender Blick von Heino Deters holte ihn wieder in die Wirklichkeit zurück.

Dann berichtete Hendrik, wie er zu seinem Boot und danach am Rand des Hellers bis zum Heim des Turnerbundes gelaufen war, immer mit dem Gedanken, nachts sein Boot zu holen, um dann zu verschwinden. Wie er in seiner Not auf dem Hof des Restaurants gehofft hatte, in der Küche niemanden anzutreffen, was dann gründlich in die Hose gegangen war.

»In die Hose ...!« Wieder zuckte Hendrik zusammen, als sich Bernhard Ebelings Stimme über ihm zusammenbraute wie ein Gewitter. »Von wegen, du Heini! Auf den Kopf, wenn mich mein Gedächtnis nicht im Stich gelassen hat.«

»Herr Ebeling, es erscheint mir doch sinnvoller, wenn wir Beyer etwas ungestörter vornehmen könnten. Haben Sie etwas dagegen, wenn wir uns in die Gaststube setzen?« Kommissar Kleemann schaute den Chef des *Bliev Sitten* fragend an.

Bernhard Ebeling schüttelte den Kopf. »Gehen Sie nur ruhig rüber. Joachim zeigt Ihnen den Weg. Dann können wir auch die Küche für den morgigen Betrieb wieder auf Vordermann bringen.«

Die Männer nahmen in der leeren Gaststube Platz. »So, nun erzählen Sie mal weiter.« Arndt Kleemann schaute Hendrik durchdringend an.

»Was, weiter?«

»Ja, Mensch, wie Sie dann abgehauen sind, was dann passiert ist und so weiter und so weiter.«

»Aber da ist doch gar nichts mehr passiert. Ich bin gelaufen und gelaufen. Hinsetzen konnte ich mich ja nicht, weil das Gras in den Dünen noch so nass war. Und was zum Verstecken habe ich auch nicht wirklich gefunden. Bis auf die eine Senke zum Schluss. Und genau da wurde ich von dem da« – er zeigte mit dem rechten Daumen auf Heino Deters – »entdeckt.«

»Erstens, der Mann heißt Deters, Hauptkommissar Heino Deters, und zweitens war das auch sehr gut so. So hätten wir nämlich schon mal eine Sorge weniger.«

Hendrik schaute Arndt Kleemann interessiert an. »Wieso, haben Sie denn noch ein Problem? Bin wohl doch nicht der Schuldige, oder?«

Arndt Kleemanns Handy klingelte. Er stand auf, ging raus und nahm das Gespräch entgegen. Es war sein Kollege in Aurich. »Der Ex von eurer Toten befindet seit heute Nacht in U-Haft. Schwere Schlägerei vor einer Disko in Leer. *Fetenscheune* oder so. Hatte keine Papiere dabei und war wohl auch eine ganze Zeit nicht vernehmungsfähig. Daher kam erst jetzt der Anruf der Leeraner. Der ist somit also raus aus der Sache, wie ich vermute.« Arndt Kleemann gab seinem Kollegen recht. »Dann wollen wir mal weitersuchen«, antwortete er, bevor er das Gespräch beendete.

»Ich muss Ihnen mitteilen, dass Sie mit dem Ergebnis meines gerade geführten Telefonats wieder stark in den Fokus meiner Ermittlungen geraten sind, Herr Beyer«, sagte Arndt Kleemann, als er wieder Platz genommen hatte. »Und auch wenn Sie nicht als Täter in Frage kommen sollten, ist ganz klar, dass Sie mit der Körperverletzung in zwei Fällen nebst Haftentzug ein ganz dickes Problem an den Hacken haben. Und jetzt werden wir Sie erst einmal wieder in sicheren Gewahrsam bringen, bevor wir Sie an Land schaffen.«

*

Die Polizisten besprachen den weiteren Ablauf des Tages, als Roland Lütjens sich aus der Gruppe löste und auf Wolf zutrat. »Sag mal, hattest du nicht eine Essensverabredung mit deinem Sohn? Bleibt das dabei? Dann würde ich mich gerne anschließen.«

»Ich hab schon versucht, Jannis zu erreichen, um den Verabredungstermin etwas zu verschieben«, sagte Wolf. »Aber ich hab ihn nicht erreicht. Warte eben …« Aber auch diesmal hatte der Anruf keinen Erfolg. »Ich verstehe das wirklich nicht. Er ist so ein Handyfreak.«

»Weißt du was, hier ist die Geschichte gleich gelaufen«, sagte Lütjens. »Lass uns schon mal unsere Zelte abbrechen und ins Westdorf fahren. Dann können wir direkt mit ihm sprechen. Was hältst du davon?«

Wolf nickte. »Das ist eine gute Idee. Bin gespannt, wo der Knabe steckt.«

Sie verabschiedeten sich für den Moment von den anderen, nicht ohne erfragt zu haben, ob ihre Hilfe noch benötigt würde.

»Im Moment nicht«, sagte Kleemann. »Wir werden jetzt sehen, dass wir noch die Rückreise der Polizeikräfte und die Überführung von Beyer in die Wege leiten. Wir sollten uns morgen früh noch einmal treffen. Protokoll unterschreiben und so. Bis dahin – danke für die Hilfe.«

Kleemann winkte ihnen nach, als sie die Küche verließen und auch die Ebelings riefen viele gute Wünsche hinter ihnen her.

*

Warte, mein Freundchen, gleich bist du dran. Wenn ich diesen Blödmännern das Wasser wieder zum Laufen gebracht habe. Was wollen die überhaupt duschen? Sollen sie doch ins Hafenbecken springen. Ist auch Wasser drin. Wenn die wüssten, was ich gleich vorhabe. Wissen sie aber nicht, und das ist gut so. Könnten meinen schönen Plan glatt noch kaputt machen. Verdammt noch mal, warum geht das jetzt nicht? Heute Morgen war noch alles in Ordnung. Wenn der Kanter sich gleich noch blicken lässt, dauert es bestimmt noch viel länger. Und der Junge darf nicht aufwachen! Ich muss da wieder hin. Und zwar möglichst bald. Nein, du musst mir nicht helfen, und schon gar nicht bei mir rumstehen. Geh doch weg mit deiner dicken, hässlichen Frau. Ich will alleine arbeiten. Es kommt einfach kein Wasser. Aus keiner der Duschen. Sicher verstopft. Oder Wurzelwerk im Zulaufrohr. Von den Büschen, die hier ums Haus stehen, oder was weiß ich. Dann muss ich graben. Und das kann lange dauern. Ich brauche eine Rohrzange aus dem Bootshaus. Nein, die kann ich selber holen. Geht doch endlich weg! Ich hasse diese dummen Bemerkungen. Zu allem, was ich mache, haben sie einen Kommentar. Sie wollen so schlau sein. Ob wir die Wasserrechnung nicht bezahlt haben, fragt der Kerl. So'n Blödsinn. Als ob wir alle bescheuert sind. Ich will zu dem Jungen. Erledigen, was schon längst hätte getan werden müssen. Damit endlich, endlich Ruhe ist. So, der erste Brausekopf ist abgeschraubt. Ist ganz voll Sand. Verstehe ich nicht. Habe ich doch letzte Woche erst saubergemacht. Da hat mir bestimmt jemand einen reinwürgen wollen. Sabotage! Weil mich hier sowieso keiner leiden kann. Wahrscheinlich sieht das in den anderen Duschen genauso aus. Wird ganz schön dauern, bis ich die sauber hab. Muss ich aber machen, sonst gibt's Ärger und dann ist meine so supertolle Halbjahresstelle auch weg. Schönen Dank!

Ich darf den Jungen nicht länger allein lassen. Ich muss meine Arbeit tun.

*

Rolf Lütjens und Wolf Arnken hatten ihre Fahrräder hinters Haus geschoben und beschlossen, sich eine halbe Stunde später im Aufenthaltsraum zu treffen. Dann wollten sie ins *Witthus* gehen, und es sich dort bei einem leckeren Abendessen gemütlich machen. Jannis wird sicher auch schon einen gehörigen Appetit haben, dachte Wolf. Auf das, was die Speisekarte zu bieten hat und natürlich auch auf die Neuigkeiten, die wir zu erzählen haben.

Aber bevor sie losgingen, wollte er erst einmal vom Telefon der Kanters aus Anke anrufen. Er war sich nicht sicher, ob seine Frau noch im Krankenhaus war und arbeiten musste, oder ob sie es vielleicht heute geschafft hatte, pünktlich zu Hause zu sein. Nach der ganzen Aufregung sehnte er sich danach, ihre vertraute Stimme zu hören. Auch wenn diese Stimme manchmal recht resolut daherkam.

Beim Stichwort ›resolut‹ fiel ihm ein, dass sie nach Jannis fragen würde und er keine genauen Angaben über den Aufenthaltsort seines Sohnes machen konnte. Nach allem, was vermutlich schon durch die Medien gegangen war, hätte er da bei Anke schlechte Karten. Verdammt schlechte Karten. Das wusste er. Bevor er sie anrief, musste er den Jungen unbedingt aufstöbern.

Pfeifend lief er die Treppe zu Jannis' Zimmer hoch und klopfte. Keine Antwort. Er klopfte noch einmal, diesmal etwas fester. »Jannis, bist du da drin? Aufwachen!« Vorsichtig drückte er die Klinke herunter. Die Tür war offen, doch keine Spur von Jannis.

Das Bett war leicht zerwühlt. Wolf ging ins Zimmer und sah sich weiter um. Auch im Badezimmer war Jannis nicht. Das Handy … Dann musste doch irgendwo das Handy liegen. Aber so sehr er sich auch bemühte, das Handy war nirgends zu sehen.

Leicht beunruhigt lief Wolf zurück in sein Zimmer. Er musste unbedingt duschen und neue Klamotten anziehen. Er kam sich vor, als hätte er seit Tagen keinen Tropfen Wasser mehr am Körper gehabt. Außerdem war es draußen noch immer ziemlich warm. Das heftige Gewitter hatte nur unwesentliche Abkühlung gebracht. Seltsam, dachte er. Solche Wetterlagen haben wir gefühlt früher immer nur im August gehabt. Muss wohl doch was dran sein an der Klimaveränderung.

*

Warum dauert es bloß so lange? Ich muss unbedingt fertig werden.

*

Aus dem Zimmer des 1. Hauptkommissars aus Bad Zwischenahn kam lautes Gelächter. Frau Lütjens erzählte gerade ihrem Mann am Telefon einige Episoden aus dem *Park der Gärten*.

»Man soll eben mit kleinen Kindern keine Gartenwanderung machen. Das Einzige, was sie wirklich interessierte, waren die Pommes, die ich ihnen am Ende spendiert habe. Aber als wir dann noch zum Spielen ans Seeufer gefahren sind, war die Welt wieder in Ordnung. Ich habe uns von Bruns auch einen ganz leckeren Aal mitgebracht. Den können wir dann morgen essen – falls du bis dahin wieder zu Hause bist. Sonst muss ich das gute Stück ganz alleine verzehren.«

»Untersteh dich, für einen Aal komm ich immer und von überall her nach Hause, das weißt du doch.« Er berichtete ihr, was an diesem ereignisreichen Tag so alles passiert war und versprach, am nächsten Tag mit der ersten Fähre die Insel wieder zu verlassen. »Aber jetzt gehe ich erst einmal mit Wolf Arnken und seinem Sohn ins *Witthus*. Die beiden sind wirklich nett. Und wir haben uns ein gutes Abendbrot verdient.«

Wie verabredet trafen sich die beiden im Aufenthaltsraum. Allerdings machte Wolf einen ziemlich nervösen Eindruck, fand Lütjens. »Was ist los? Komm, erzähl schon.«

»Jannis ist nicht da. Und ich kann ihn immer noch nicht auf seinem Handy erreichen. Es liegt auch nicht in seinem Zimmer. Ich verstehe das alles nicht. Er ist sonst ein sehr zuverlässiger Junge.« Unruhig lief Wolf zwischen den Frühstückstischen hin und her.

»Pass auf, lass uns mal in aller Ruhe überlegen. Komm, setz dich hin. Fakt ist, er wollte mit seinen Freunden zum Hafen. Weißt du die Namen der Freunde und wo die wohnen?«

Ratlos schüttelte Wolf den Kopf. »Moment mal … Ich glaube, die heißen Anna und Jörg – nee, Jens … genau: Jens! – Aber wo die hier wohnen? Keine Ahnung.«

»Überleg genau. Hat Jannis nicht irgendwann mal erzählt: Ich gehe jetzt zu Haus Sowieso und hole wen auch immer ab? Denk nach, bitte.«

Wolf überlegte, dann sagte er: »Mir fällt nichts ein, außer dass er und Jens sich gestern an der Inselglocke getroffen haben. Ja, genau: Er hat noch gesagt, das ist der beste

Treffpunkt, Jens wohnt auch nur ein paar Häuser weiter. Und dass der morgens oftmals sehr früh wach wird, weil die Leute, die morgens Brötchen holen, sich so laut auf der Straße unterhalten.«

»Na, das schränkt den Suchradius doch schon wesentlich ein. Weißt du was? Ich mache mich jetzt auf den Weg und versuche, den Jungen zu finden, und du sprichst mit deinem Wirtsehepaar. Eventuell wissen die ja etwas. Wie ist es mit deiner Frau? Vielleicht hat er sich da gemeldet?«

Skeptisch schaute Wolf Roland Lütjens an. »Wenn ich jetzt mit ihr spreche, mache ich doch nur die Pferde scheu. Dann macht sie sich Sorgen, und mein Sohn steht womöglich in fünf Minuten wieder wohlbehalten auf der Matte.«

»Aber es könnte uns viel Arbeit und Aufregung ersparen, wenn sie wirklich etwas wüsste. Hoffen wir mal, dass sich die Geschichte in Kürze ohnehin in Wohlgefallen auflöst.«

Roland Lütjens war nicht willens, die Sache auf die leichte Schulter zu nehmen. Auf dem Weg zu den Wohnungen, deren Bewohner er befragen wollte, rief er Arndt Kleemann an und erstattete Bericht. »Bis jetzt ist es nichts wirklich Greifbares, aber Wolf Arnken macht sich große Sorgen.«

»Das würde ich auch, wenn ich an seiner Stelle wäre. Passen Sie auf, ich schicke Ihnen die beiden Inselsheriffs vorbei, zur Unterstützung. Und sollte die Sache brenzliger werden, melden Sie sich bitte sofort. Noch haben wir alle Einsatzkräfte hier.«

Lütjens atmete auf. Durch die Ortskenntnisse der beiden Männer würde die Suche sicher wesentlich erleichtert.

Er lief an der Inselglocke vorbei und beschloss, erst einmal beim *Frischemarkt* hereinzuschauen. Doch als er dort ankam, musste er feststellen, dass der bereits geschlossen hatte. Er schaute durch die gläserne Eingangstür. Das Licht war noch eingeschaltet und er meinte eine Person im hinteren Bereich ausgemacht zu haben. Er klopfte kräftig gegen die Scheibe, und tatsächlich erschien eine Verkäuferin. Sie schüttelte den Kopf und zeigte auf ihre Armbanduhr.

Doch als er seinen Dienstausweis zückte und an die Scheibe presste, formte ihr Mund ein ›Moment‹ und sie griff nach dem Schlüssel in ihrer Kitteltasche.

»Entschuldigen Sie, wissen Sie, ob hier in der Nachbarschaft ein etwa vierzehnjähriger Junge namens Jens oder ein Mädchen mit dem Namen Anna wohnt?«

Sie überlegte. »Bei uns im Haus wohnt ein Jens. Jens Haselmeier. Die Eltern haben über dem Laden eine Eigentumswohnung. Die kommen regelmäßig. Eine Anna kenne ich nicht.«

Er dankte ihr und ließ sich den Weg zu der Wohnung zeigen. In der zweiten Etage fand er das Namensschild und klingelte. In der kurzen Spanne, bevor die Tür geöffnet wurde, betete er inständig, dass seine Suche ein schneller Erfolg würde.

»Ja? Kann ich helfen?« Ein schlaksiger Junge in Boxershorts und mit wuscheligen blonden Haaren stand ihm gegenüber.

»Vielleicht. Wenn du Jens bist und außerdem ein Freund von Jannis Arnken.«

Der Junge nickte, seine Augen zeigten Erschrecken. »Wer sind Sie? Warum fragen Sie?«

Roland Lütjens stellte sich vor und bat, hereinkommen zu dürfen. Jens nickte und trat zur Seite. Lütjens staunte nicht schlecht, als er ins Wohnzimmer geführt wurde. Eine Vitrine aus hellem Buchenholz harmonierte wunderbar mit einem gemütlich aussehenden, mit blauem Stoff bezogenen Sofa und einem Teppich, der mit modernen Farbelementen den Raum bestimmte. Da hat jemand einen sehr guten Geschmack gezeigt, dachte er anerkennend, bevor er sich wieder dem Jungen zuwandte, der nervös auf und ab lief.

»Jens, nun bleib mal ganz ruhig. Hat Jannis gesagt, was er heute noch vorhat?«

Jens schüttelte den Kopf. »Nein, wir haben uns vor seiner Pension getrennt. Ich habe noch Anna nach Haus gebracht und bin dann schnell zu unserer Wohnung gelaufen.«

»Und Jannis hat wirklich nichts gesagt? Keine Andeutung?

Überleg mal ganz genau und in Ruhe«, hakte Lütjens noch einmal nach und schaute auf die Uhr. Die Zeit lief ihm weg.

»Nee, er wollte nur auf seinen Vater warten und dann mit ihm was essen gehen.« Und nach einer kurzen Pause: »Wir müssen ihn …«

»Bitte komm jetzt nicht auf den Gedanken, ihn suchen zu müssen. Ich gebe dir und deiner Familie Bescheid, wenn Jannis sich wieder eingefunden hat.«

Jens brachte den Kommissar an die Tür und sagte mit ganz kleiner Stimme: »Bitte finden Sie ihn. Er ist doch mein Freund.«

Roland Lütjens schaute den Jungen an und nickte. »Wir tun alles, was wir können, auch wenn das jetzt blöd klingt. Ich melde mich, sobald ich kann.«

Beinahe fluchtartig lief er die Stufen hinunter und dem Ausgang zu. Jetzt hatte er unverschämtes Glück bei der Suche nach dem Jungen gehabt, und dann konnte der ihm nicht weiterhelfen. Mist auch.

Sollte er auch Anna aufsuchen? Jens hatte ihm die Adresse gegeben. Haus Seeterrasse. War nicht weit weg. Er beschloss, erst einmal zu Wolf zurückzugehen. Möglicherweise waren auch die beiden Polizisten bereits vor Ort.

Als Roland Lütjens den Aufenthaltsraum betrat, saßen Michael Röder und Thomas Zahn bereits zusammen mit Wolf Arnken an einem der Frühstückstische. Von ihren Gesichtern konnte er unschwer den Ernst der Lage ablesen.

Wolfs Stimme klang verzweifelt, als er sich zu Lütjens drehte und sagte: »Er meldet sich einfach nicht. Kannst du dir das vorstellen?«

Roland Lütjens setzte sich zu den Dreien und fragte: »Was ist mit Familie Kanter? Was haben die beiden gesagt?«

»Frau Kanter hat gar nicht mit Jannis gesprochen und ihr Mann ist zur Sitzung vom Gaststättenverband. Sie hat ihn angerufen. Er kommt sofort.«

Als hätte der Chef des Hauses ihn gehört, ging die Tür auf, und er stand auf der Schwelle.

Wolf sprang auf. »Weißt du, wo Jannis ist? Hast du mit ihm gesprochen?« Er machte einen Schritt auf ihn zu. »Mensch, Erwin, nun sag doch was.«

Erwin Kanter begriff nicht recht, was sich gerade in seinem Frühstücksraum abspielte. »Was soll ich wissen?«, fragte er verwirrt. »Was machen die beiden Sheriffs hier?«

»Mensch Erwin, Jannis ist weg und wir wissen nicht, wo er ist. Hat er dir was gesagt? So überleg doch.« Wolfs Stimme klang rau und abgehackt.

»Er wollte mit seinen Freunden zum Hafen. Mehr weiß ich nicht. Ich habe aber auch nicht gesehen, wie er wiedergekommen ist. Und – ach ja, ich hatte ihn noch gebeten, ein paar Kurtaxformulare bei Klaas Bengen abzugeben.«

Roland Lütjens sprang auf. »Jens hat mir aber nichts davon erzählt, dass die beiden anderen ihn zum Bengen begleitet haben. – Wie waren die Dinger verpackt?«, rief er, während er zwei Stufen auf einmal nehmend in Richtung Jannis' Zimmer sprintete.

»Blaue Plastiktüte«, hörte er Erwin Kanters Stimme.

Er schaute sich sorgfältig im Zimmer des Jungen um und kehrte dann zu den anderen zurück.

»Negativ.«

Ohne ein weiters Wort zu verlieren, liefen die vier Männer raus, schnappten sich ihre Fahrräder und fuhren zum Hafen.

*

Geschafft. Die Duschen laufen wieder.

*

»Es kann sein, dass das alles nur heiße Luft ist«, sagte Michael Röder. Er hatte die anderen ein ganzes Stück vorausfahren lassen und gab Arndt Kleemann einen kurzen Lagebericht durch. »Aber der Junge ist nun mal weg und mit ihm eine blaue Plastiktüte, die er dem Hafenaufseher bringen wollte. Wir fahren jetzt zu viert dorthin und überprüfen die Sache. Melde mich dann später wieder.« Er steckte sein Funkgerät wieder in die Halterung und bemühte sich, aus seinem alten Dienstfahrrad die letzten Reserven herauszuholen.

Noch immer war er überzeugt, in Hendrik Beyer den Täter gefunden zu haben. Die Sachlage war erdrückend. Da gab es keinen Zweifel.

Doch er hatte die Sorge in den Gesichtern der drei Männer gesehen. Männer, die mit menschlichem Versagen und Verbrechen vertraut waren. Auf deren Urteil man sich verlassen konnte. Und er wusste, dass auch er sich nicht einlullen lassen durfte von dem schönen Gefühl, den wahren Täter gefasst zu haben.

*

So, mein Freund, jetzt zeige ich dir, was du wert bist!

*

Auf der Höhe des Anlegers der Baltrum IV holte Röder die anderen wieder ein. »Das Boot vom Bengen liegt hinter dem Vereinshaus auf dem Trailer. Vielleicht wäre es sinnvoll, wenn ich erst einmal alleine zu ihm gehe. Wenn der mehr als eine Person auf einmal sieht, kriegt man sowieso kein vernünftiges Wort mehr aus dem heraus.« Michael Röder war von seinem Fahrrad abgestiegen und die anderen taten es ihm nach. »Mich kennt er zumindest schon.«

Die drei Männer stimmten zu und beschlossen, sich langsam dem Bootshaus zu nähern, während der Inselpolizist versuchen wollte, mit Klaas Bengen Kontakt aufzunehmen.

Röder stellte sein Rad an den Zaun und lief den gepflasterten Weg hoch zur *Hera*. Mit der flachen Hand schlug er leicht gegen das Schiff. »Herr Bengen, sind Sie da? Kommen Sie mal raus, ich hätte eine Frage.«

*

Nicht bewegen, kein Mucks, sonst bist du sofort dran. Was wollen die?

*

Röder hörte nichts. Langsam lief er um den Trailer, konnte aber keine Bewegung ausmachen. Noch einmal klopfte er gegen das Boot und gerade, als er gehen wollte, steckte Klaas Bengen seinen Kopf aus der Tür. »Was is los?«

»Herr Bengen, war ein Junge bei Ihnen und hat Ihnen Kurtaxformulare gebracht?«

»Nein, sonst noch was?«

»Bestimmt nicht?«, hakte Röder nach.

»Hab die Duschen repariert. War gar nicht da. Fragen Sie doch die Gäste.« Schon verschwand der Eigner der *Hera* wieder in seinem Boot

Lügt der nun oder kann der nicht anders, dachte Michael Röder, dann drehte er sich um und wartete auf seine Kollegen, die ihm in einigem Abstand gefolgt waren. »Angeblich hat er ihn nicht gesehen, will gar nicht dagewesen sein. Was machen wir nun?«

»Ich versuche noch einmal, Jannis über Handy zu erreichen«, sagte Wolf. »Roland, gibst du mir dein Telefon?«

*

Schau ihn dir an – den Marlspieker. Wirst ihn ganz genau kennenlernen.

*

Wieder wählte Wolf Jannis' Handynummer und ließ es mehrere Male klingeln.

»Seid mal still, hört ihr das?« Thomas Zahn hob um Aufmerksamkeit bittend die Hand. »Aus der Kajüte von Bengens Boot kommt Musik. Der macht es sich ja richtig romantisch.«

»Seid still, bitte, das ist das Vereinslied von Werder Bremen auf dem Handy von Jannis!« Die letzten Worte verschluckte Wolf Arnken fast vor Unglauben.

»Und der Bengen hat gar kein Telefon!« Thomas Zahn lief zum Bug der *Hera*, der in der Halterung an der Zuggabel des Trailers klemmte. Er stellte einen Fuß auf die Deichsel, den nächsten auf die Winde und zog sich dann mit einem kräftigen Klimmzug auf das Vordeck. Mit gezogener Dienstpistole lief er zum Achterdeck, das Gleichgewicht suchend zwischen der eigenen Schnelligkeit und dem Schaukeln des Bootes auf dem Trailer. Er rammte seine Schultern gegen die Kajütentür, und mit einem mächtigen Krachen gab die Spanplatte unter dem Druck seiner breiten Schultern nach.

Was er sah, ließ seinen Atem stocken. Auf der Koje lag bewegungslos ein gefesselter und geknebelter Junge. Über ihn hatte sich der Hafenaufseher gebeugt, in der linken Hand ein Messer, in der rechten einen etwa zwanzig Zentimeter langen Sporn, der in einer scharfen Spitze endete. Ein Marlspieker. Schlagartig wurde Thomas Zahn klar, woher die Löcher in den Körpern der toten Frauen stammten.

Er holte aus und schlug mit der Waffe in der Hand zu. Der gewaltige Hieb setzte Klaas Bengen außer Gefecht und ließ ihn bewusstlos auf den Boden der Kajüte rollen.

Mit einer schnellen Bewegung legte Thomas Zahn dem Mann Handschellen an und wandte sich dann Jannis zu. Im gleichen Moment hörte er, wie ein zweiter Mann über das Vordeck lief. Michael Röder hatte den gleichen Weg wie sein Kollege genommen und steckte den Kopf durch die Kajütentür. »Was liegt an?«

»Alles unter Kontrolle. Bengen ist bewusstlos. Jannis allerdings auch. Wir müssen den Jungen trotzdem hier rausschaffen, damit er gleich nicht neben seinem Peiniger aufwacht. Sag den beiden anderen Bescheid.«

Der Inselpolizist richtete sich auf, drehte sich um und hob den Daumen in die Höhe. »Er lebt!«, rief er Wolf und Roland Lütjens zu. Dann befestigte er die Leiter, die Klaas Bengen auf das Achterdeck gezogen hatte, wieder außenbords.

»Ich will zu meinem Sohn!« Wolfs Stimme überschlug sich fast.

»Warten Sie, Herr Arnken, ich will Ihnen erst einmal einen kurzen Lagebericht geben«, sagte Röder, während er die Leiter hinunterkletterte. Schnell fasste er zusammen, was sich in der Kajüte der *Hera* ereignet hatte. »Wir müssen

Ihren Jungen trotz einer eventuellen Gehirnerschütterung aus der Kajüte tragen. Aber mit acht kräftigen Armen sollte das wohl kein Problem sein.«

»Also, was hindert uns? Ich muss jetzt da rein, das verstehen Sie doch? Nun kommen Sie. Tun Sie was!«, rief Wolf und kletterte so schnell, wie es ihm möglich war, auf das Schiff.

Er kniete sich neben seinen Sohn und atmete erleichtert auf, als er sah, dass sich dessen Brustkorb flach, aber regelmäßig hob und senkte. Vorsichtig, um Jannis keine unnötigen Schmerzen zuzufügen, löste er die Klebestreifen, mit denen Klaas Bengen den Knebel und die Hände fixiert hatte. Dann zog er das ölige Stück Stoff aus dem Mund seines Sohnes und warf es angewidert auf den Boden. Zuletzt befreite er ihn von den Leinen, die um seine Beine geknotet waren.

Roland Lütjens stand vor dem Boot und wartete darauf, dass die drei Männer den Jungen aus der Kajüte brachten. Er würde ihn dann am Boden in Empfang nehmen. »Ich habe gerade die Ärztin und Arndt Kleemann angerufen«, rief er. »Sie müssen gleich hier sein. Liegt da drin eine Decke, auf die wir Jannis legen können?«

Röder nickte. »Hier, fang auf.«

Dann hoben die drei Jannis vorsichtig aus der Kajüte und schafften es mit vereinten Kräften, ihn über die Reling und die Leiter hinunterzutragen. Behutsam legten sie ihn in einiger Entfernung von der *Hera* auf die Decke und warteten auf die Ärztin.

Wolf hatte die Hände seines Sohnes umfasst. Man merkte seinem Gesicht die Anspannung an. »Komm, wach auf, alter Junge, gleich wird dir geholfen, die Ärztin ist unterwegs. Du willst doch nicht die Ankunft der Polizisten verpassen. Klaas Bengen ist übrigens aus dem Verkehr gezogen.« Sachte klopfte er Jannis gegen die Wangen. »Jetzt haben wir den richtigen Täter erwischt. Hendrik Beyer haben wir auch eingefangen, und Onkel Bernhard geht es wieder besser. Der Schlag hat ihn nicht voll getroffen. Trotzdem wird sich der Beyer demnächst vor Gericht verantworten müssen, auch wenn jetzt klar ist, dass er nicht der gesuchte Mörder ist.«

»Meinst du nicht, du solltest Jannis mit ein paar netteren Geschichten ins Leben zurückholen?«, hörte Wolf plötzlich eine Stimme neben sich. Roland Lütjens kniete neben ihm und lächelte ihn an. »Es wird alles gut werden. Hörst du es? Der Krankenwagen ist unterwegs.« Dann wandte er sich Jannis zu, dessen Lider angefangen hatten zu flattern: »Hei, du musst mir noch die Geschichte von deiner Urgroßmutter väterlicherseits oder so ähnlich erzählen, das hast du mir versprochen.«

Wolf sah, wie ein Lächeln über das Gesicht seines Sohnes zog.

Ende

Anhang

für alle, die es genau wissen wollen:

BK Heim
In einem Dünental hinter dem Klärwerk liegt seit 1929 das Bibelkreis-Freizeitheim für evangelische Schüler- und Schülerinnenarbeit im Rheinland. e.V. Das Selbstversorgerhaus hat 65 Übernachtungsmöglichkeiten für Konfirmanden, Schulklassen oder Familienfreizeiten.

Bummert
Ländliches Arbeiterhaus Ostfrieslands in kostensparender Bauweise für zwei Familien. Zwischen beiden Haushälften ist nur eine Trennwand mit einem gemeinsamen Schornstein.

Fender
Ballonartiger Schutz am Boot vor Beschädigung beim Anlegen. Wird erst beim Anlegevorgang außenbords angebracht. Ein mit nicht eingeholtem Fender zu fahren, gilt als unseemännisch.

Festmacherleine
Damit wird das Boot am Pier oder an anderen Booten festgemacht.

Fock
Vorsegel auf einem Segelschiff.

laschen
Ladungssicherung durch Befestigen der Ladung aneinander oder am Schiff

lenzen
ein Boot von hereingelaufenem Wasser befreien.

Marlspieker
Werkzeug für Takler. Man bearbeitet damit Tauwerk für den Gebrauch auf Booten. Der Marlspieker ist bis zu dreißig Zentimeter lang, hat einen metallenen Sporn auf der einen und einen Knauf auf der anderen Seite.

Niedergang
Treppe im Schiff.

NTB Jugendbildungsstätte
Seit über vierzig Jahren befindet sich die Jugendbildungsstätte des Niedersächsischen Turnerbundes auf Baltrum. Im Haupthaus, das auch in den Wintermonaten belegt wird, befinden sich Schlaf- und Gemeinschaftsräume, ein Krankenzimmer und eine Küche zur Selbstversorgung.

Plicht
auch Cockpit genannt, ist der Teil eines Decks auf Sportbooten, der zum Schutz vor Wind, Wellen und Überbordgehen niedriger liegt. Dort befinden sich Sitzgelegenheiten und der Steuerstand.

Reling
Geländer auf Booten und Schiffen.

Talisker
Äußerst wohlschmeckender doppelt destillierter Single Malt aus einer Destillerie auf der Isle of Skye, Schottland. Sein Geschmack gilt als rauchig, aber auch malzig-süß. Erkennbar sind eine leichte Pfeffernote sowie maritime Töne von Seegras. Und wie so oft gilt auch hier: je älter, desto besser!

Trailer
Fahrzeuganhänger, mit dem ein Boot über Land bewegt werden kann.

Ulrike Barow

1953 in Gütersloh geboren, lebt nach dreißig Jahren Inselaufenthalt auf Baltrum jetzt mit ihrer Familie in Leer. Sie ist gelernte Buchhändlerin. Der erste Kurzkrimi *Baltrumer Wintermärchen* wurde in der Anthologie *Inselkrimis* (Leda-Verlag, 2006) veröffentlicht.

Ihr erster Roman, der Inselkrimi *Endstation Baltrum*, erschien 2008 im Leda-Verlag und liegt schon in der dritten Auflage vor. 2010 erschien *Baltrumer Bärlauch*. Außerdem ist sie in *Friesisches Mordkompott – Herber Nachschlag* (2009) und *Süßer Nachschlag* (2010) vertreten.

Ulrike Barow
Endstation
Baltrum
Inselkrimi – Baltrum
978-939689-09-6
208 Seiten, 8,90 Euro

Ulrike Barow
Baltrumer Bärlauch
Inselkrimi
Baltrum
978-939689-31-7
240 S.; 9,90 Euro

Regula Venske
Bankraub mit
Möwenschiss
Inselkrimi – Juist
978-939689-18-8
208 Seiten, 8,90 Euro

Peter Gerdes
Solo für Sopran
Inselkrimi
Langeoog
978-3-934927-63-6
208 Seiten; 9,90 Euro

Peter Gerdes
Sand und Asche
Inselkrimi
Langeoog
978-3-939689-11-9
240 Seiten; 9,90 Euro

Peter Gerdes
Wut und Wellen
Inselkrimi
978-3-939689-34-8
ca 256 S.; 9,90 Euro

Regine Kölpin
Otternbiss
Inselkrimi
978-9-939689-35-5
256 S. 9,90 Euro

Regine Kölpin
Krähenflüstern
OstFrieslandkrimi
Wilhelmshaven
978-3-934927-95-7
224 Seiten; 8,90 Euro

Regine Kölpin
Spinnentanz
OstFrieslandkrimi
978-3-939689-13-3
208 Seiten
8,90 Euro

Ulrich Hefner
Das Haus
in den Dünen
OstFrieslandkrimi
978-3-939689-07-2
352 Seiten; 9,90 Euro

Sandra Lüpkes
Die Sanddornkönigin
Der Brombeerpirat
2 Inselkrimis – Juist, Norderney
978-3-939689-06-5
352 Seiten; 9,90 Euro

Regula Venske
Juist married
oder Wohin mit der Schwiegermutter?
Inselkrimi – Juist
978-934927-85-8
224 Seiten; 8,90 Euro

Peter Gerdes
Der siebte Schlüssel
Ostfrieslandkrimi
978-3-934927-99-5
320 Seiten; 9,90 Euro

Peter Gerdes
Ebbe und Blut
Ostfrieslandkrimi
Taschenbuch
978-3-934927-56-8
224 Seiten; 8,90 Euro

Peter Gerdes
Ein anderes Blatt
Thors Hammer
2 Oldenburgkrimis
978-3-939689-11-9
ca 352 S.; 9,90 Euro

Peter Gerdes
Der Tod läuft mit
Ostfrieslandkrimi
Taschenbuch
978-3-934927-86-5
192 Seiten; 8,90 Euro

Peter Gerdes
Fürchte die Dunkelheit
Kriminalroman
978-3-934927-60-5
272 Seiten; 11,90 Euro

Wolke de Witt
Sturm im Zollhaus
Ostfrieslandkrimi
978-934927-77-3
224 Seiten; 8,90 Euro

Buttler/Ehlers (Hrsg):
Tee mit Schuss
Kriminelles zwischen
Blatt und Tasse
978-3-934927-89-6
240 Seiten; 12,70 Euro

Peter Gerdes (Hrsg.)
Fiese Friesen
Kriminelles zwischen
Deich und Moor
ISBN 3-934927-58-0
256 S.; 12,70 Euro

Peter Gerdes (Hrsg):
Inselkrimis
Kriminelles zwische‘n
Strand und Düne
ISBN 3-934927-59-9
240 S; 12,70 Euro

Maeve Carels
Zur ewigen
Erinnerung
OstFrieslandkrimi
978-3-939689-08-9
400 Seiten; 9,90 Euro

Klaus Nührig
Penny Lane
Braunschweig-Krimi
978-3-939689-08-9
ca 272 Seiten
9,90 Euro

Andreas Scheepker
Tote brauchen
keine Bücher
Ostfrieslandkrimi
978-3-939689-16-4
272 Seiten; 8,90 Euro

Manfred C. Schmidt
Gut Schuss
Ostfrieslandkrimi
978-3-939689-39-3
256 S.; 9,90 Euro

Hanna Dunkel
Mordsache Ulsnis
Schleswig-Holstein
978-3-939689-30-0
256 S.; 9,90 Euro

Kerstin Körte
Dass ich dich besser
fressen kann
978-3-939689-37-9
8,90 Euro

H. & P. Gerdes (Hrsg):
Friesisches
Mordkompott
Herber Nachschlag
978-3-939689-20-1
9,90 Euro

H. & P. Gerdes (Hrsg):
Friesisches
Mordkompott
Süßer Nachschlag
978-3-939689-21-8
9,90 Euro

Corina C. Klengel
Todesrune
Harzkrimi
978-3-939689-32-4
576 Seiten
11,90 Euro